大年神が彷徨う島

探偵・朱雀十五の事件簿5

藤木 稟

角川ホラー文庫
18831

目次

プロローグ　神訪(かむど)い　五
第一章　鬼界(きかい)ガ島の神秘　四三
第二章　謎の予言　一〇三
第三章　夜光雲　一五七
第四章　五行相剋(ごぎょうそうこく)の殺意　二〇四
第五章　憑(つ)きもの　二七四
第六章　終焉(しゅうえん)　三五三

プロローグ　神訪い

1

逆手に渡せ
逆手に渡さば
返し風吹いて　血花が咲くぞ

島に着いた途端、遠近から響き聞こえてきたのは、薄気味の悪い呪文――。

霧に煙る港には他に音もなく、色もなく、人影もない。まるで打ち棄てられた廃墟のようだ。

港にひとり降り立った律子を出迎えたのは、久枝彦という島の青年だった。

年の頃は二十代後半だろうか。日に焼けた肌、端正で生真面目そうな容貌。

律子を見ると、その顔がみるみる綻んで人懐っこい笑顔になった。歯並びの悪さも、却って愛らしい。この青年が現れなければ、律子は島に来た事を早々に後悔しただろう。

「小夜子さん、よう来のう」

久枝彦は満面の笑みで、律子の鞄を肩に担いだ。

「あ、大丈夫です、私が持ちます」

「いやいや、長い道のりじゃき、任しとうせ。この島は凸凹道が多いきに……」

二人は歩き出した。

確かに久枝彦の言うとおり、足場が悪い。舗装されていないだけでなく、ごつごつした岩があちらこちらに突き出しているので、律子はいちいち足元を確認しながら歩かなければならなかった。

寂れた漁村を通り過ぎると、まばらに雑木林が点在する広大な荒れ地に出た。道の両脇に積み石の群が続いている。

道は更に険しく丘のようにせり上がり、所々に峠を結ぶ細い吊り橋が架かっていたりもする。

やがて暗く茂る雑木林に出た。霧が深まり、景色の輪郭は不明瞭だ。

律子は久枝彦の背中を追うように林の中を進んで行った。再三、久枝彦は立ち止まり、

「大丈夫ですか」と声をかける。

「これぐらい平気よ」

律子の息は乱れていない。十三年間、サァカスの訓練や巡業で培った体力があるからだ。

「小夜子さんは、女の人やに健脚やねえ」

二時間近く歩いたろうか——。

長い吊り橋を渡り、坂道を暫く登ると、山の斜面に張り付くように連なる集落に出た。険しい急勾配に段々畑が作られているのが、霧の切れ間に垣間見える。

「漁村から北を更志野と云うんけんど、人が住んじょるのはこの村からやき。此処まで来たらもう一息やけんど、この先、坂道がげにきつうなるきに、少し休みおうせ」

久枝彦は自ら村の入り口の岩に腰を下ろした。

律子も隣の岩で足を休めた。疲れているという程ではないが、ゴツゴツとした岩ばかりの道を通って来たので、足の裏が少し痛い。

「そんじゃけんど小夜子さん、ようわざわざ成子様の役をしに来たねや」

久枝彦が律子に水筒を差し出しながら言う。

「ええ、本家の方には年頃の娘が居ないから、どうしても私に来て欲しいんだって、何度も頼まれたんです。……でも、どうして村の人は成子様の役をそんなに嫌うんでしょうか？」

それは律子にもずっと気がかりな事だった。

「なんや、おまんは知らんがか。成子様の役をした娘は婚期が遅れる云われるがや」

成る程……と律子は納得した。

小夜子はこの秋に結婚を控えている。そんな噂を聞けば、成子役を嫌がるのも当然だ。

伊佐美楼の番頭・小松三吾から吉原車組に風変わりな相談が持ち込まれたのは、三日前の事だった。

『二十年毎に催される祭りの生神役として、娘の小夜子を一時帰郷させるように』と田舎の本家から連絡があり、三吾はそれを承諾した。だが、娘が今頃になって「絶対に行かない」と駄々をこねだしたというのだ。

娘の気持ちも尊重してやりたいが、本家の命にも逆らえない。それで、一体どうしたら良いものか、と車組頭に泣きついてきたのである。

朱雀は例によってフンと鼻を鳴らし、

「この忙しい時に、下らない相談をしに来るんじゃないよ。そんなこと僕には風馬牛だね」

と、請け合わなかった。

こういう時の朱雀の冷酷さときたら、まるで取り付く島がない。がっくり肩を落とした三吾に、「私が代わりに行きましょうか」と声を掛けたのが律子だった。

そういう訳で、律子は小夜子と名乗って此処、鬼界ガ島に来たのである。

破れやそはか

おんばじらぎに

はらじはたや　そはか
燃え行け　絶へ行け　枯れ行け

「私は迷信は信じない方だから平気だけど、気にする人はしますよね」

律子の言葉に、久枝彦はぶるぶると首を横に振って答えた。

「婚期がどうこう言うんは只の噂じゃけんど、成子様のお力は迷信やないぜよ」

「成子様は島の守り神だと聞きましたけど、どういう方なんですか？」

律子の無邪気な質問に、久枝彦は目を瞬いた。

「ほんま何も知らんがか……。まあ、無理もないちや、三吾さんゆうたら二代も前から東京にお行きんさったお方じゃき……」

久枝彦は一息つくと、語り始めた。

「初代の成子様はな、『大年様』ちゅう神様の御子さんや言われちゅうきに。こん神様は、福をもたらす神様やけんど、恐ろしい疫神様でもあるきに――。

昔、この島には疫病がよう流行しちょったと。何百、何千という人が命を取られちょったそうな。

けんど、ある日、小松ゆう家――おまさんのご先祖様や――が、妻籠めの旅の途中の大年様をもてなしさったきに、大年様はまっこと喜ばれたと。

ほんじゃきに、この旅で生まれてくる大年様の御子、『成子様』を村で大事にお祀りするんやったら、もう二度と疫病は流行らさんと、お約束されたがや。それ以来、村の一の宮である御霊社で成子様をお祀りするようになったと言われちゅう。ほんで今では、成子様の御子孫である平ゆう家が、代々、御霊社に住まわれて、成子様を名乗られちょる。今の成子様は四十八代目の成子様じゃと聞いちょるがやね」

「成子様は疫病から村を守る神様なのね……。そんな役なら、私、喜んで引き受けるわ」

律子は殊更明るい声でそう言ったが、さっきからその耳には、不気味な呪文が狭霧のように纏わりついていた。

「ねぇ、ところで、さっきから聞こえている変な呪文は何なのかしら？」

「ああ、あれは太夫らが式を打ち返しちゅうが」

久枝彦が事も無げに言う。

「式？」

「簡単に云えば呪いやが」

「呪いですって？」

律子は絶句した。この島に着いて以来、ずっと聞こえていたあの声が「呪い返し」の声であったとは。

一体、どれだけの呪いが、この日、この島で行なわれていると言うのだろう――。

不安げな律子に、久枝彦が軽く微笑む。

「別に気にする事はないきに。この島の古うからの風習ぜよ。八百年前、平家の落人がこの島に隠れ里を作った時、宮から陰陽道が持ち込まれた言われちゅう。以来、式打ちが盛んになったんや」

「陰陽道って？」

「中国道教の民間呪術が、平安京の都へ伝わって、国の祭祀や貴族の日常生活まで影響するようになったんや。それが陰陽道ちゅうもんぜ。

そん中に、式神ゆう霊物を操って呪詛する技があったんやと。それが島にずうっと伝わってきた言われちゅうきに」

「久枝彦さんって物知りね」

律子が微笑むと、久枝彦は照れて頭を掻いた。

二人は再び歩き出した。

坂道を登り、集落を突っ切った頃、律子は自分が山の頂上に立っていることを知った。

四方に山々の嶺が連なる中、一層高く、絶壁のように聳える嶺がある。その頂の物わびしい一角に、霧に包まれた建物の影が、ぽつりぽつりと見うけられる。麓の岩棚に向かって、欄干のある朱色の橋が架かっていた。

橋の下には奈落のような深い峡谷が広がっている。

恐らく、橋を渡った先の山が、成子様を祀るという神聖な場所なのであろう。

人の進入を拒むが如き荒々しい岩肌が、近づくにつれ露わになる。山の頂上付近は、日本画から抜け出したような黒々とした樹木に覆われていて、その深い森の中に集落があった。

此処では厳しい自然が圧倒的な力を以て、人間達を支配しているのだ——。そんな思いに捕らわれ、律子の心にある種の敬虔な感動が湧き起こった。

生霊　死霊　狗神　長縄　猿神　水官
飛火　変火　諸々の悪霊怨霊調伏
おんばじらぎに
はらじはたや　そはか
向ふに知らすな　こちらは知り取る
逆手に渡せ　逆手に渡さば
返し風吹いて
向ふは
膿む血　黒血　腫血　真血吐け
萎えゆけ　枯れゆけ　絶へゆけ

呪文の声が大気を埋め尽くしていく。

やがて目の前に、太い松の枝が幾重にも覆い被さる階が現れた。

2

樹木の薫りがしっとりと甘い。

登り詰めた所には、岩垣に囲まれた御霊社という異界が広がっていた。

手前に広がる蓮池には、緑豊かな二つの浮島と主殿前の庭とを結ぶ三つの太鼓橋が架けられている。

正面奥に建つ主殿には『御霊社』と記された扁額が掲げられていた。その屋根は急な曲線を描き、裾をぴんと空に突き立てた中国様式。背後に、鋭く聳える山の頂を背負っている。

主殿から左右に延びた白木造りの長い回廊は岩塀伝いに手前へ延び、右の回廊は二つの棟に、左の回廊は一つの棟と釣り殿に繋がっている。

回廊は主殿の奥にも巡らされ、敷地内に建てられた幾つもの建物を結んでいた。

小さな島のものとは思えぬ程、立派な神社だ。

境内の右手に場違いとも思われる岩窟がぽっかりと口を開け、その前に『大年明神』と染め抜かれた幟が立っている。

二人は池に架かる橋を渡った。

鈍い鉛色をした蓮池から揺らぎ上る反射光と湿気とが、全ての風景を包んで朧気にし、危うい水上の楼閣に来たかのような幻覚を覚えさせる。

二人は主殿の脇にある玄関口に立った。

鴨居に刻まれた神紋は五芒星だ。

「おおい、小松の小夜子ちゃんが来たぜよ」

ややあって、引き戸がカタリと開いた。

そこに立っていたのは、摩訶不思議な雰囲気を纏った大柄な女である。見事な白髪と貫禄のある体軀は、女の歳が相当なものであることを物語っているように思われた。

だが、白くのっぺりとした顔に小皺の一つもないのが、奇妙な違和感を生じさせている。

律子は女の持つ雰囲気に、ぞっ、と悪寒を感じた。

女は、鋭い目、鼻梁の細い高い鷲鼻、尖った顎、といった厳しい顔立ちで、一見すると何の感情をも持たぬ機械のようだった。が、見ているうち、その秘められた情念とも言うべき激しい感情が、顔の中心に塊となって蟠っているような、どこか異様に高ぶった印象が立ち現れて来たのである。

「久枝彦さん、ご苦労さんでしたな」

女は久枝彦に首をやや傾げて一礼すると、値踏みするような視線で律子を見据えた。

「そう、あんたが小夜ちゃんか。私は、この御霊社の女神主で、清子言うもんや。さぁ、早う上がりや」

清子は古い家を背負った女特有の落ち着き払った態度でそう言うと、すぐに背中を向けて、仄暗い廊下を奥へと消えて行く。

「あっ、待って下さい」

律子は慌てて久枝彦に一礼すると、清子の後を追った。

古い木の香が仄かに匂う黒光りした廊下を歩く。

蔀格子の間から櫓のように重なった六角三重の塔が垣間見え、櫺子の桟の影が足元を横切る。

白い障子、

障子、

障子、

廊下を右に折れ、その先を左に折れても、幻覚のように白い障子が立ち現れてくる。

(陰気な屋敷だわ……。心細いなんて思ったら朱雀先生に笑われちゃうから嫌だけど、せめて久枝彦さんがもう少し側に居てくれれば良かったのに……)

律子は溜息をつきながら足を進めた。

すると不意に、その障子の一つから狂おしげな鉦と太鼓の音が鳴り響いたかと思うと、次の瞬間、赤、緑、黄色、桃色、空色、色とりどりの鮮やかな花々が、律子の目前に躍りかかって来たのである。

律子は思わず息を呑んだ。

それは本物の花ではなかった。花笠である。花笠の縁から、この世の色という色で染められた細い和紙が数え切れぬほど垂れ下がり、それを操る者も居ないのに、空中で激しく揺れ動いたり、回転したりしているのだ。

ざわ、ざわと揺れる色紙と色紙の間から覗くのは、赤、青、黄……毒々しい色に染まった異形だ。くわっと開かれた恐ろしげな口元や、蛙のように飛び出した目玉が時折、垣間見える。

律子は思わずこの妖しい光景に眩惑されてふらふらと数歩後ずさった。そしてこれを数十秒見るうちに、ようやく冷静さを取り戻した。

どうやら、花笠を被り、面を付けた者達が転がるような勢いで律子の眼前に躍り現れたのであった。黒い着物を着ているため、暗闇の中ではその体が見えず、笠ばかりが躍っているように見えたのだ。

この奇怪な装束は何……？

固唾を呑んで立ち尽くしている律子を、清子が鉄鞭のように厳しい声で呼んだ。

「小夜ちゃん、何しゆうが！　邪魔しちゃいかんきに、しゃんしゃん早う来ておせ！」

律子は清子に駆け寄り、二人は再び歩き出した。

「すみません、清子さん。……あの人達は一体？」

「御霊社に仕える太夫や。成人した小松姓の男のうちで、選ばれた者が、ああして神社と成子様に御奉仕することになっちゅうがや」

「そうだったんですか。色とりどりの面を被っていたようですけれど……」

「あの面は『陵王面』いうんや。舞楽の面の一つやけんど、この島では、太夫らが御奉仕の時に被るもんや」

「御奉仕？」

「島のもんが頼んでくる祈禱やら、呪いやらに応じるがや。——この島は信仰深い島やきにね」

清子は有無を言わせぬ強い語調で言い放つと、それきり口を閉ざした。

律子も黙り込んだ。

3

がらんとした広間に一人取り残された律子は欠伸を嚙み殺していた。

何の説明もなく、ただ此処で待つようにと言われて、かれこれ二時間が経つ。

余程古い建物なのだろう。高い天井には、黒や茶色の汚斑が濃く滲み出し、升目状に描かれた神紋をすっかり凌駕している。

熟した柿のような西日が縁側から射し込み、律子の胸元を染めている。蒸し暑さを感じ、部屋の奥へ移動しようとした時、庭先から慌ただしい足音が聞こえた。

障子がガタリと開く。

「娘、いねやぁ！」

突然、甲高い声が耳に突き刺さった。

老婆である。絣の着物を着た老婆が、汚れた裸足のままで部屋に上がり込んで来た。老婆は青黒い顔の中に、怒れる羅漢のような眼を見張り、律子に詰め寄った。

「往ねやぁ、娘！　神訪いなんぞやめてすぐに往ね！　その身に祟りが降りかかるぞよ！」

「ちっ、ちょっと待って下さい、あなた誰なの？」

老婆は答えず、代わりに狂ったような甲高い声で一心不乱に祝詞を唱え始めた。

おおお　かしこみかしこみまうさく
たかまがはらにかみづまりまして
ことはじめたまひしかみろぎかみろみの
みことをもちてやほよろづのかみたちを
かみつどへにつどへたまひかみはかりたまひて
あらぶるかみたちをかみはらひにはらひたまひ
かみにごににごみたまひくにのうちにます

たたりがみえやみがみはかりかみたちは

律子が呆気(あっけ)にとられていると、廊下にどやどやと足音が鳴り響き、数名の男達が部屋に入って来た。

見る間に老婆が取り押さえられる。

「また、額田(ぬかた)の婆(ばば)か！」

「こん、クソ婆が、何言いゆうが！　大事な祭儀の邪魔すんやないぜよ！」

「こりゃ、出ていかんか！」

一番若い男が、老婆を無理矢理羽交(はが)い締(じ)めにして連れていった。

「離せやぁ！　いねやぁ！」

老婆の喚(わめ)き立てる声が遠ざかっていく。

「何もあんなに手荒にしなくても……」

律子が残っていた男に不平を言うと、男は頭(かぶり)を振った。

「かまん、ありゃあ額田の婆いうち、有名なイカレ婆やきに。前は腕のええ産婆やったが、息子が自殺してから、どうにも頭がおかしゅうなっちゅうがや」

「お気の毒に。息子さんが自殺を？」

「もう八年も前の事や。おまんは気にする必要ない。それよりもうすぐ始まるきに、しっかりな」

男は言葉を濁したまま、さっさと部屋を出ていってしまった。

なにやら込み入った事情がありそうだ。

しん、と再び静まり返った部屋に、やがて立烏帽子を被った陵王面の男が入ってきた。

奇怪な面である。

喝、と今にも居合いの声が飛び出しそうな、猛々しく開かれた口元に、五本の銀の牙が光っている。

広がった鷲鼻には怒りの皺が幾重にも寄り、ぎょろりと飛び出した大きな目玉は生き物のように精巧にできている。髪は炎のように逆立っていた。

しかも一層不気味な事には、そうした異形の人相の額には、しがみつくようにして蜥蜴だか蛙だか分からない疣だらけの化け物が逆立ちに張り付いているのである。

この不気味な陵王面は、白色面であった。

また、先程廊下で出くわした太夫達は黒い着物を着ていたが、この陵王面は黄色い直垂を着ている。

(白い陵王面に、黄色い直垂……。いよいよ儀式が始まりそうな感じね。何も説明を受けてないけど、今更聞ける雰囲気でもないし、出た所勝負で行くしかないわね……)

律子は周囲の動きに心を研ぎ澄ました。

陵王面の背後には、葛籠を持つ清子が従っている。

白い家守のようにのっぺりとした清子の顔には、人間らしい表情が何一つ浮かんでいない。その身体から立ち上る異様な雰囲気は、まるで彼女を御霊社に取り憑いた精霊の一人のように見せていた。

得体の知れない女である。

「これより御霊神社のこととして、神訪いの儀を執り行なうにあたり、神訪いの起こりを聞かせ申す」

陵王面が錫杖を鳴らしながら口上を述べた。

どうやら祭儀は先程から始まっているらしい。

(せっかく小夜子の生い立ちなんかを暗記して来たのに、ろくな紹介も無し、か。確かに好都合には違いないけど、これじゃまるで人として扱われていないみたいで嫌だわ……)

律子は今更ながら、自分の存在が『成子様』の決まり事を行なう傀儡に過ぎない事を思い知った。

陵王面は勿体ぶった動作で律子と対峙して座り、清子は律子の脇に座る。

律子は深呼吸をして姿勢を正した。

陵王面が低い声で口上を述べる。

「その昔、須佐之男の子神『大年様』が妻籠めの旅の途中で難儀され給い、一夜の宿を探して歩きなされた。

あちらこちらの家を訪ね、宿を所望されたがどこからも断られ、最後に、安徳様が財宝を守る平家の落人が子孫、小松博士の家に行って宿を頼まれた。

小松博士は『大年様』をねんごろにお迎えしてもてなした。

大年様はたいそうお喜びなされて、博士に末代までの遍く福とその財宝を狙う悪人に疫病を下すことを約束なされた。

こうして『大年様』は無事に妻籠めを終えられ、その時生まれた御子を博士に預けられて、根国へとお帰りになった。

これは後に根国に迎えられて神に成る子であるとして、『成子様』と名付けられ、御霊社に生神として祭られ給うた。

これより、成子様の御子孫が平の姓を名乗られ、代々、御霊社にお住まいなされて今に至り給う。

これ神訪いの由来として伝えられ申す――」

口上が終わると、清子は突然、律子の着衣を脱がせ始めた。

白魚のように滑らかな律子の体の曲線に、清子の射るような視線が突き刺さる。

人前で裸にされるなんて律子は嫌だったが、神妙な空気に気圧され、仕方なく為されるままだ。ただ、死人のように冷たい清子の手が肌に触れる度、びくりと身を竦めた。

襦袢の上に白い着物を着せられた。

次に白粉で真っ白に顔を塗られ、目元と唇に紅をさされる。額にも何かの模様を描かれた。

白い着物の上に紅い上着を重ね着する。

頭の上に玉を鏤めた宝冠が載る。

まるで飛鳥時代の姫君のような装束であった。

その間中、陵王面は錫杖を鳴らし、御幣を振りながら奇異な祭文を唱えていた。

是日本　唐土　天竺　三ヶ朝
年の初めの御来門に
宝の小槌をうち振るわれて
大年の神が　申されようには
衆生に遍く福を授け給ふ
我御子に守護のうてはなるまいとて
五式の神を
式もく行ひ参らせ給ふ
水のとの式は一が大神
黒太夫が行ひ参らせする
木のとの式は二が大神
青太夫が行ひ参らせする

金のとの式は三が大神
白太夫が行ひ参らせする
火のとの式は四が大神
赤太夫が行ひ参らせする
土のとの式は五が大神
黄太夫が行ひ参らせする
十二が方より　五色の太夫が
外法使ふて　是有り候ふ共
此(こ)の方から　外法は相法　と行ひ使ふぞ
外法は相法　と行ひ使ふぞ
大年様が槌音(つちおと)に合はせ
おん　まかきゃらや　そはか
まかきゃらや　そはか　と打って放す
五色の太夫が　まだも深くに　外法おろせば
一くに掛けて　二くに戻す
三くに掛けて　四くに戻す
五くに掛けて
六道返しに打って返す　打って返す

式の大神に　前立後立　お頼み申し
仇名も取るな　ひけいも取らすな
八十八ヶ式の式の警護　相添へ申す
方角違へな　方道違へな　門を違へな
家を違へな　人を違へな
元本人　その身の魔道　魂魂魄
微塵に打って返す　打って戻す
ちりぢん　息滅
おん　まかきゃらや　そはか
おん　まかきゃらや　そはかと
大年様が槌音に合はせ
元本人　身体へ　微塵　息滅　と打ち詰める

4

支度が整った律子に対し、陵王面と清子はうやうやしく平伏して床に頭を擦り付けた。

櫛形窓の外は既に夜になっている。衣装はずっしりと重く、呪文の魔力のせいか、律子はいやに眠くなってきた。

「成子様におきましては、本屋にお渡りなさいまして、大年様の神訪いをもてなし給えと畏み畏み申す」

陵王面が手燭を持って立ち上がる。続いて清子も立ち、律子の手を取って誘導した。

暗い廊下を右へ左へ折れながら、三人は建物の奥へと進んで行く。

やがて廊下が一直線になり、その幅が一際細くなって来ると、律子は四方から気圧されるような圧迫を感じ始めた。

ちろちろと揺れる赤い炎に浮かび上がった廊下は、煉獄の闇へと続くかのように、細く長く延びている。その闇の彼方に吸い込まれるかのように、三人は音もなく歩いた。耳が痛むほどの無音の中で、時折、手燭の油がちり、ちりと鳴った。

廊下の両脇に並ぶどの部屋も、貝の口のように障子をぴたりと閉し、人の気配がない。黒ずんだ障子の桟に薄く埃が積もっている事といい、天井の角々にレースのような蜘蛛の巣が張っている事といい、この辺りは滅多に人が立ち入らない場所のようだ。

ふと、律子の耳に無数の人のすすり泣きのような声が、高く低く渦を巻いて伝わってきた。それは廊下のずっと向こう側から聞こえた。

律子は氷を呑み込んだように、ぞーっとした。

「誰か泣いてる……」

思わず呟いた。

「違う、あれは風の音ちや。この神社の下には沢山の洞窟があってな、そこを吹く風の音があんな風に聞こえるちや」

清子が、世を捨てた尼のように冷めた声で答える。

「この島には石灰岩の地層が多いきに、雨が降るとその水が、石灰岩を溶かして運び去ってしもうて、長い年月をかけて地中に穴を作るんがよ。

海岸の崖沿いには、波がぶつかってできる海食洞や溶岩の下にできる溶岩洞なんかもあるきに。小さな物から、大きな物まで様々にあるがよ」

「そうですか。それにしてもこの辺りは随分と静かですね……」

「此処から先は、御霊社の主、成子様の御在所やきに、司以外の人間は気安く近寄ってはいかんぜよ」

「司って？」

「太夫達を束ねる役よ。前を歩いちゅう陵王面は白面の司やき。他にも赤、青、黄、黒の司がおるぜよ……」

清子は、暗闇を窺う猫のような視線を虚空に漂わせながらそう言った。

裏口のようなところから表へ出、眩暈するほど長く急な石の階段を下りていく。

律子は着物の裾を汚さぬように注意深く歩いた。

階段を下り切ると、崖の中腹に僅かにできたテラス状の岩棚へ出た。

左手は漆黒の海が打ち寄せる絶壁、右手は遥かに聳える岩壁である。

満天の星が宇宙の神秘と怪奇を物語るような樹枝状の大曼陀羅となって、頭上に広がっていた。

岩壁の手前に藁葺き屋根の古い建物がある。

その前で立ち止まり、陵王面が言う。

「これが本屋や。小松の御先祖が住んでいた家やき。此処に大年様をお迎えしたがや——」

こんな所に住んでた……？

不安げに首を傾げた律子に、清子は、

「こんな場所に家があって、びっくりしつろう。ずっと昔、小松の先祖は八分もんとして嫌われちょったきに、こがいなところで隠れるようにして暮らしちょる。ここは御先祖の怨念と苦渋が染みついた家じゃきに」

錠前が外され、重たい音と共に扉が開くと、玄関の土間が現れた。脇に井戸が掘られている。

土間の向こうは十畳程の部屋になっている。窓は一つもなく、部屋は暗かった。

清子が部屋に上がり、二つの燈台に火を灯す。

すると、部屋の中央に置かれた、壮麗な御輿にも似た高御座が、光の中に浮かび上がった。

八角屋根の角々に鳳凰が羽ばたき、中心に五輪塔が据えられた煌びやかなものだ。

「それでは成子様、中にお入り下さりませ」

言われるままに律子は部屋に上がり、高御座の周囲を半周して、座の入り口に回り込んだ。

入り口にかかる御簾を押し上げ、中に入る。中は豪奢な金箔張りで、螺鈿の卍繋ぎ模様で飾られていた。

中央に置かれた朱色の座布団は大きく、ふんわりと座り心地がいい。

顔を上げると、正面に北斗の印が描かれた木戸が見えた。木戸の両側には、鋭利な大鎌と斧が立てかけられ、その刃がぎらぎらと光っている。

律子はぞくりと身震いをした。

「成子様、その北斗の印の扉の向こうが『大年様』が根国から通われる道じゃきに、その扉は内側から絶対に開けたらいかんぜよ」

背後で、凄みのある陵王面の声がする。

「それでは成子様、明朝お迎えにあがります」

清子が深々と頭を下げ、玄関口へ去って行く。

律子が不安げに背後を振り向いた時、がちゃり、と鍵の閉まる音がした。

5

一人になると、律子はすぐに高御座を這い出した。

「あー、こんな物の中で三日三晩じっとしてるなんて、絶対無理っ！」

律子は大きく伸びをしたあと、陵王面が「絶対に開けるな」と釘を刺したばかりの木戸に忍び寄り、そっと扉を開いてみた。

目の前に、暗い……穴がある……。

恐らく崖に開いた洞窟なのだろう。その入り口には注連縄が巡らされている。扉と注連縄との間は、僅かに頭一つ分ほどしか離れていない。

洞窟の奥から、むっとむせ返るような黴臭い臭気が漂ってくる。

奥に目を凝らすが、何も見えない。かなり深い、本当に地獄にでも続いていそうな洞窟だ。

そのうち暗闇に目が慣れるだろうと、暫く凝視しているうち、洞窟の奥で何かが一瞬青白く光ったような気がした、

——何かしら？

鼓動が速くなる。

ちらりと、鬼火のようなものが見えた。

目の錯覚だろうか……？

おおわぁぁ――――ん
きぃえぇぇ――――え

闇の奥から、か細い泣き声のようなものが聞こえてくる。

律子はどきりとして、反射的に木戸を閉じた。

清子の言うとおり、洞窟の中に風が吹き込んでいる音に過ぎないのだろうが、幽霊、呪い、祟り――奇怪な妄想が理性を押し分けて次々と湧いてくる。

別の何か楽しいことを考えようと思い、律子は部屋の中を彷徨き回った。

天井に渡された細い注連縄には、眼と口に穴を開けた人形の切り紙が、首吊り死体のようにずらりとぶら下がっている。雛御幣という魔の侵入をふせぐ為の変形御幣だ。

左手の壁には祭壇が設けられていた。

律子は燈台を近くに移動し、用心深く祭壇の観音開きの扉を開けた。

壇は三段になっていた。

一段目には、米を入れた袋、香炉、水の入った釜、そして数珠。

二段目には五色の木綿を垂らした御幣と五色の布人形、両脇に鈴の束。

最上段には五つの神鏡が並び、燈台の光を反射して泥金のように鈍く輝いている。

律子は布人形の一つを手に取った。

大きさは三十センチぐらい。子供の抱き人形のようだが、その胴体におどろおどろしい記号のようなものが書き連ねられている。

呪詛のための式人形だ。

律子は人形を中に戻し、扉を閉めた。

「気味の悪い人形……余計に気が滅入ったわ」

律子は溜息をついた。

その時ふと、車組から律子を送り出す際の朱雀の言葉が頭を過ぎった。

『好奇心は猫を殺す——西洋の諺だ。あんまり余計な事に首を突っ込むんじゃないよ』

朱雀は溜息混じりにそう言うと、猫の子を追い払うように手を振って律子を送り出したのだった。

律子は少し言いつけを守る気になって、高御座の中に潜り込むと、座布団の上に横たわった。

此処に入ってから、恐らくものの十分と経っていない筈なのに、時間が恐ろしく長く感じられる……。

何時とはなく、律子は眠りについていた。

6

黒雲が七分に膨らんだ月を覆い隠して行き、夜の闇がしっとりと濃くなった時――。

ヒョ――――

何処からともなく、不気味な鬼声の如き物を思わせる風の音が、夜空に響き渡った。

すると、老獪な魔王の如く闇に佇む御霊社の上空に、ぼんやりと青白く輝く夜光雲が出現した。

平成子の、生神様の霊験である。

摩訶不思議な光雲は見る間に変形を始めた。

最初、霞のように薄く微かだった光が、塔状に堆く積み重なり、不可思議な形の積乱雲となったかと思うと、再び瞬く間に崩れて横に広がり、一筋の長い糸のようになる。或いは、何時の間にか天空に茂る木立のように聳え立つ雲になったりもした。

世にも不気味で、恐ろしく奇怪な光景である。

階を登ってきた五人の陵王面――司達は、暫くそれを眺めていたが、やがて本殿へと歩を進めた。

清子と合流した司達は、秘密の通路を通り生神之宮へと向かう。

隧道(トンネル)のように狭く、曲がりくねった通路を歩いた。

やがて一行の前に、清子の手に持つ燈台の明かりに照らされて、巨大な疫神の姿がぬうっと出現した。

何度見ても、目を覆いたくなるようなおぞましい姿だ。一行は逆毛を立て、震え畏(かし)こみながら大香炉の前で線香の煙を体に浴び、身を清めた。

香炉の脇には、流された数多(あまた)の流血が、いつしか黒い模様となって染みついた屠(ほふ)り台がある。

毎朝決まった時刻に、大年神へ捧(ささ)げる鶏、犬、牛、馬などの生贄(いけにえ)を屠り、捌(さば)くという、血なまぐさい儀礼がそこで執り行なわれるのだ。

それにしても、自然というものは、何と摩訶不思議な形をした、夢幻的な空間を生み出すのであろう。

めくるめくような金色の輝きと、錯綜(さくそう)する彫琢(ちょうたく)の海……。

洞窟(どうくつ)一帯に漂う、この世のものならざる霊粛な雰囲気は、にわかに一同の思考や感情を麻痺(まひ)させてしまった。

生神之宮も間近になると、壁に描かれた十二天の姿が、深海の底から現れるように浮かび上がった。

一同は猫のような摺り足で、さらに奥へと向かって行く。

幽暗な薄明かりの中に大勢の人影が揺らめいた。鍾乳洞のつららに刻まれた百羅漢像の影だ。

観音、菩薩、様々な神像の姿が次々と目の前に現出する。それらの見事な造作は、見る者の息の根を止めてしまうかと思われる程に眩惑的で、また怪しくも、艶めかしくも見えた。

その先は、清子の承諾がないと、司も滅多に入れない場所だ。

この頃になると一同の理性は成子の威光の前にすっかり消滅し、ただただ肝の内から震えがくるような畏怖のみが身の内に残っていた。

「成子様、五色の面、まかりこし候――」

清子が粛々とした声を投じると、ややあって「入りゃ」と、億劫そうな答えが返ってきた。

目映い金色に輝く空間が出現した。

突如、光の洪水に押し包まれた一同は、くらり、と眩暈を覚えた。生神様の高御座まで一直線に並んだ燈台の光が、金色の壁面のそこかしこに反射し、遠近感を奪う。

それは恰も光ばかりを集めて作られた部屋のようであった。この上なく神々しく、超常的な力が部屋中に漲っている。

天井には色鮮やかな天井画。その片隅には飛翔する天人と龍が描かれている。

華麗な鳳を頂く高御座の中にぴんと背筋を伸ばし、成子が座っていた。

「祭儀の巫女が、無事に本屋に入りました」

「巫女は誰ぞ？」

「滝吉が孫娘で、小夜子という者です」

「聞いたことのない名じゃ」

「その孫は東京に住んじょります」

「余所の者か……。それはええが、昨今、生餌が少々足りんで苦しいちや」

「へんしも（急いで）、島のもんに言い伝えます」

7

小屋に籠もってから三日が経った。

清子が朝夕決まった時刻に訪ねて来、祭壇に祈りを捧げるほかは、律子には何一つする事がない。食事さえ摂らせてもらえなかった。律子は一日中、夢現のまま寝起きするだけの日々を送っていた。

しかし、ようやくそれも今日で終わる。

がちゃり、と鍵の外れる音がし、清子がやって来た。夕べの祈りの時である。

祈りの前には、律子は土間にある井戸で水垢離をとって身を清めなければならない。

七月とはいえ井戸水は身を切るように冷たく、断食をしている律子には相当辛い。律子が奥歯を鳴らしながら水垢離をしている間、清子は側で待ち、終わると衣装を着付けする。

律子が人と会えるのはこの僅かな時間だけだ。

「清子さん、成子様役をすると婚期が遅れるなんて本当なんですか？」

寒さに震える声で律子が訊ねた。

「巫女になると、神様の嫁になったことになるきに、人間の男とは結婚ができん言いゆうもんがおるんよ。特に憑き筋の者などは好きなこと言いゆうけんど、それに同調する者もおってなあ……。

困った時には、御霊社に泣きついて来て、式打ちなど頼みゆうくせに、酷い中傷をしよるが」

清子は律子に背子を着せながら、うんざりした調子で答えた。

「けんど、そんな中傷ばっか言うちょると、成子様のお怒りをかって神罰が下るきにねえ」

「神罰、ですか……？」

清子が断罪するような強い口調で言葉を継ぐ。

「そうや。この御霊社の主、平成子様は、大年様の御子孫。つまり生神様や。成子様の言いつけ守らんかったら狂い死んだ後、死体が三日三晩青白く光って、晒し者になるんやき。

ほん六日前にも、池之端の主人が神罰で死んだがや――。

池之端いうんは、この小松と並ぶ島の旧家やが、もともと島一の庄屋やったけんど、小松に追い抜かれたきに、妬んじょる。小松がよう御霊社に仕えてるのに比べたら、成子様の執政を批判したり、一揆を焚き付けたりするとんでもない悪党ぜよ、そのせいで、三十五代の当主のうち、十一人も神罰で狂死しちゅうのに、今の当主も、成子様の神託に逆ろうて、島に工場を誘致しようとしちょったきに、神罰が当たったがよ。懲りん事ちゃ……」

どういう事なのだろう？

律子は首を傾げた。

今の世に神罰など……そんな事が現実に起こるはずもないのに、清子は至って真剣な顔だ。

「小夜ちゃん、何を不思議そうな顔をしちょるんや。何もかも、ほんまの事やき。天皇陛下様かて神風吹かすがや？　生神様いうのはそういうもんちや。島の掟を破ったり、悪行を積んだもんには成子様がちゃんと神罰を下されるきに、この島は何百年も平和やき。此処には滅多と犯罪もない。罪を隠しちょっても、神様にはすぐわかってしまうきにね」

「呪詛をするのは良い事なんですか？」

その言葉に、清子はきっと眦を上げ、律子を睨み付けた。

「そういうことも時には必要ぜよ。この島には憑き筋なんぞも多いきに。島ちゅうとこにはな、其処だけの掟や昔からの慣習ちゅうもんがある。理屈やないきに。

……まあ、小夜ちゃんも三日間辛かったやろうけんど、今日で最後や。ちゃんと高御座に座って、教えた通りに神訪いの大役をこなしておせ」

そう言い残して清子が去ると、律子は覚悟を決めて高御座の中に入った。

随分と時が経ったと思われる頃、御霊社で聞いた祭文が風に乗り、何処からか響き聞こえてきた。

目の前の木戸がかた、かた、と音を立てて動く。

やがて、ゆっくりと木戸が開いた。

洞窟の中に、ぬっと立っていたのは黒い陵王面だ。黄色い直垂を身に着けている。

その背後にも四人、輿を担いだ仮面の者が同じく黄色い直垂を纏い、立っていた。

五人の司達である。

暗くて視界が悪いせいか、疲れに目が霞んでいるせいか、律子には彼らの面がやけに生々しく見えた。

やぐぞぐどおり　にじゅうねん　まっだ

――いぐが？

滑舌の悪い低い声が囁いた。

ざらついた不気味な声である。

――いぐが？

(何を言っているのだろう？)

眩暈を覚えながら、律子は懸命にその言葉を理解しようとした。

(『いぐが』……そうか、『行くか』と聞いているんだわ、ここで『行かない』と答えなければ……)

「行きません」

律子が姿勢を正して凛と答えると、黒い陵王面がぬっと部屋に入ってきた。腰を曲げ、杖に縋るような覚束ない足取りだ。

木の瘤のように太く節榑立った黒い手が、高御座の御簾を掻き分けて中に差し込まれ、ぐいと律子の手を掴んだ。

ざらりとした肌触りの、異様に冷たい手である。

ちょろちょろと赤くゆれる蛇の舌のような燈台の明かりが黒い面を嘗める。

その時、陵王面が――

にたり、と顔を歪めて笑った。

蛙のように飛び出た目の端に、くっきりと深い笑い皺が寄る。

「きゃあっ！」

律子の全身の血の気が引き、髪の毛が逆立った。面が顔を歪めて笑うはずがない。

（これは……本物の顔だわ！）

得体の知れない恐怖にかられた律子は、短い悲鳴と共に、陵王面の手を振りほどいた。

陵王面は不思議そうに周囲を見渡した。蛙のような目玉がきょろきょろと動いている。

律子の額にぶわっ、と脂汗が噴き出した。

なるごではない……（成子ではない）

なるごは　どご……（成子は何処）

ガサリ、ガサリ、という音を発しながら、陵王面が歩き出した。

高御座の横から後へと畳を踏みしめる気配が移動する。

本物の成子を探しているらしい。

　これは何なのだろう？
　これは……人間ではない
　これは……普通の祭儀ではない
本物の大年神（おおとしのかみ）が此処にいるのだ！

律子は絶叫した。
ふっ、と明かりがかき消えた。
律子の耳に、幾重にも重なった物々しいざわめきが響き聞こえてきた。

第一章　鬼界ガ島の神秘

1

土佐の浦戸湾から南に船で三時間ばかり行くと、鬼界ガ島という瓢箪形をした孤島がある。

青い硝子のような海原のただ中に、こんもりと樹木を茂らせた小さな島であるが、何故か、島民以外は決して島に近寄りたがらない。

「知っちゅうか？　中村の娘んこと」

「狗じゃお」

「四つん這いで歩いとるちゅうが」

島の人間は、島民同士の間では、互いの家の事などしきりに噂話をしあったが、余所から来た者には、滅多に口をきかなかった。

古来、島では、陰惨な事や不可思議な事が様々にあったので、自然と口が堅くなり、別に誰かからそうしろと命ぜられなくとも、余所者につまらないお喋りをしなくなったのである。

島の人々の血肉に染みつき、島を外界から乖離せしめているものこそ、小松流という特殊宗教だった。それに纏わる血腥い歴史は数々あったが、その一つが島の中央部にある更志野と呼ばれる地名の出所である。

およそ千年あまり大昔、この島には毎年疫病が流行し、その病で住人や家畜の殆どが命をとられた。

それは『大年神』という疫神の祟りであった。

一体どういう病気だったのか、はっきりとした記録は残されていないのだが、疫病の恐慌たるやそれは凄いもので、村中に大騒ぎが起こり、まるで中世の魔女狩りのような酷い蛮行や殺戮が行なわれ、地獄図が展開したらしい。

以来、この島は、険しい岸壁に数多の洞窟が開き、その様が口を開けた鬼の顔がいくつもあるように見えるという事で、鬼界ガ島と名付けられ、そこに行くと、鬼に食われて生きては帰れないと噂された。中でも更志野という一帯は、その場所が数多の死体が「野晒し」にうち捨てられていた場所だった所から付いた名である。

島に広がる神秘的な深い森も、実は疫病者の死肉という肝胆寒き肥料を餌にして、積乱雲のような森になったもので、やがて、生き残った島民達が疫神を宥めるために、島の奥部に建立したのが今の『御霊社』だ。

その御霊社を本山として陰陽道を核に、土着の修験道や巫女信仰などが入り交じって生まれたのが、小松流なのである。

その存在を初めに発見したのは、浦戸湾の漁師たちであった。

時により、不意に島の方から笛のような妖しい音が響き伝わり、赤、青、黒、白、黄の鬼面をつけた異形者たちの行列が、旋律怖ろしげな神楽を歌いながら、ぞろぞろと練り歩く様が目撃された。

或いは、嵐で島に漂着した者は、人の顔形を切り抜いた奇怪な御幣を振り回しながら、ごうごうと火の燃える護摩壇を築き、祈る島民の姿を見たという。

又、夜になると、蒼白い光雲が島の山陰に漂い、漁師たちを震え上がらせたりもした。

こうした怪異が続くうち、やがて、不気味な噂が噂を呼び、いつしか、その島に寄りつく者は誰一人としていなくなったのだ。

――しかし、約五百年前の室町中期に、ただ一度例外があった。

その忌まれようが、ともかく鬼界ガ島と聞いただけで犬猫でも避けて通る程に徹底していた為、重い年貢に追われた百姓達や、一揆を起こした罪人などが一斉に鬼界ガ島に逃げ込むという事件があったのだ。

島の海岸で貧しく漁業を営んでいるのは、殆どがその子孫だ。

やがて、再び起こった外界との隔離によって、島は時の真空地帯に取り残された別世界と化して行き、そこでは、いつとなく呪詛（じゅそ）や祭儀にまみれた生活が営まれるようになっていった。

2

その鬼界ガ島に、運命の糸に引き寄せられるようにして御剣清太郎（みつるぎせいたろう）という若い紀行作家がやって来た。

出版社からの依頼で、『紀行作家が地元の秘境を紹介する』という企画の為である。

御剣は、牛乳瓶の底のような厚い眼鏡をかけている上に、髭（ひげ）もじゃの顔の右頬に大きな黒子（ほくろ）がある。破れたチューリップ帽を被（かぶ）り、皺だらけの着物、大きなボストンバッグという異様な風体の男だ。

御剣がこの忌み嫌われる島の噂を耳にしたのは、四国遍路を取材旅行中の高知で、土佐神社の神主を相手にあれこれと質問をぶつけていた時である。

かなり老齢で曖昧（あいまい）な返答しかしないその神主は、御剣がしきりに目新しい材料がないかと訊（たず）ねるのに根負けして、まるで怪談話を仄（ほの）めかすかのように、

『今まで誰にも教えなかったが、特殊な信仰を持つ孤島が存在している』

という話をそれとなく持ち出してきた。

「そう、その島に入ってからの事は責任が負えんが、その気があるんなら、浦戸湾の船頭にでも話をつけて舟を出してもらうことや……。けど、この辺りでもまともな人間は決して島へ渡る事はない。なにしろ、その島にあるのは、式を打って人を呪い殺したり、死人の口寄せをしたりする小松流という怖ろしい邪術なんじゃ。

鬼界ガ島や更志野という名は聞いたこともないじゃろう？

誰もが口にするのを嫌がるきに、地図にものらんかったがや。けど、間違わんといて欲しいのは、わしは勧めてるんではないという事や……」

普通の地図にも載っていなければ、口にするのも嫌がられるという信仰の島があると聞いて、御剣は得も言われぬ興奮を感じた。

それほど禁忌視されるような所ならば、少なくともかなり風変わりな、どこか注目に値する取材材料があるに違いない。

彼はさっそく浦戸湾へと向かった。

土佐湾に臨む浦戸湾は活気のある漁港であったが、鬼界ガ島への舟の事を聞くと、誰もが顔を顰めて首を振るばかりだ。それでもしつこく食い下がるうち、遂にある漁村へ行けと教えられた。

なんでもその漁村は、鬼界ガ島から来て住み着いた者達の村だという。

漁村への道は藪に囲まれた足場の悪い凸凹道だった。おまけに閑散として全くと言っていいほど往来する人を見ないのだから、よくこんな無意味な道を作ったものだと、御剣は不思議な気にすらなった。

やがて、鷗が不吉な声で鳴き騒ぐのが聞こえ、魚の腐臭が漂う、寂れた小さな村に辿り着いた。

こわれた窓を紙テープで補修し、魚の死骸や貝殻が雑然と庭先に転がっている……そんな見窄らしい家がぽつりぽつりと立っている。

磯臭い海岸では、物憂い顔をした漁師が網を結っていたり、貝を取っている者の姿が見受けられた。

想像以上に物寂れ、どこかしら無気力さが漂う村である。

御剣は意を決して数軒の人家を訪ねた。

村の人々の祖先が島から移り住むようになったのは、かれこれ百年前からという事だ。

その頃には島の人口も安定し、家の跡継ぎ以外の男子は成人になると島を出て行かなければならないという掟が出来たという。そうした人々が浦戸湾の外れに漁村を作ったらしい。

しかし鬼界ガ島の出身だというと周囲から村八分にされるので、大阪や東京に逃げて行ってしまう者の方が多いという。

こうした事を、他に聞く者もいないのに、声を潜めて話す様子を見ると、彼らは相当に肩身の狭い思いをしているらしかった。

　気の毒な事だとは思う。とはいえ、御剣は漁村の何人かと話をする内に、他の連中が迷信だけで彼らを毛嫌いしているわけではないようだと感じるようになった。

　村の人間は一様に、陰気で表情に乏しく、ぼそぼそと喋るくせに、目だけが何かに憑(つ)かれたようなぬめり気のある艶(つや)を帯びていて、実際、不快な印象を禁じ得ないのである。

　ある男の口から出てきた話は、奇怪至極な、それでいて妖しいお伽話(とぎばなし)のような内容だった。

「島には『狗神(いぬがみ)』や『猿神』などの憑き物や、その憑き筋と言われる家が数多くあってな、こうした憑き物が色々と悪さしゆうのよ……。

じゃきに、家に問題が起こったり、病人が出たりした場合、どこの家の憑き物が悪さをしたかを太夫(たゆう)に判じてもろちて、祓(はら)いをする必要があるがや。

けんど、太夫らの本業は呪殺やきに、不用意に出入りするのを見られたら、『あそこん家(ち)は、誰かを呪詛しゆう』ち噂されてしまうんぜよ」

「ほう、その太夫という人達は、相当な呪力を持っているんですがや？」

　御剣はそそられた風情で身を乗り出した。

「そりゃあ、凄い力ぜよ。けんど、太夫ちゅうよりは、成子様のお力やが」

「成子様つか？」

「おんしゃあ、知らんがか？　成子の生神様(いきがみさま)じゃ。鬼界ガ島には生神様がおるがやき」

男は瞳を光らせ、妙に得意げに言った。

「どんな方ぜよ？」

御剣がメモを構えて問う。

「大年様の御子孫じゃ言われゆう。代々、御霊社におられるがよ。村の掟は成子様の神託で定められたもんやきに、それに背くと、神罰が下って、たちどころに狂死するそうぜ。逆に信心が厚いと体のどこかに北斗が出来る。それが出来ると、その年にはええ事があるゆうき」

「北斗って、北斗七星の事ですろう？」

「そうや、わしもあるきに、見せちゃろか？」

「ええ是非」

男はぺろんとシャツをめくって胸を見せた。左の胸に、薄紫色の内出血のような斑点がある。確かに男の言うとおり、斑点は北斗七星の形に並んでいた。

御剣はごくりと唾を呑んだ。

「まっこと北斗の形に並んじゅう。こがいに不思議な事がよくあるが？」

男はすぐに上着を直し、恍惚とした表情で微笑む。

「島では、年に二、三人、多い時で八人ぐらい北斗を貰うぜよ。わしは月に一度必ず御霊社に参ってるから貰えたがや」

「いつも同じ人とは限らんがやろ？」

「同じ時もあるが、だいたい違ちょる。島のもんは一生に一度は貰える言われゆう」

「できる時の予兆とか、痛みとかは？」

「朝、目が覚めたらいつの間にか出来ちょる。痛みはないな」

「いつ頃から島ではそういう事があるが？」

「ずうっと、大昔からや」

土気色した顔の中で、男の瞳には不思議に敬虔な光が宿っていた。

北斗の痣――まるで耶蘇教徒に見られるような、一種の聖痕現象のようだ。

「なんと……これは凄い……」

御剣は神妙な顔で顎を撫でた。

3

その漁師に謝礼を包んで舟を出して貰い、御剣は鬼界ガ島へ渡った。

謝礼に気を良くしたか、自らが信仰する生神様の霊験におののく御剣の態度に気を良くしたか、男は「島に着いたら、葬儀場の久枝彦ゆう青年に道案内をしてもらうとええ」と、葬儀場のある地獄谷への順路まで教えてくれた。

島の人々は死者の穢れを極端に嫌っている、疫病の流行が多かったからだ。死体を家の中に置いておくことはなく、葬式は地獄谷にある閻魔堂で行なわれ、火葬にも埋葬にも村人は立ち会わない。これらの葬儀の全ては久枝彦一人が担当しているという。

御剣は教えられた通り、港近くの漁村を抜け、まばらな雑木林の中へ続く一本道に足を踏み入れた。

凸凹道に足を取られ、歩みがなかなか捗（はかど）らない。

御剣は道の両脇に積まれた石群に目を留めた。

大小様々な大きさの岩が、二、三個ずつ積み上げられているものだ。よく見ると、積み石は道の両側のみならず、その背後にも延々と続いている。道の両脇に積み石があると言うより、延々と広がる積み石の群の中に、一本道が通されていると言った方が正しい。

自然石がごろごろと横たわる光景の広がりは、まるで古代の巨石遺跡に迷い込んだかのような錯覚を起こさせた。


こ、これは、墓場じゃか……


御剣はそれを理解した瞬間、思わず身を震わせた。

果てしなく広がる墓場。

更志野の下に眠る何十万もの死体を食って育った林——。

どのような疫病がこの島を襲ったのだろう……。

御剣はできるだけ足を早めた。

進むほどに険しくなる道である。いくつかの細い吊り橋を渡り、闇深い雑木林に出る。林はじめじめと陰湿な空気を孕んでいた。

雑木林を抜けると、正面に長い吊り橋が架かっていた。どうやらその先に更志野の村があるらしい。

だが、一人で村に入っては反感を買うだけだ、案内人を立てなければいけない、と漁師に教えられていた御剣は、葬儀場への道を探した。

吊り橋の脇に、六道坂という標木が立っていた。

六道とは、衆生が死んだ後、それぞれの業に従って輪廻する「地獄・餓鬼・畜生・阿修羅・人・天」の六つの世界を言う。

悪行の結果として行く地獄、餓鬼、畜生を「三悪道」といい、善行の結果に行く阿修羅、人、天を「三善道」と言う。

御剣が注意深く辺りを見回すと、微かにそれと分かる一条の小径が吊り橋の下の谷へ続いているのが見えた。

六道坂を下って行く先が地獄谷とは、何ともでき過ぎた感がある。

「くそっ、此処まで来たら地獄の底でも構わん。絶対に記事をモノにしちゃる」

意を決して小径を下った。

小径の両脇には、鋭い葉を持つ菅草や暗い紫色のハシリドコロ、麻、トリカブト、簪っている。

草などが生い茂り、所々に二メートルばかりの空木がぽつり、ぽつりと化け物のように立
毒性や麻薬性をもった植物が群生しているのは、島の呪禁に使われる為であった。

草花の緑は夏間近の燃え盛るような濃い緑ではない。谷は日射しが少ないので、植物も
どこか白い粉を吹いたように病的な暗い色彩である。

曲がりくねった小径を小一時間も歩くうち、胸の中に湧き上がる不安を映したような妖しい薄紫色の空を背景に、黒い建物の影が二つ揺らめき現れた。

火葬の熱で、周囲の大気が揺らいでいるのだ。

「げに蒸し暑い……」

御剣は額の汗を拭った。

片方の建物の向こうから、死の影を宿した黒い煙が高く立ち上り、やがてそれが中空で夕立雲のように蟠っている。

葬儀場の煙だ。

ひらり、ひらりと死者を燃した灰が辺りに舞っている。谷の樹木もこの死の灰をかぶって、毒性をさらに増しているに違いない、と御剣は感じた。

最初に『閻魔堂』と書かれた建物の前を過ぎた。その入り口に、出入りを禁ずるかのように標縄が巡らされている。

ふと、その標縄に目を留めた御剣の背筋に、冷気が走った。

標縄には、通常の四手（しで）の代わりに紙の人形が吊り下がっているのだ。まるで「吊し首」の光景だ。

神域に対する荘厳な印象は到底抱きえない。むしろ、恐ろしい幽界の魑魅魍魎（ちみもうりょう）に近づく危険を警告されているように感じ、御剣は立ち竦（すく）んだ。

閻魔堂の脇に葬儀場はあった。

小屋の前には薪（まき）が四角く積み上げられ、水飴（みずあめ）のように柔らかく撓（しな）る炎が激しく火花を散らす度、一斉に生木を裂くような音が周囲に響いた。

蛋白質（たんぱく）が燃える異臭が立ちこめている。

御剣が思わず顔を背けた先に、ひとつの、

——光る死体があった。

晒（さら）し者のように台座に乗せられ、横たわる男の死体。

その全身から、アセチリン瓦斯（ガス）のように蒼白（あおじろ）く冷えびえとした妖しい光が放たれているのだ。

御剣はその余りに奇怪な様子にふらふらと引き寄せられた。

恰幅（かっぷく）のいい口ひげを生やした男である。くっきりと浮いた鎖骨の間、死装束の胸元に、鋭い掻（か）き傷のようなものが見える。

あたかも人間の形をしたランプのようだった。

見る限り、光源は体内にあり、皮膚は半透明に薄気味悪く透き通って、毛穴から漏れてくる朧（おぼろ）な光が一尺程先までを照らしているのだ。


な、何ぞ、これは……


食い入るように死体を覗（のぞ）き込んだ御剣は、さらに身の凍る思いに駆り立てられた。

体は完全に死後硬直し、暗紫色の死斑（しはん）を浮き上がらせている。

常識では考えられない事だが、死後硬直しているはずの死体の傷から、まだ生温かそうな流血が続いているのだ。更に驚くべき事に、その流血までもが光を放っていたのである。


こっ、これが生神様が霊験かや！


御剣は眼鏡をずり上げ、さらに観察を続けた。

どう考えても、この光の正体が分からない。

熱は無い。冷光である。とすれば、蛍光塗料や静電気の放電が考えられるが、どう見てもそのようなものではなかった。

第一、外的な要因や何かの蛍光塗料を用いた仕掛けならば、体内から流れ出る血液までもが光る筈はないのだ。

この死体は紛れもなく、その内部から光を放っている。

御剣は生まれて初めて目の当たりにした神秘現象に心を奪われていた。

ぎゃーぎゃー　ぎゃーきーぎゃーきー
うんぬん　しふらーしふらー
はらしふらーはらしふらー

乱れ太鼓のような鼓動が少しずつ治まって来ると、御剣の耳に低い念仏の声が聞こえてきた。

念仏を唱えているのは、御剣と同じ年頃の青年だ。

炎の一点を見つめていた青年が、御剣の視線に気付き、

「何ぞ御用かや？」

と訊ねた。

「ああ……、ああ、すいません。おまんが久枝彦さんかや？」

「そうやけんど……」

久枝彦は御剣の異様な風体をじろじろと見た。

「は、初めまして、私は御剣清太郎という紀行作家です。実は小松流の事を聞いて訪ねて

米たんですき。できれば少々取材をさせて頂きたい思うて……。浦戸湾の漁師さんが、久枝彦さんに更志野を案内して貰うと良いだろうと言うちょったもんで、ほれで、こうしてやって来ました、どうかお力を貸しとおうせ」

そう言いながらも御剣は、まだ、光る死体の方をちらちらと窺っている。

「そん仏様がそがいに気になるがかや？」

久枝彦が不思議そうに訊ねた。

「げに不可思議じゃか。これは、この死体はどうしてこげな風に光っちょるですがやろ？」

「この島じゃあ、別に珍しい事やないきに。成子様の神罰を受けた者は、みぃんなこないな風に光っちゅう。それに、神罰の傷は一旦付くと何日経っても絶対に塞がらんきに、そうやって血が流れるんや」

「成子様ちゅうと、こん島の生神様ですろう？」

「そうや。掟に背いた者がおると成子様が神罰を下されるんや。そうしたら生きている内から、体が光り出して、最後には狂い死にするんぜよ……」

「いっ、生きている内から光るが？」

御剣は生き肝を抜かれて、目を瞬く。

「最初は目立たんけんど、日にちが経つにつれて光が強うなるがやき。そうして神罰を受けて死んだ者は、三日間晒しもんになるがぜ。吊り橋の上からよう見えるようにこの台に置かれち」

久枝彦の話を荒唐無稽な妄想だと嗤うに嗤えない現実が、目の前にある。

「一体、こん仏さんは何が罪で神罰を受けたちゅうが？」

「こん仏様は、池之端一郎さんゆうて、更志野村の庄屋さんやが。島の発展を願うて工場を誘致しようとしたんやけど、成子様は駄目やと判じたがや。けんど、そんでも無理に計画を推し進めたきに、いよいよ神罰が下ったがぜよ」

神秘的な戦慄が御剣を貫いた。理性や常識は、この奇怪な死体の前に塵と化した。

死体の放つ光、それはまさしく霊光なのだ。

余りの驚愕に御剣は軽いショック状態に陥った。

「悪い事は言わん、余所者は往んだ方がええぜよ……。

それともおまん……そんなに奥更志野へ、御霊社へ行きたいがか？」

御剣は深呼吸をすると、「是非」と短く答えた。

それを聞いた瞬間、久枝彦の顔には稲妻のような一瞬の戸惑いの色が過ぎったが、やがて覚悟をきめたようにゆっくりと頷いた。

「あっちの仏様を焼くまで手が離せんきに、明日の夕方に改めて来ておうせ。けんど、取材や言うても難しい思うき、あんまり期待せんことや。こん島の者は余所者を警戒しちゅうきに、小松流を取材しに来たなんて言うたら叩き出されても文句は言えんきに……」

そこを何とかしてくれと頼み込み、御剣は一旦港まで引き返して宿を探した。

4

翌日、昼過ぎに目を覚ました御剣は、愛想のない宿の昼飯――麦飯と焼き魚――を部屋に届けて貰い、雑記帳にこれまでの経緯を書き込みながら、たっぷりと時間をかけて飯を食った。

これ以上漁村で聞き込みをしても成果は得られそうになかったし、あれこれ探っているような印象を島民に持たれたくなかったからだ。

浦戸湾の漁師の話と久枝彦の話を総合すると、どうやら、こういう事のようだ。

更志野の庄屋である池之端一郎氏は、成子という生神様に逆らい、呪殺(じゅさつ)された。

(死体は蒼白く光っていた)

成子様というのは、大年神の子孫と言われ、どうやら奥更志野の御霊社という所に住み、非常な霊力を持っているらしい。

(御霊社に熱心に通ったり、信心が深いと、北斗の印を貰え、その年は良い事があるという)

島の宗教は小松流で、「太夫」と呼ばれる者達が、式を打ったり、死人の口寄せをしたり、憑き物を判じたりする。

（太夫とは、御霊社に仕える者らしい）

そうして時間を潰した後、御剣は意地でも更志野に泊まってやろうという決意を込めて、宿を引き払い、ボストンバッグを抱えて地獄谷を目指した。

期待を胸に、昨日と同じ道を辿る。

雑木林を抜けると、六道坂で久枝彦が待っていた。

二人は長細い吊り橋を渡る。吊り橋は、足を踏み出す度に、ぎっし、ぎっしと揺れて危なっかしかった。

どうやらこの辺りは瓢箪形をした島のくびれの部分であるらしい。

左右に海が迫り、見つめていると海は次第に視界の中に盛り上がり、やがて空と一体となっていく。

こうして見ていると、島は水晶のような水に包まれた別世界のようだ。

「――雨が来よったぜよ」

久枝彦の呟き声に、御剣は目を細めて水平線の果てを凝視する。

遠くに影絵のように浮かんでいた桂浜が、徐々に白い霧で覆われ、消えていく。やがて羽毛のような白い帳が海上へ迫り出し、島に向かって来た。

「雨の神様有り難うございます」

久枝彦はそう言って手を合わせた。

「霧やのうて、雨かや？」

御剣は耳を疑いながら、煙幕のような白い帳が接近してくるのを眺めていた。

確かに、海に白煙がかかる所では、海面が細かく波打っている様子だ。

再び歩き出した二人の目の前に、みるみる靄が押し寄せて来たかと思うと、辺りはヒンヤリとした雨の気配に包まれ、やがて激しい雨音が響き出した。

雨だれは神秘の到来を示す足音のようだ。

「やまった（しまった）、傘を持って来ちょらん」

「大丈夫や、すぐに止みゆうが」

久枝彦は鷹揚に笑う。


橋を渡ると、微かに『さらしの村』という文字が刻まれた石標が雨の中に現れた。さらに、急勾配の凸凹道を登って行くと、右手に突然、寺の山門が斜面の緑に呑み込まれたように、ぬうっと灰色の影を浮き上がらせた。

寺は完全に廃墟らしい。屋根の半分は崩れ落ち、門柱に、はっきりと虫に食い散らかされた痕が残っている。

既成の宗教はこの村には必要なかったか、あるいは疫病によって無人の寺になってしまったかしたのだろう。

それとも……これも成子の神罰かもしれない。

そんなことを考えているうち、雨は三十分ばかり激しく降って、東の空に駆け抜けていった。

雨の後ろ姿が鮮やかに遠ざかって行く。

晴れ上がった視界の先に、更志野村が広がっていた。

茅葺(かやぶ)きの屋根を持った貧しげな農家が軒を寄せ合い、急斜面に張り付くように建てられている。

段々畑では八分方まで黄金色に色づいた麦の穂が風に揺れていた。

だが、不思議な事に、人の気配が一向にしない。また、鶏や牛や家畜の立てる物音も聞こえなかった。

蟬(せみ)の声だけはやかましく八方から聞こえていたが、それも却(かえ)って物憂いばかりの静寂を際立たせる為の効果音のように感じられた。

潦(にわたずみ)に映っている自分の影を踏みしめながら、村の中心部の広場に出る頃、御剣はようやく人の姿を見つけることができた。

だが、村人達は御剣を見た途端にお喋(しゃべ)りを止(や)め、ひたすら猜疑(さいぎ)の目で彼を睨(にら)み付けるのみである。

異様な雰囲気に圧倒されながら俯(うつむ)きがちに歩いていた御剣は、前方に数十人もの人だかりを見つけた。

一軒の民家の前である。

何事か、と久枝彦に訊(たず)ねようとした時、御剣の目は前方から現れた胡乱(うろん)な一団に釘付(くぎづ)けになった。

派手な花笠(はながさ)を被(かぶ)り、黒い着物を纏(まと)った五人の男達が、手に手に錫杖(しゃくじょう)を振り、御幣をはためかせながら、坂の上から現れたのである。

その花笠には牡丹(ぼたん)や椿の造花があしらわれ、笠の縁(へり)からは極彩色の色紙が数多(あまた)垂れ下がり、顔面を覆い隠していた。

巨大な柘植数珠(つげじゅず)を首から下げた奇怪な様は、まるでこの世に彷徨(さまよ)い出てきた幽鬼か疫神のような出(い)で立ちだ。

「く、久枝彦さん、彼らは一体？」

「太夫や。おまんが取材したい言いゆう小松流の祈禱師(きとうし)、太夫ぜよ」

ごくり、と御剣は唾(つば)を呑んだ。

　逆手に渡せ
　逆手に渡さば
　返し風吹いて　血花が咲くぞ

不可思議な旋律の呪文が風に乗り木霊する。

ひらり、ひらり、と風に揺れる極彩色の色紙の隙間から、時折恐ろしげな赤い鬼面がちらりと覗いた。

太夫達が近づくと、人だかりは通り道を譲って割れて行き、自然に民家へ向かう人垣が形作られる。

太夫達は家の前に立ち止まった。

その時、御剣の背後で、チリン、チリン、とベルが鳴った。

丸顔にチョビ髭、おまけに短軀という、いかにも田舎の駐在という感じの警察官が、御剣と久枝彦の横にポンコツの自転車をぎぃ、と止める。

「どうも、久枝彦さん。そちらの方は？」

「ああこれはこれは、巡査の黒松さん。この方は紀行作家の御剣清太郎さんいう人や。村を見たい言うんで案内して来たがよ」

「へぇ、紀行作家……」

黒松は御剣の風体をじろじろと眺め、

「そしたらおまん、偉い人か？」

と訊ねた。

「偉くはないけんど、一応、雑誌の取材です」

御剣は照れ笑いしながら答える。

「雑誌か、そりゃあ大したもんやねや」

黒松の背後では、太夫らが、三千世界に轟(とどろ)けとばかりの大声で、

「六根清浄(ろっこんしょうじょう)、内外清浄」

と唱えている。

やがて、何処かから松明(たいまつ)が運ばれて来て、民家に点じられた。

「あっ、火を付けちゅう、あれは何をしゆうが？」

御剣が慌てつつも小声で訊ねた。

「住むもんがなくなった家やきに、焼き払って清めてるがやが。あそこの家に住んどった家族は、みいんな早死にしてしもうた。なんぞ祟(たた)りでもあったらいかんきにゃあ」

黒松は何気なく言った。

天にも届けとばかりに、ごおっと炎が燃え上がる。

魔物のように蠢(うごめ)く炎を見ているうちに、御剣は喉(のど)の渇きを覚えた。

燃えていく民家の中に人影を見たような気がしたのは、太夫達の妖気(ようき)に当てられた御剣の幻視であろうか……。

「死穢(しえ)を祓(はら)う為に死者の残した家屋を焼いたり、打ち壊すゆうのは、中世迄(まで)はよう行なわれてきた習慣やそうちや。この島には未(いま)だにそれが伝わっちゅう。占い陰陽道(おんみょうどう)の影響やにゃあ」

黒松はそう説明し、三人は家が焼けていく様をじっと眺めた。

小さな家屋であったため、作業には一時間程度しかかからなかった。家はすっかり火鉢の中の炭のようになってしまい、太夫らは踵を返して歩き出した。

御剣と久枝彦も、太夫達に続いた。なぜか黒松も二人に付き添ってくる。

村の道はどれも坂道だ。後ろを振り向いて坂下を望むと、下界の山裾までが見渡せる。

そうして見ていると、自分の立っている場所が酷く不自然なあり方をしているのではないか、と少し不安になるのだった。

時々、大地にしがみつくようにして農作業をする人や、紺染めの着物の子供達が雑草の生い茂る家の戸口で遊んでいるのが見受けられた。しかし、はしゃぎ声というのは聞こえない。薄気味が悪いほど厳粛な雰囲気である。

村の遠近には、呪物めいた紙人形や幣が立ち、風にはためいていた。

いよいよ坂道が急になった頃、道沿いに巡らされた長い石垣の切れ目に大きな屋敷の門構えが現れた。「池之端」と表札にある。

御剣は立ち止まった。

「ここは……もしかすると……」

光る死体の……？

「昨日おまんが見た池之端一郎さんの家ちや」

久枝彦が頷いた。

すると黒松が張り子の虎のように首を突き出し、横からしゃしゃり出て、

「池之端さん所は、島の旧家でにゃあ、この辺りの大地主さんや。島に工場を誘致しようと運動してなすったんや。工場が来たら島の暮らしも良うなる言うて、皆、内心期待しよったんじゃ。

それが、成子様の御神託で駄目やとゆうことになったきに、御霊社ともう四年ばかり揉めちゅうきに、ここへ来て遂に神罰が下ったちゅう訳ぜよ」

と、屋敷に手を合わせた。

「そげなことで神罰が……。」島の人は、池之端さんの意見に内心、賛成しちょったがですろう？」

「そりゃあ、島の生活が良うなるのはええ事じゃ、けんど御神託にまで逆ろうたらイカンがやに」

「何や理不尽な生神様ですにゃ」

黒松は、むっとした顔で御剣を睨んだ。

「おんしゃあ、何言うがぞ。どんなに良う思える事でも、成子様が駄目やゆう事は、何か良うない事があるからじゃきに」

黒松がそう言った時、屋敷の門から若い男が走り出てきた。池之端一郎の長男、昭夫(あきお)である。

昭夫は野良犬のように荒れた目付きを血走らせ、手に木刀を持っていた。

「お兄ちゃん、止めてや！」

その足元に、目を泣き腫(は)らした妹の百絵子(もえこ)がとり縋(すが)った。十五、六歳のお下げ髪の少女である。

「離せ、百絵子！　今日という今日はもう勘弁ならんちゃ、小松の一族と刺し違えちゃるきに！」

「止めて！　お兄ちゃんにまで神罰が当たったら、うちらどうしたらええが？」

百絵子がわっと泣いた。

「そうや、昭夫、こらえちゃれ」

続いて現れた母の和子(かずこ)も、昭夫を懸命に説き伏せようとしている。

「ど、どうしたが」

自転車を捨てて駆け寄った黒松に、和子は夢中で縋り付いた。

「ああ、駐在さん、助けとうせ。うちの昭夫が、小松さん所に殴り込みかける言いゆうきに」

「殴り込みやと！　そげなこと許さんぞ」

大声で怒鳴った黒松の襟首を、昭夫が摑(つか)み上げた。

「おんしゃあ、黙っとおせ。許さんのはこっちじゃき、うちの親父は小松のせいで死んだんぜよ！」

「な、何ゆうが、小松さんとこは関係ないがろう。あれは、成子様から下された神罰やきに仕方ないがやきお……」

黒松が足掻きながら弁解口調で宥める。だが、昭夫はますます逆上した。

「親父が神罰受けるような何した言うんぜ！　小松の奴らが、親父の悪口並べたてて、成子様をそそのかしたに違いないがや！」

黒松を殴ろうとした昭夫の腕を、久枝彦が制した。

「もう止めやぁ、昭夫さん……。気を鎮めとおせ。おまんがそんなに取り乱してどうするが。お父さんに代わって池之端の家を守るのが、おまんの役目ぜよ。おまんが犯罪者になってしもうたら、お父さんの志を誰が継ぐが。そうやろう？」

久枝彦の言葉に、昭夫はへなへなと地面に崩れ落ちた。その体を百絵子と和子が両脇から支えながら、屋敷の中へ戻って行く。

「ああ、びっくりしたちや」

黒松は乱れた襟元を直し、咳払いした。

「池之端派のもんが、御霊社に殴り込む言うて、えろうほたえよると聞いちょったが、こん分じゃほんまにやるかも知れんぜよ」

だが、久枝彦は静かに首を振った。

「いや、口だけやき。人数的にも小松派の方がずっと多いし、そがいに度胸のあるもんはおらんがよ。今までもなんやかんやとあったが、結局どがいにもならんかったやお？　何より、皆さん神罰を怖がっちょるき」

「ならええんけんど……」

黒松はまだ不安そうだ。

「それって、島の勢力争いですろう？」

御剣が訊ねた。

「いやいや、そんな大袈裟な事やない」

黒松が慌てて打ち消す。

「さっき小松一族とかゆうたけど、小松流や御霊社と関係があるが？」

興奮気味の御剣を諫めながら、久枝彦は静かな声で答えた。

「御霊社の成子様の下に仕える太夫らは、昔からの慣習で、小松一族の成人男子と決まっちゅうがよ。それで御霊社の祈禱師を小松流と言うが。小松一族は代々の成子様に特別に目をかけてもらったきに、どんどん栄えた云われゆうがよ」

「そうよえ。それに比べて池之端は不信心じゃったきに衰えたんや。ほんじゃきに、この島の二百十二戸は小松姓。九十八戸は池之端姓。残りの五十二戸は……色々やにゃあ」

黒松が補足する。

「そがいですか。で、久枝彦さんの姓は？」

「僕は柳森(やなぎもり)。島の争いとは関係ない残りの五十二戸の方やき」

そう言うと、久枝彦は軽く微笑んだ。

5

太夫達に続き、三人は朱塗りの吊(つ)り橋を渡って、奥更志野へ入った。

「ここに来る間の橋は、危なっかしい吊り橋ばかりやったのに、この橋はまっこと立派ですにゃあ」

御剣が感心すると、黒松は鼻の穴を膨らませ、満面の笑みを浮かべた。

「御霊社詣(もう)での為にある一の大橋ですきにね」

奥更志野に着いた御剣が驚いたのは、そこに生える樹木の密度と大気の濃さだ。

更志野の痩(や)せた土地と違い、急斜面に作られた畑の色も生命力に溢(あふ)れている。

神々しいような、おどろおどろしいような、なんとも云えぬ雰囲気だ。

これも霊験であろうか。

「ここから先は、小松姓のもんばかりや。見ておせ、成子様の呪力(マナ)で、御霊社に近い土地は作物もよう実って栄えとろう？」

黒松の自転車のペダルが、きーきーと、苦しそうに啼(な)いた。

奥更志野の集落は、ますます身震いがくるような急傾斜にあった。

周囲を深い森で囲まれた斜面に、二百余りの家が建っているのだが、無限に黒々と堆く重なった瓦屋根が、今にも断崖から雪崩のように崩れ落ちてきそうな不安定な空気が漲っている。

家々の門構えは意外なくらい立派で、四足門も珍しくない所を見ると、平家の落人伝説は本当らしかった。

ただそれらが、まさかと思うほど急な坂にがくりと斜めに建っている様は、数理的な幻覚を見ているようだ。

ふと、道端に長方形の祭壇らしきものが置かれているのを見つけ、駆け寄った御剣だったが、祭壇の手前でどきりとして足を止めた。

祭壇に彫琢された顔――異形の神像というのは別段珍しくはないが、これでは神というより、まるきり魔物である。

小松流とは一体何を信仰しちょるんや？

絶対に内部を取材してみせるぜよ――

固く決意した御剣であったが、その脳裏に妖しく光る死体が蘇り、周囲の木々の茂みの中に、とてつもなく恐ろしい化け物が潜んでいるのではないかという恐怖に駆られて、そっと頭上を窺った。

前方を行く太夫達が、暗々と繁る樹叢に突き刺さるように天へと延びた、急勾配の階を登って行く。

「石段の先が御霊社やき――」

太夫達の後ろ姿を指さしながら久枝彦が言った。

神社全体を覆う朧気な輝きは、生神の霊光だろうか。

伝説に相応しい不可解な出来事に遭遇する予感を胸に、御剣も石段を登った。

登り詰めた所に、御霊社はあった。

境内は広い――。

目の前の蓮池に浮かぶ蓮はまだ蕾で、暗い緑色の茎と葉だけが懶惰に揺れている。

「こんな山奥にこれ程の神社があるとは……」

御剣が周囲を見回しながら、呆然と呟く。

花笠を被った太夫達が本殿前に集まっていると、奥から、黄色い直垂を着た陵王面の司達が姿を現した。

「僕が先に話をして来ますき、御剣さんはそこの洞窟でも見ておうせ」

『大年明神』という幟が立てられた岩窟を指して、久枝彦が言う。

久枝彦は橋を渡って太夫達の元へ行き、陵王面の司達と話し始めた。

恐ろしげな陵王面が、ちらり、ちらりと遠目で御剣を窺っている。

どうやら話は難航している様子だ。

『大年神（おおとしのかみ）』とは一体何者なのか、そちらの謎も気になっていた御剣は、岩窟を見て回る事にした。

洞窟に足を踏み入れた途端、映画の幕が下りたように、いきなり目の前が暗くなる。

コールタールのようにしつこい闇に、じっと目を凝らしているうち、次第に目が暗闇に慣れてきた。

洞窟の壁に沿って、何体かの人間大の像が並んでいる。中でも、中央に置かれた一体は、背後から金光を放っていた。御剣は眼鏡をずり上げながら、その像へ近づいて行った。

遂（つい）に大年神の正体に迫ったぞ——

固唾（かたず）を呑（の）んだ御剣だったが、闇の中からぼんやりと浮かび上がったその姿が脳裏に像を結んだ時、何とも言えない落胆の溜息（ためいき）を漏らした。

その像は極彩色の大黒（だいこく）像なのであった。

確かに福をもたらす神と言えば、

福の神・大黒天に結びつくが……

御剣は気を落としながらも、一体一体を観察した。残念ながら、どれも同じ大黒像だ。しかしよく見ると普通の大黒像と少し違っている。顔は怖ろしい憤怒の相を呈しているし、普通右に持つ槌を左手に持ち、高下駄をはいている。

御剣が不思議に思った、その時――

何という事か……

中央の大黒天像がぐらりと動いたかと思うと、大きく前後に揺れながら彼に迫ってきたのである。

「うわあっ！」

御剣の心臓は銅鑼のように激しく打ち、瞳は恐怖に見開かれた。

だっ、誰か、助けとおせ！

御剣は恐怖の余り声も出せずに、頭を抱えて蹲った。

「御剣さん？」

突然、背後から肩を摑まれた御剣は、びくり、と全身を強張らせた。幽霊でも見たかのように顔が青ざめ、引きつっている。

「何しちゅうがや、こんなとこに座り込んで」

御剣の顔を覗き込みながら黒松が訊ねた。

御剣は口をパクパクと動かすだけで、声が出ない。

久枝彦がふう、と溜息をついた。

「一所懸命頼んでみたんやけんど、取材なんか絶対に駄目や言う事ちゃ。諦めるしか……」

そう言った久枝彦の言葉を遮り、御剣が振り絞るように叫んだ。

「いっ、今、その大黒天が！」

御剣は震える手で像を指したが、当然ながら、像は身じろぎ一つせずに立っていた。

あれは幻覚だったのだろうか、それとも
生神の呪力が起こした奇跡なのか……

御剣の頭は錯乱し、助けを求めるように久枝彦を窺い見た。

「あれがどうしたがや？」

「う、動いた……、今」

久枝彦が目を瞬いて驚いた顔をすると、黒松が、

「うむ、そうやろう」

と唾を飛ばした。

「あれは大黒天やのうち、大年様や。驚かいでも、その御鏡の前にある大年様は動くんや。特に夕暮れ時に動いてるのを見るもんが多い。長い間、祀られているきに、命が宿ったんじゃろう。わしも何度か見たがよ」

久枝彦はほう、と感心した様子である。

「僕はまだ見ちょらんが、まこと不思議な事やねや」

「これも成子様の御霊験ちや」

「だ、誰かが動かしたんやないが……」

御剣が言った。丁度、後ろから人が押しているような動き方のように思えたからだ。

「いやいや、誰もおらんぜよ」

黒松が辺りを見回しながら言う。

御剣は恐る恐る像の後ろに回り込んだ。

すると、像の背後で鈍く光っていたのは、巨大な神鏡であることが分かった。鏡が岸壁に開いた穴から差し込む西日を反射していたのである。

ただし、人が隠れるような隙間はないようだ。

御剣が壁に張り付くようにして鏡の裏側を覗いてみると、鏡のすぐ裏の壁の窪みに、祠が一つすっぽりと納まっているのが見えた。

「何故こんな所に祠が……」

「ああ、ご神体がその奥にあるんや」

黒松がチョビ髭を撫でながら答える。

「どうして鏡と像で遮ってしまっちょるが？」

「まぁ、御神事の事はわしにはよう分からんけんど、昔っからそげな風になっちゅうのよ。尼宮様に訊ねたら分かるかもしれんにゃあ」

「尼宮様？」

「小松禰宜の叔母に当たる方や。清子さん言うて、小松一族の最長老でな、御霊社の女神主兼平家のお世話人をなさってる。小松一族の実質的な采配は清子さんがしとるんがよ」

じゃり……じゃり……と石を踏みしめる音が背後から聞こえた。

三人が入り口の方を振り向くと、供物を手に持った額田の老婆が、上目遣いに三人を睨み付けた。

「おまんら、此処に入ったら、祟りを受けるぞ！」

「こりゃ、またそげんなこと言いよるか」

そう言った黒松に老婆がにじり寄る。

「まっこと本当じゃ。この境内には、禍々しい気が満ちとるきに。疫神の気がなぁ……」

「ほいたら、おまんはなんでそげんな所へ供物なんぞ持って来ちょるがぜ」

「わしはええんじゃ。わしは祟られたりせんきに。わしだけは祟られへんのや」

「ええ加減にせないかんぜよ。不吉なこと言いふらしよったらに。いくら息子が神託に背いて自殺したゆうても、そりゃあ逆恨みぜよ」

背の低い黒松は、つま先だって老婆を威嚇したが、老婆はそれに負けぬ迫力で、黒松を睨み付けた。

「嘘やない！　御霊社の大年明神は悪神じゃきに、こげんなもんを拝みよったら、今に島に災いが降りかかるきに。……もっとも、わしの場合は災いを呼ぶために拝んどるんじゃけんど」

「ええい、止めや！　止めや！」

黒松は警笛をぴりぴりと鳴らした。老婆は余程その音が癇に障ったらしく、顔を酷く顰め、持っていた御幣で黒松の頭を、ぽかりと叩いた。

「けっ、警官に向かって、な、何しゆうが！」

げらげらと笑い声を上げて、老婆が脱兎の如く逃げていく。黒松は真っ赤な顔をしてそれを追いかけて行った。

御剣は胸を撫で下ろした。

「ああ、驚いた……何やお？　あの変な老女は……」

「額田の婆さんや。八年前に息子さんが自殺してから、イカレ婆言われゆう」

「何があったんです？」

「そうやなあ、取材もできんようになったし、僕の知ってる事くらいなら、教えてもええですやろ。

額田の婆さんは昔、産婆さんやったんや。息子さんは憑き筋の娘と交際しよったけど、『赤ん坊を取り上げる大事な家に、憑き筋の女を入れちゃあいかん』言うて太夫達が付き合いに反対したんや。それを苦に息子さんが自殺を……気の毒なお人やき」

「それで小松流を恨んでいるわけですにぁ」

「そういう事や……。

けんど、取材ができんようになって残念やなあ。すぐに、二十年ぶりの『神訪い』の祭儀があるきに、何とか少しでも、と思うたんやが……」

「『神訪い』とは？」

御剣がごくり、と唾を呑む。

「御霊社の由来を再現するお祭りで、二十年に一度の秘祭や言われちゅう。そん時には、この社の裏にある本屋いう所で、成子様役の娘が大年神を接待する儀式をされるゆうが」

「何やて！」

御剣は興奮した。

二十年に一度の秘祭と聞いた途端、御剣は御霊社の引力に捕まってしまった。

紀行作家としては、何を押しても取材しなければならない、涎が出るような偶然である。

「そ、そういう事なら、尚更諦められんちゃ。何とかもう一度、太夫達に頼んでもらえませんろうか？」

縋り付く御剣に、久枝彦は溜息で答えた。

「そうやなあ……。あの太夫達が簡単に考えを変えるとは思えんけんど、明日、もう一度頼んでみますき、どうやろうか、お詫びと言うては何ですけど、今晩は僕の家に泊まっていきませんか？」

「有り難うございます。実は宿も引き払ってしもうたきに、どうしたものかと思っちょったんです」

御剣は洞窟の入り口に置いたボストンバッグを指差して肩を竦めた。

「僕も仏さんばっかり相手で暇にしてますき、たまには客人があったほうが楽しいですきに」

6

久枝彦の住まいは、更志野の裾の方にあった。こざっぱりとした清楚な家だ。

久枝彦は一升瓶と湯飲みを運んで来て、なみなみと酒を注ぐと、御剣に差し出した。

御剣が一礼してそれを受け取る。

「小松流の太夫と呼ばれる人達は何人いるがですか？」

久枝彦も手酌でなみなみと酒を注ぐ。

「赤太夫、青太夫、黒太夫、白太夫、黄太夫それぞれ数名やろうか。小松一族の中でも本家に近い所から選ばれるそうやが、詳しい事はわからんが。各太夫には司と呼ばれる束ねがおって、それがあの、黄色い直垂（ひたたれ）を着ていた人らなんや」

御剣は声を落として、

「太夫か司の一人とこっそりお話しする訳にはいかんろうか」

と身を乗り出した。

久枝彦は渋い顔になった。

「それは、無理やろう。太夫が陵王面を被（かぶ）っちゅう時は神に仕えゆう時やし――」

「ですきに、職務外の時にこっそりと……」

「いやいや、だから無理や言うちょるんや。誰が太夫やっちょるんか、誰も知らんのやきに」

「ええっ、なんて？」

御剣は湯飲みを落としそうになった。

「太夫いうんは、小松の成人男子から選ばれた者がなるんや。誰が選ばれたかはわからんちや。

司の方は本家に近い十二家の家筋から選ばれる言われゆうけど、ハッキリ分かっちゅうのは、白面司が小松禰宜（ねぎ）さん言う事だけやきに。けんど、今日の様子じゃあ、絶対に協力してくれんやろうなあ」

久枝彦がぐいっと湯飲みを空ける。

「太夫達は全員陵王面を被ってるやお？　あれは素性を隠すためのもんやき、素性が知れると呪力がなくなる言われちゅう。話す時も、正体が知れんように独特の作り声で話すがよ。人数が欠けた時は、成子様の御神託で次の者が選ばれるけんど、禰宜さんと清子さん以外の誰にも、その正体は知らされんがです」

「け、けんど、いくら秘密にする言うても、いつかは分かるやお？　まして、小松家の人同士なら、付き合いも深い訳やし……」

御剣は疑い深そうに久枝彦を見ながら、酒をぐっと空けた。

「それがそうでもないんや。小松同士と言うても、余計に自尊心があるやお？　司に選ばれんかった家は、それを恥に思うて秘密にするし、選ばれた家は掟を守って秘密にするきに、やっぱり分からんちや。

第一、神事を詮索すると神罰が下る言われちゅうきにな」

「成る程にぁ。信仰というのは不思議なものですにぁ」

御剣の言葉に、久枝彦は自嘲気味に笑う。

「都会の方なんぞから見ると馬鹿馬鹿しいと思うやろうけんど、此処では長い伝統ですきに」

「そんな、馬鹿馬鹿しいなんて思いません。そんな事思っていたら、わざわざ島に来たりせんちや」

御剣が慌てて首を振る。

「それにしても、素性が分からないなら、太夫に祈禱などを頼む時はどうするがです？」

「さっきの御霊社に、願い状を置く決まりになっちゅう」

久枝彦はぐいぐいと酒を呑んでいるが全くの素面のようだ。御剣は少し酔いが回ってきた。

「やっぱり、式を打つとか、憑き物とかって、よくあることなんですろうか？」

単刀直入に訊ねた。

「そうやな、ようある事や」

「身近にも聞いた事がありますか？」

「例えば、浜田の娘さんが受けた呪詛はこうや。

浜田の娘さんは幼い頃、田圃で遊んじょって、蝦蟇蛙を捕ったそうや。すると、その夜から急に高い熱を出して病気になってしもうた。

母親が御霊社で占ってもろうた所、案の定、その蝦蟇蛙が『水の式』の宿った呪詛神で、それに触れた為に病気になった事が分かったんがや。

そこで『水の式』に勝つことの出来る『土の式』を使える黄太夫に頼んで呪詛を打ち返しよると、隣の家の前田の主人がその日のうちに死んでしもうた。

よくよく調べてみると、浜田の家と前田の家は土地の境界線を巡って日頃から争いが絶えのうて、前田の主人が浜田の家の者を呪って呪詛を打っちょった事が分かったんや…

「……」

「初めに水の式を打ったのも太夫なんですにぁ？」

「そうや。黒太夫が打ったがです。太夫らは頼まれたら、必ず式を打ちゆうし、その式を打ち返す事もしゆう。式いうんは、陰陽師の使う式神と同じや言われちゅうきに。そうや……前に学者さんから貰うた手帳が此処にあるき……」

久枝彦が古びた手帳を取り出して、御剣に差し出した。御剣がぱらぱらと頁を捲る。

「へえ、色々書いてありますにぁ……。

『源平盛衰記』や『新猿楽記』によれば、十二神将三十六禽の総称を式神と言い、古来、陰陽師が占いをする時の守護神、使役神として用いていたとされる。

通常ここに五式太夫は入っていないが、小松流のものは、後世、五行説から生じたものだろう。

――成る程、面白いですにぁ」

御剣は目を擦りながら、手帳を読んだ。

「この島を珍しがって、学者さんなんかも訪ねて来ます。僕はその案内をしますきにね」

久枝彦が懐かしむように言った。

御剣はさらに頁を捲る。

「御霊社の大年明神の事も書いてあります――。

大年明神とは、須佐之男命の子神、大年神の事だ。

大年神は、いずこでも豊作を約束する客人神として蘇民将来系の神話と共に語られている。

この島の『大年神』は、大黒天の化身であると伝えられている。

大年神が根国（黄泉国）から訪来するとされる伝承から根＝子となり、大黒天の化身になったのである。

これより大年神は子の方角から来る神と思われ、北斗七星とも同一視された故、島では七福神を七人の大年神が代理してしまうという、まことに奇妙なる神話構造が出来上がっている」

ほうっ……、それで洞窟の大年像は七体あるがぞ。

御剣は一人納得したように相槌を打って、続けた。

「大黒天には人食いの鬼神陀吉尼天に対し、『汝を食らうぞ』と呵責して降伏させたという伝説があり、陀吉尼天を恫喝して従わせるほどの大暴虐神たる一面を有しているが、島に伝わる大年神伝説はまさにその大暴虐神的な性質を……」

御剣は暫く感心しながら手帳を読んでいたが、

「残念やにぁ、肝心の太夫達の事については何も書かれちょらん……」

と肩を落とした。

「そん人も結局は太夫らには会って話を聞くことが出来ずじまいやったが。仕方ないきに」

「ところで太夫達は式を打つ以外には、何をしゆうがや？」

「憑き物の判じや、家固め、土地の神の祀り、それに因縁調伏、口寄せ、占い……色々あります。生活に関わるあらゆる事をしちょります」

「島の生活に必需ということですか。では、憑き筋と言われる家は、島にどのくらい？」

「さあ、十数軒あるやろうな。一番多いのは狗神憑きの家。あとは狐憑き、長縄憑き、猿神憑きなんかもありよりますにぁ」

「そがいに憑き物が多いなんて、怖いにゃあ……」

御剣が酔って虚ろに言うと、久枝彦は真剣な表情で、「まっこと恐ろしい事や」と答えた。

「成子様はどうですがや？　凄い呪力を持っている成子様に、一度会うてみたいにぁ。いや、話はできなくてもいいがです。遠目で見るだけでも。成子様が駄目なら、せめて平家縁の誰かと……」

「そりゃあ無理や。成子様には司達しか会えんき、僕らが直接お話をしたり、見たりすることはできんがです」

久枝彦は憧憬を籠めた声で言った。

「姿を見ることがないんですがや……？」

「祭儀の時はおでましになるけど、僕らは御簾越しに見るだけや。普通の者が直接お姿を見たら、目が潰れる言われゆうがよ。平家の方々は、なにしろ、神筋の方ですろう」

「そがいなもんですか。成子様は、一体どんな役割をしゆうがですや？」

「一番大事なお仕事は、疫神の大年様がお怒りになられんようにお祀りをされる事ですき」

「つまりある種の巫女とか巫覡のようなものですろうか？」

久枝彦は激しく首を振って、「いやいや、生神様や」と言った。

「僕も、神罰や北斗を見せてもろうたきに、成子様の偉大な力は認めざるを得ませんけんど、生神様なんて、ちょっと、おっこうな（大袈裟な）……」

「成子様は疫病から島を守っちょって、島の人間に神罰と果報を下されるお方や。この島は、昔は作物の実らなん荒れ地ばかりで、島のもんは漁業で生業を立てちょったんです。ほいで、ようさん人も海で死にました。けんど、成子様をお祀りしてからは、天から御土を頂けるようになったきに、作物が実るようになったちゅうことです」

久枝彦が信心深く言う。

「はぁ……、天から土？　そう言えば黒松さんが、御霊社に近い土地は、成子様の呪力で栄えると言うちょりましたにゃあ」

「それは、まっことです。御霊社の土地には、天から作物をよう実らす御土が降ってきますきに。正月になると、御霊社から島の者に、御土がお裾分けされるがです。沢山欲しい者は御霊社から買うことも出来ますがよ」

「では、成子様は実質的な島の支配者みたいなものですろうか？」

「支配者？　そんななんちゃない（つまらない）もんやない。成子様は、生神様なんじゃや」

久枝彦がきっぱりと言い切った。

生神と称して、様々な奇跡を御簾の奥から執り行なう平成子なる人物。

本体を決して見せないことが、否応なしに神秘性を高める結果になっているのだろうが、それにしてもこれ程までに島民の信仰対象となるのは、どのような人物なのか——？

御剣の胸に得も言われぬ好奇心が高まった。

それは取材対象への興味といった次元を既に超えている。生暖かい恐怖を孕んだ神秘への渇望とも言うような物が、御剣の心を支配していた。

7

それから四日が経った。

御剣は相変わらず久枝彦の家に居座っていた。

久枝彦は葬儀のない日には、副業の鬘作りの仕事をしている。遺体の髪の毛を取っておいて鬘にするのだ。小さな島の葬儀場は暇なので、他にも色々と副業をしてまかなっているということだった。

御剣はそれらを出来るだけ手伝う代わりに、暇を作って久枝彦に太夫達の元へ足を運んで貰(もら)った。

だが、当然ながら太夫達から取材許可は下りなかった。

日にちが経つ毎に、御剣の執念じみた思いは、火葬場の炎のように狂おしく燃え上がって行った。

二日前には、東京からやって来た小松家の遠縁の娘、小夜子を久枝彦が御霊社へ案内していた。

遂(つい)に二十年に一度の幻の秘祭、『神訪(かむど)い』の儀式が始まったのだ。

どういう事なのか……生神が実在しているなら
何故わざわざ娘を呼び寄せるのだろう？
神訪いの儀式とは一体何なのだ？

神訪いの最終日である今夜を逃すと、もう全てはお終(しま)いなのだ——。

そんな烈しい焦燥感に取り憑かれた御剣は、夜半こっそり久枝彦の家を抜けだすと、夢見るような心地でふらふらと御霊社の裏手を徘徊(はいかい)して意味ありげな階段を見つけだし、遂には本屋の床下に潜り込んだ。

空気は重たく湿っぽかった。

御剣は顔にかかる蜘蛛(くも)の巣を払いながら奥へ進み、暗闇の中に身を縮めた。

どれ程の時間が経っただろうか——。

ゴト、ゴトと頭上から物音が聞こえ、硝子(ガラス)をひっかくような不気味な音が聞こえてきた。

意識が、はっと覚醒(かくせい)し緊張感が張りつめる。耳が峙(そばだ)つ。

次に御剣が聞いたのは、幻想的な歌にも似た祭文であった。

水のとの式は一が大神
黒太夫が行ひ参らせする
木のとの式は二が大神
青太夫が行ひ参らせする
金のとの式は三が大神
白太夫が行ひ参らせする
火のとの式は四が大神
赤太夫が行ひ参らせする
土のとの式は五が大神
黄太夫が行ひ参らせする
十二が方より　五色の太夫が
外法使ふて　是有り候ふ共
此(こ)の方から　外法は相法　と行ひ使ふぞ

外法は相法　と行ひ使ふぞ
大年様の槌音(つちおと)に合はせ
おん まかきゃらや　そはか
まかきゃらや　そはか　と打って放す

物寂しくも妖(あや)しい旋律に、まるで深い海の底を漂っているような気分になる。

密度の高い空気が、ひたひたと押し寄せて来るのを感じる。複数の足音、人の気配が近づいて来る。

御剣はいよいよ意識を集中し、研ぎ澄ませた。

かた、かた、
引き戸が開く音と共に、妙に黴(かび)臭い臭気が漂って来る。

やぐぞぐどおり　にじゅうねん　まっだ
――いぐが？

ぞっと鳥肌が立つようなくぐもった低音が響く。人間の声とは思えない不気味さだ。

御剣は、全身の毛穴が蜂の巣のように開き、汗が噴き出すのを感じた。

――いぐが？

（こ、これが大年神……）

軋、軋、軋、と頭の上を何かが徘徊している。

すると、突然、絹を引き裂くような女の悲鳴が聞こえた。

御剣の体がわなわなと震え戦く。

忽ち、凄まじい幾つもの足音が頭上で錯綜した。縺れ合い、格闘するような音、呻き声、怒声、床の軋み、その他判別できない様々な音、音、音……。

――バタン

一際大きな物音が聞こえ、まるで時が凍り付いたようにあらゆる物音がしん、とうち静まったかと思うと、次の瞬間、今度は裂帛の悲鳴が周囲に響き渡った。

「だんどりが悪うなったのう」

「遅うなってしもうた」

「生餌が暴れよるきに……」

かた、かた、かたん

暫くして、今度は引き戸が閉まる音が聞こえた。

足音と共に人の気配が去って行く——。

恐怖に竦み、縮こまった御剣の耳に、背筋を凍らせるような甲高い風の音が伝わって来た。

それから、どれ程の時が流れただろうか……。

迷妄状態の意識の中に一筋の霊妙な予感が閃いたのに脅かされるまま、御剣は床下から這い出した。

仄白い月の光に照らされた本屋は幽霊屋敷のように建っている。

玄関の扉を開き、引き込まれるように部屋の中へ入って行く。月明かりの中に、梁も壁も黒光りした部屋の様子が朧気に浮かんでいる。

部屋の中央に据えられた豪奢な高御座へと、足が自然に引き寄せられる。

御簾を上げた。

——巫女の姿はない。

(まさか……殺人か？　生餌って小夜子さんのことなんか？　さっきの悲鳴は……？　成子ちゅうのは、生贄に成る役じゃったがや！)

不吉な思いに捕らわれながら、北斗の印のついた木戸をゆっくりと開いた御剣の全身に、骨を砕かんばかりの驚駭が轟いた。

なっ、何や、これは！

髑髏の眼窩の如くにぽっかりと開いた洞穴の奥の地表に、蒼白い光の帯が幾筋も広がり、まるでビルの谷間をすり抜けるサーチライトさながらに、不条理に屈折したり歪曲したりしている。

その光の交差する中心部には、何か生き物めいた大きな膨らみがあって、それがひくひくと苦しげにのたうち蠢いている。

それは裸体の女が蹲り、全身から異様な光を放ちながら、化け物じみた奇怪な物体へと変化していく最中のようにも見えた。

荒い息遣いのようなものが漏れ聞こえてくる。

恐怖に引きつった御剣は、脱兎の如く本屋から飛び出すと、何時の間にか降り出した小雨の中を半狂乱の体で駆けて行った。

私は何を見てしまったがや！

恐ろしい――、あれは一体何じゃったがや！

考えれば考えるほど、頭が過熱し、血が逆流した。

そうして、息を切らせ喘ぎながら階段を登り詰めた時である、目の前に、にゅうと黄色い直垂を着た陵王面が現れたのだ。

「おまん、見てしもうたがや？」

8

緋毛氈が鮮やかに敷かれた茶室で清子は茶をたてていた。男が一人、礼儀正しくその十二尺前に正座している。

開け放たれた障子の向こうにある紫陽花と竹の生け垣が微風に揺れた。

ややあって、清子が作法通りに鶯色の泡だった茶を男に勧めた。

「ささっ、直虎さん飲んでおせ」

直虎と呼ばれたその男は、茶碗を有り難そうにかかげ、一気に飲み干した。

「結構なお手前です」

清子は目を細めて彼の顔を眺めながら、

「ほんに、うちはおまんと会えて生き甲斐が出来た。司の一人が丁度ええところで事故死してくれたお陰で、こうしておまんを御霊社に潜り込ませ、うちの側におらせることも出来たし……、まっこと、奇跡のような機会じゃった。これも大年様のお導きや思うちゅうがよ」

「そのことには、感謝しちょります」

微笑した直虎に清子はにじり寄り、その頬を愛しむ手つきで、そうっと撫でた。

「何を言うがや、おまんとうちの間で水くさいことを言うんやない。ええか、うちはな、うちの持ってる権限を全ておまんに引き継いで貰おう思うて計画しゆうがよ」

「けんど、そがいなことになったら他の司が黙っちょりませんじゃろ？　特に禰宜なんぞ、納得されんがないですろう」

直虎が懐疑的な顔で訊ねると、清子は不敵に笑った。

「余計な心配をせんでええが。司らは小松一族の代表いうても、この御霊社と成子様のお世話をしているうち以外の者には、実質的になんの権限もないのやきに。禰宜もなぁ、せっかく本家の養子にしてやったのに、器が小さすぎて困っちょるがよ。あれにつべこべは言わせん。ええか、うちこそは小松じゃ。うち一人でも小松。うちがおらん小松は小松やないがよ。そのうちが、おまんを見込んだんじゃきに、何の問題があるもんか」

「言われることは分かっちょりますが、明日は夏越しの祭りですがや。あの一件はどがいする気です？」

直虎が窺うように訊ねる。

「あの事なら心配ないきに。うちがちゃんと考えゆう」

「……ちゅうことは、このまま続けていくゆう訳ですがや？　どうやって……」

「勿論や。何一つ今までと変わることなどあっちゃいかんがよ」

謎めいた笑いを含んだ表情で清子は、直虎の飲み干した茶碗を下げ、再び茶をたて始めた。

「まぁ、おまんは何も考えず、うちに任しとおうせ。さ、もう一杯飲みや。そうしたら、うちの言うちょることが分かるきに」

直虎は頷き、まじまじと清子の顔を見た。

「清子さんは、ほんまに御霊社の権化のような方じゃ。清子さんがいる限り、御霊社は安泰ですにゃあ」

清子はしなをつくって、

「そら当たり前や。成子様の世話人はそうならなあかんがぞ。ああ、うちは早うこがいな風にこそこそせんと、おまんと住める日を楽しみにしゆうがよ」

と囁いた。

「もう直ぐですがや？」

「そうや、もう直ぐや。それより直虎さん、今晩は御霊社に泊まっていっておせ」

「それはええですが、誰も訪ねて来られんですろうか？」

「心配せいでもええきに」

清子はそう言って、二杯目の茶を直虎にすすめた。

それから清子は直虎を秘密の通路へと誘い、あの不気味な疫神の前に引き出した。

疫神の姿を見ると、直虎は唇を微かに震わせ、清子を縋るように見る。

清子は婉然と笑って、

「何もそがい怖がらんでもええがよ。うちらの守り神じゃお。さぁ、直虎さん、その台の上に横になりんさい」

直虎は、催眠術にでもかかっているかのように、ふらふらと生餌の屠り台の上に横になった。

清子が妖しい呪文を低く唱え始める。香炉から立ち上る白檀の甘ったるい香が辺りを包んだ。

「大年様に捧げる儀式を始めるがよ」

清子は直虎の耳元で囁くと、素早い手つきで彼の着物を解き始めた。

弾けるような筋肉が現れ、清子が長い舌をその上に這わせる。

「うちの愛しい男は、浮気もんじゃったけど、最後にはいつもうちのところに帰ってきよった。その男も死んで、ほんに、こがいなことはひさや。直虎さんは、うちの男によう似ちゅう」

切燈台の明かりに、清子の歯が異様に光っていた。

直虎は目の前の骸のような女が、みるまに変貌して、どくどくしい魔物のようになっていくのを虚ろに眺めている。

「直虎さん、これで御霊社の権限は、おまんのものじゃきに」

清子のぬめりとした唇が、直虎の唇を塞いだ時、彼の時はそこで中断された。

体中の血が毒になり、意識が黒い淵（ふち）に落ちていく。
直虎は、忌まわしくも醜悪な生命の蠢（うごめ）きを身の内に感じ、それを嫌悪した。
未来も、過去も、何一つ語りかけて来ない。
人間らしい心が奪われていく……。

第二章　謎の予言

1

天清浄地清浄内外清浄六根清浄と祓給ふ
天清浄とは天の七曜九曜二十八宿を清め
地清浄とは地の神三十六神を清め
内外清浄とは家内三宝荒神を清め
六根清浄とは其身其体の穢れを
祓給ひ清め給ふ事の由を
八百万の神達諸共に小男鹿の八の御耳を
振り立てて聞し食と申す

神訪いの三日後に、更志野村では夏越しの祭りが行なわれた。
賽川の河原の中央には注連縄を渡した忌竹が立てられ、大壇が作られる。
夕刻――。

どこか胸騒ぎを起こさせるような湿っぽい大気が村中に立ち込めていた。

賽川の川縁では、横一列に整列した小松流の太夫らが口々に祓い清めの祝詞を上げている。

恐ろしげな陵王面を剝き出した烏帽子姿の太夫達が一斉に祝詞を上げる様は、まさに鬼気迫る迫力で、あたかも地獄の賽の河原が、この場に現出したのではないかと思わせる。

薄紅の夕陽が色とりどりの鬼面を照らしていた。

島中から集まってきた人々は、太夫達の元へと続く長い列を成している。

順番が来た者には紅い紙人形が手渡される。紙人形を貰った者は口の中で祭文を唱えながら人形を撫で回し、これを川に流し棄てると立ち去っていく。

身に付いた穢れをこうして紙人形に移し、川から他界に棄てるのが夏越しの祭りであり、またこれが流し雛の原型である。

川下で打ち上げられた花火が空に大輪の花を咲かせる度、辺りはぱあっと白銀に輝き、鼓膜を震わす太鼓のような低音が鳴り響いた。

川面は、人形から溶け出る染料の為に、今や鮮血のような深紅に染まっている。

成子様のおなり、成子様のおなり、

平伏、平伏——

嚠々とした声が響くと、祝詞を上げていた太夫達も、集まっていた群衆も、静かに地面へ座り、川に向かって平伏した。

「平様や」

「生神様や」

囁きが、さざ波のように広がっていく。

川の対岸に、太夫達が担ぐ成子の輿が現れる。

家型の豪華な網代輿の正面と裏側は御簾になっており、左右に小さな引き窓がついている。

輿が下ろされ、合図の太鼓が鳴り響くと、群衆は一斉に顔を上げて、御簾の奥にいる朦朧とした人影を見つめた。

「お母ちゃん、あそこに成子様が乗っておられるがや？」

少年が母親に訊ねた。

「そうぞね、輿の中からあてらを見守って下さってる。この島の守り神さんやきに」

母親はどこか虚ろな口調で答えた。

「なんで下りてきて姿を見せてくれんが？」

「生神様やきに、滅多に拝めるようなお方やないのや。何処の島の祭りの時でも、神様は御輿の中におられるがぞね。そういうもんぜ、敏夫」

「ふうん……」

敏夫と呼ばれた少年は少し不服げに納得した。

輿の脇に毛氈（もうせん）が敷かれ、笛、太鼓、琵琶（びわ）などを持った楽人達がずらりと並ぶと、ややあって、地の底から湧き出るような雅楽の音色が鳴り渡った。

すると、群衆のざわめきが止み、誰一人、微動だにしなくなる。

青緑系統の高麗（こうらい）系の舞楽衣装を着た仮面の舞手が四人、輿の前に躍り出て、ゆっくりと奇異な動作で足踏みを始める。

馬の化け物のような面を付けた者と、牛の化け物のような面を付けた者、牛頭馬頭（ごずめず）の怪異な者達だ。

小松流に受け継がれる『清浄舞』であった。

雅楽の音色は強烈な催眠作用を引き起こし、群衆はどこか呆然（ぼうぜん）とした表情で舞楽を観覧していた。

目に涙を溜（た）めている者や、何度も何度も輿を臥（ふ）し拝んでいる者もいる。原始的な渇仰（かつごう）の気持ちが高ぶり、接神状態に陥っているのだ。

黒松は、いつものように自転車をこいで祭りにやってきた。

河原を見下ろす丘の上に、どこかで見たような人影がある。しわくちゃのチューリップ帽に分厚い眼鏡をかけた御剣の姿であった。

（何や、あの見窄らしい紀行作家やが。随分と長いこと滞在しゆうのう）

黒松は自転車を止め「御剣さん」と呼びかけた。

御剣はぼうっと魂を抜かれたような顔で、河原を眺めている。

『直ぐに島を出ろ』と言われたけんど、
どうにも決心がつかん……
危険じゃとは分かっちゅうけんど、
このまま逃げ出して後悔せんじゃろうか？
もう少し島のことを知りたい――

「御剣さん！　おい、御剣さん！」

大声にやっと気づいた様子で、御剣は、

「はっ、はい」

と答えて立ち上がった。

「おまん、あれから見んかったけんど、港の宿におるんじゃって？」

黒松は御剣を無遠慮な視線でじろじろと見た。

「ええ、そうなんですけんど、今日は、こっちで祭りがあると聞いたきに見に来ました」

御剣は落ち着かぬ風情で答えた。

「おお、なるほどそれで、盛大な祭りやお？　これも成子様のご威光や」

「そうですにぁ」

「あとどれぐらい、滞在しゆう予定や？」

「ま、まだ決めちょらんのです」

暫くするうち、川上の方から異様なざわめきが上がった。


何があったのだろう？


眼を凝らすと、川上から縺れた海草の塊のような物が流れてくるのが分かった。何か白っぽい布めいた物を覗かせながら、紅に染まった流れの間を浮沈している。

人々はそれを指差しながら、口々に騒いでいるが、その声までは聞き取れない。

じっとこの様子を見ていた御剣の顔が、突然蒼白になった。それが何なのか理解できたのだ。


にっ、人間や！

群衆のざわめきは徐々に高まって行ったが、どうにもおろおろと上半身を動かしているだけだ。神事の最中なので、無闇に動いて良いかどうか分からず、当惑しているのである。

御剣は土手の上から駆け下りつつ叫んだ。

「人間です！　人間です！　早う引き上げんと！　早う！」

その声に、暫く呆然としていた黒松も土手の上から駆け下りて、えいっ、と川へ飛び込んだ。

御剣もどうにか群衆の間を抜け、川の中にざぶざぶと分け入って行く。

「成子様がお穢れになったらいかんきに、行きや、行きや」

太夫らが川向こうに怒鳴る声が響く。

雅楽の音が止み、群衆が騒ぎに気を取られている間に、輿が動き出す。

大騒ぎの中、敏夫は泣きながら母親の袖を揺さぶっていた。

「お母ちゃん、お母ちゃん、どうしよう。今、成子様が御簾の中から、ちらっと外を覗いたんがや」

「えっ、おまんそれを見たんか？」

「どうしよう、見てしもうた。けんどちらっとだけや、お手だけや。お顔はよう分からんかった。それでも眼が潰れるんやろか？」

「ああ、どうしよう……。そうや、明日、お母ちゃんがお参りして、ちゃんとお願いしちょくき。そうや、きっと眼が潰れたりはせんきに……」

母親は震える手で敏夫を抱きしめた。

一方、黒松と御剣は川上から流れてきた人間をようやく川原に引き上げる事ができた。

それは白装束を着た女だった。

女の顔といい身体といい、紅（あか）い紙人形が貼り付き、白衣は血か染料かで斑（まだら）な紅桃色に染まっている。

女は、黒松に抱きかかえられ、虫の息の下で何事かを呻（うめ）いた。

「どうした、何が言いたいがや……」

黒松が微（かす）かに動く女の唇に耳を押しあてた。

　この……島は……

　滅びる……

　夜光雲に気をつけ……

「ど、どういうことや！」

黒松は必死に呼びかけたが、女はがっくりと頭（こうべ）を垂れた。

「おい、大丈夫かや！」

揺さぶったが、既に息がない。黒松は人工呼吸を試みたが、それも虚（むな）しく、女の面はみるみる青ざめ、紫色になっていった。

「駄目や、死んだ……」

黒松が震える声でぽつりと言った。

「なんちゅう事や……」

黒松は、女の顔に貼り付いた人形を取り始めた。女の顔が露わになると、黒松は首を傾げた。

「あれれれ？　この仏さんは一体誰や、こがいな人見たことないぞ」

四十絡みの品の良さそうな婦人だったが、黒松の知らない顔だ。

小さい島なので、島民の中に知らない顔などある筈がない。

「最近、島に舟をつけたのは、御剣さんと小松のお嬢さんだけの筈やが……。どうや、御剣さん、こがいな人、一緒に乗ってたが？」

「……ぼ、僕は知りません……」

御剣は震える声で答えた。すっかり血の気を失って蠟のようになっている。

「どうしたんや、えらい顔色がぞ」

黒松と御剣が話をしている間に、遠巻きに死体を見守っていた島民達が徐々に近づいて来て、あちこちで悲鳴を上げ始めた。

「さぁさぁ、おまんらは検死の邪魔じゃ、しゃんしゃん、どっか行きや。あんまり見てると穢れがうつるちや！」

騒ぎ立てる群衆に向かって黒松が命じると、人々は蜘蛛の子を散らすようにいなくなっ花火も止んで、静まり返った川辺には黒松と御剣と死体だけが残った。

「ふむ……」

黒松は仏を凝視した。

死体の表情は、どことなく恨めしげで、ぞっとする物を感じさせる。

しかし、仏の醸す最大の妖気は何と言っても四肢の先の異様さである。明らかに不自然な欠損が認められるのだ。それに気づいた途端、黒松の心臓は凍り付いた。

まず、両手の指が奇妙に捩れ、数が足りない。

掌全体がごつごつした瘤のような肉塊状になっており、異様に捩れた指が三本だけ突き出ているのだ。しかもそれが骨ごと変形していて紙縒のように曲がっている。他の二本の指は痕跡さえもない。

「この指は生まれつきのもんやろう……」

次に彼は震えながら着物の裾をまくり上げ、唾を呑んだ。

「これは……踝から先がふっつりと無くなっちゅう。しかし、どういう事や、死ぬ直前や直後に切られたもんやない。妙につるっとして綺麗になっちゅう。傷口になってないきに、生まれつきか、ずっと前にこうなったがよ……」

足が不自由だから誤って川に落ちたか、或いは誰かの犯行かと思い、外傷を丹念に調べる。

黒松にそういう思いを抱かせたのは、仏の残した不気味な遺言と鮮血を想起させる紅い染料の付着であった。しかし、調べた結果、かすり傷の一つも存在しなかった。

「傷がどこにも無い、こりゃあ、恐らく覚悟の入水自殺やにぁ。けんど、この仏はこんな足で歩いてたがや？」

黒松はしきりに首を捻り、まるで犬のように唸っている。

その時、背後から砂利を踏みしめる音が近づいて来た。久枝彦である。

「足首まであるきに、義足を付けたら歩けるかもしれんぜよ……」

「おお、久枝彦さん、来たんか」

「今さっき仏さんが出た言うきに、仕事の方を放って飛んで来たがよ」

「今日は忙しゅうて、ご苦労さんやにゃあ。おまん、こがいな人知っちゅうか？」

「さあ……見覚えはないけんど」

久枝彦も仏の顔をしげしげと眺めた。

「そうかやっぱり知らんが。しかし、もし義足をしちょったとしたら、その義足はどこじゃろう？」

「流されちょった間に、取れてしもうたがやろか。義足が木なら仏さんより早ぅ流れるきに」

久枝彦は静かに言った。

「そうか、川下も浚ってみんといかんにゃあ。

それにしても久枝彦さん、見ておうせ、この仏の手……何とも気色の悪い事ぜよ……」

三人が言葉を無くして暫く沈黙していると、土手の方から、ガヤガヤと人のざわめきが聞こえてきた。

「ぬ、誰か来たが……」

数名の若者が土手から顔を覗かせ、その中から一人の青年が駆け寄って来る。

「ありゃあ、池之端昭夫さんやにぁ」

久枝彦が薄闇に目を凝らしながら呟いた。

「なんか騒ぎがあったって、うちの若い衆から聞いたきに……」

昭夫が駆け寄るなり、息遣いも荒く言った。彼は父親の喪中という事で祭りには来ていなかったのだが、死体が出たと聞き、島の庄屋として検分に来たのである。

昭夫はちらりと仏を見て眉を顰めた。

「……誰や？」

「それが誰か分からんので困っちょるがよ。夏越しにこんな気味の悪い死体が流れ着くなんぞ、何とも験が悪いぜよ」

黒松は帽子を脱ぎ、いがぐり頭の汗を拭った。

「亡くなる間際に、何を言うちょったが？」

御剣が震え声でぼそぼそと訊ねる。

「ああ、そうや。『島が滅びる、夜光雲に気をつけろ』ゆうて聞こえたけんど、さあ、どういう意味やろうか……」

「そっ、それが遺言ながや？　まっこと不吉な……」

　昭夫が目を瞬いた。

　久枝彦は首を捻って呻吟していたが、

「夜光雲ゆんは、伝説の成子様の夜光雲の事やろう……」

　と呟いた。

「そんな伝説があるがや？」

「確か、語り部の真砂婆さんがそんな事を言いゆうように思うけんど……。なあ、昭夫さん」

　言われた昭夫は、暫く記憶の糸を手繰った。

「そういや、僕も聞いたことがある」

「そうか、ほいたら、わしは清子さんに話を聞いてみるきに。

　そんで、この仏さんの処分なんやが、取りあえず変死体は所轄の県警に届けないかんなぁ。わしは電話をしてくるきに、久枝彦さん、その間仏さんを見てておうせ」

「それは構わんが。手続きが終わったら、村を挙げて手厚く葬っちゃらんとにゃあ……。川や海から流れ着いた仏さんは、恵比寿の化身、福を授けてくれる言われちゅうきに」

「あっ、葬儀の時は僕も手伝いましょうか？」

　御剣の言葉に久枝彦は大きく首を振り、咎めるように言う。

「いやいや、いかんちや。御剣さん、これ以上島の事に関わりなさんな。早う往んだ方がええ、そう、言われちょりますのやお？」

　御剣は、びくびくとした顔になった。

「そっ、そのこと、なんで知っちょられますが？」

「司から聞きましたきに。おまんには、よう言うてきかすよう命じられたがよ」

「もう一度、司に会えませんがや？」

「僕にそがいなこと言われても、困りますろう」

「はぁ……すいません」

　御剣は悄然として頭を下げた。

　久枝彦は仏に手を合わせ、念仏を唱え始めた。それを見ていた御剣も黒松も昭夫も仏に祈った。

　黒松がほう、と溜息をつく。

「何やら、此処ん所、よう人が死によるのう。確か網元の小松富作さんも昨日亡くなったがや？」

「なにせ島には年寄りが多いですきに、今晩、富作さん家へ寄って、仏さんを引き取る段取りにしちょりますんや……」

　久枝彦も溜息まじりに言う。

　いつしか日はとっぷりと暮れ、天空には巨大な満月が浮かんでいた。

ひっひひひひ

突如草むらが、ざわざわと揺れ動いて笑い声が聞こえた。

「誰や！」

黒松が懐中電灯で音のした付近を照らすと、青味を帯びた懐中電灯の光の中に、ざんばら髪を振り乱した醜怪な老婆の顔が現れた。

額田の婆である。

しかも、白い鉢巻きを締め、手に鎌と藁人形を持っている。昔話の山姥そのものだ。

黒松は嫌気顔で叫んだ。

「またおまんか、こがいなところで何しゆうか！」

「おおお、時が来たぞえぇ……」

山姥が狂おしく手足を振り回した。

「何やと？」

「夜光雲が島を襲うんじゃ！　島は全滅じゃ！　うちの息子を殺しおった島の奴らは、これで終わりになるぜよう！」

「おい、今、夜光雲言うたな！　おまん、何か知っちょるんか？」

婆は答えずに、黄色い歯を剥いてにたにたと笑った。

「こら、その藁人形、誰を呪うつもりじゃ！」

「聞きたいんなら教えてやろうか、二十七年前の呪いじゃ。大年様が何もかもご存じぜ。知りたかったら、夕日が沈む頃に大年様にお訊ねするがええぜ」

「何やと、何を訳の分からんことを言うちょるか」

婆はきびすを返し、幽霊のように、さっと闇に溶けてしまった。

ええちや、夕日が沈む頃に、

大年様に訊ねるがぞ！

「あっ、待てちや！」

追いかけようとする黒松を、久枝彦が呼び止める。

「黒松さん、もうええやないですか。気の毒な人なんやき」

黒松はちっ、と舌打ちした。

「まあ、そうやな、相手をしとったら疲れるだけやきに。それにしても、気色の悪い婆ちや」

「二十七年前の呪いと言うのは、いったい何の事がや……？」

呆然と呟いた御剣の言葉に、反応したのは昭夫であった。昭夫はみるみる表情を硬くした。

「二十七年前……。二十七年前言うたら、笠置芳子が時の鐘台から赤ん坊と一緒に身を投げた年や」

「な、何ぞそれは？」

昭夫がフン、と鼻を鳴らして黒松を睨む。

「御剣さんとやら、聞いておうせ。

小松の先代禰宜の公康いう男は、酷い横暴な男やったんや。僕の父、池之端一郎が、結婚を前提に付き合うてた女性、それが笠置芳子言うんやが、その女性に公康が横恋慕しよったんや。

この男は結婚もしちょったくせに、その前にも一度、島の娘に手ェつけて、それが奥さんにばれたが為に、娘の方は島から追われるみたいに出ていったことがあったが。

なのに又、笠置の家が、小松の所の仕事をして暮らしてたのをいい事に、無理矢理、芳子さんを小松の家に閉じ込めて、手込めにしてしもうた。年が二十も離れとったのにや。

僕の父は何度も抗議しに行ったそうや。けんど、その時の警察官までが小松の味方になってしもうて、埒があかんかったがや！」

黒松は気まずい咳払いをして、

「その警察官いうのがわしの父親や」

と頭を掻いた。

「芳子さんはそれから十月十日して、憎い公康の子供を産んだんや。けんど、やっぱり耐えられん思うて、ある日、生まれたばかりの赤ん坊を連れて逃げ出したがや。

せやけんど女の足やき、すぐに小松の一族に追い詰められて、芳子さんはとうとう、島の高台にある鐘台から、身を投げたがぜや。

『小松の一族を祟り殺してやる』そう叫びながら赤子を抱いて崖から飛び降りたんじゃと！」

昭夫は拳を震わせ、涙声になっている。

「……下の海には渦潮があって、沈んだ者は見つからん言われちょる所やきに、芳子さんと赤ん坊の死体は発見できんかった。

それからも、父は芳子さんの事が忘れられず、結局、芳子さんの妹と結婚したがよ。それが笠置和子、つまり僕の母よえ……」

昭夫の言葉に、久枝彦が感慨深く溜息をつく。

「この島じゃ、小松さんに逆らう事はできんきに……」

「そんなら、二十七年前の呪いいうのは、その時の芳子さんの呪いかや？」

御剣が呟いた。

「いっ、今更そんな事があってたまるかいや！　イカレ婆の言う事なんぞにいちいち意味などないちや」

黒松も、父親が事件の片棒を担いだのが気になっているのだろう、わざと吐き捨てるように言った。

2

島の漁村には、三軒の民宿があった。

民宿と言っても、潮錆びた看板を申し訳程度に掲げているだけで、実際には空き部屋を開放しているだけのただの民家だ。

御剣は港に一番近い宿に滞在していた。主人は、赤ら顔をした老人で、いつもトロンとした目をしている。本業は漁師だと言うが、漁に出掛ける所など見た者はいない。

老人には鼠のようにおどおどとした娘夫婦がいて、接客は彼らの仕事だったが、二人共ろくに口も開かない程の無愛想さだ。

夫婦には八つになる敏夫という男の子がいた。

敏夫は利発な子供で、毎日御剣の部屋に遊びに来る。その子だけが生きた人間らしい力を感じさせた。

もっとも敏夫も長くこの島にいると次第に精気を抜き取られ、両親のようになるのかもしれない。

階段を上がり、六畳間に戻ると、敏夫が待っていた。

「御剣のお兄ちゃん、遅かったにゃあ」

敏夫はくりくりとした目を輝かせた。

「おお、遊びに来ちょったか」

御剣は敏夫の頭を撫でた。子供に特有の日向の草のような匂いがする。

御剣は衝立の向こうで濡れた袴を着替え始めた。

「なあ、僕、お祭りでお兄ちゃん見たで。川に入って行ったやろう？」

「なんや、見ちょったのか……」

「僕、もっと見たかったんやけんど、お母ちゃんに連れられてすぐ帰ってしもうて。あれからどうなったがや？　流れてきた人、死んでたんかや？」

「うん……死んじょった」

「誰やったん？」

「みんな知らん人やて言うちょった」

御剣は浮かない声で答えた。

「余所の人やろうか？　けどおかしいなぁ。お母ちゃんが、他の宿には誰も泊まっちょらんて言うちょったのに……」

敏夫は暫く首を捻っていたが、それ以上何も思い付かなかったのか、突然別の話題を持ち出した。

「さっきな、うちに赤矢が来たんや。お祭りの日に矢を貰うなんて験がええなあ言うち、爺っちゃんが大喜びしゆうよ」

「赤矢って何ぞ？」

御剣は、代わり映えのしない縒れた着物に着替え、敏夫の前に腰を下ろした。

「赤い羽根のついた御霊社の破魔矢やに。赤矢が届くのは、成子様に生贄を捧げる家に選ばれたゆう事やろ。名誉な事ぜ。それに、そしたら御土もこじゃんと貰えるがよ」

敏夫が胸を張って自慢げに言うのを見ると、御剣は複雑な表情で黙り込んだ。

「そんで、うちはな、鶏を捧げる事にしたんよ。丁度、肉の柔らかい若い雌がおるきに、良かったなあ、これやったら成子様も喜びなさるやろう言うち、母ちゃんも嬉し泣きしゆうよ」

「…………」

「どうしたがや、お兄ちゃん。そがいな顔しちょって」

敏夫が不思議そうに御剣の顔を覗き込んだ。

「いや……何ちゃあない」

「なあ、東京にも天皇陛下さんていう生神様がおるろう？　うちの仏間にもお写真があるがで。そん人も成子様みたいな呪力持ってるが？」

「あ、ああ……多分にぁ。けんど、天皇陛下は、生神様じゃのうて、現人神様やろ」

「どう違うがぜ？」

「現人神と言うのは、人の姿をしてこの世に現れた神様の事ちや」

「ほいたら、やっぱり同じや。御剣のお兄ちゃんは、天皇陛下さんを見たことあるがか？」

「いいや、ないがよ。天皇陛下に直接会えるのは一部の偉い人だけやそうぜ」

「ふうん。どこでも同じなんやにゃあ。成子様に直接会えるのも司様だけやろう。けんど、僕、今日のお祭りの時、成子様をちらっと見たがよ」

「えっ、そうがや？　どんな人やった？」

御剣が身を乗り出す。

「よう分からん、お手しか見えんかったちや。けんど、僕、心配ながよ」

「何がぜ？」

「生神様を直接見たら、目が潰れる言うきに……」

御剣は真剣な瞳で敏夫を見つめたまま、暫く黙り込んでいたが、やがて重々しく口を開いた。

「きっと大丈夫や。それに……もしかすると生神様や言いゆうんは方便かも知れんぜよ？」

御剣は言葉を慎重に選びながら、敏夫の反応を窺った。

「そんな事ない！　みんな生神様や言うちょる」

敏夫は、強い調子で否定した。

「けんど、敏夫君、何や少し変やと思わんかや？　生餌を強制したり、人を殺したりするような神様なんぞ……」

御剣が敏夫の肩に手を置いて語りかけると、敏夫はその手を払いのけた。

「何言うがや！　そんな事言うてたら美濃田のおじちゃんみたいに、神罰を当てられるぜよ。おじちゃんは、何回も生贄の当番を無視したきに、頭が変になって死んだんがや！」

「敏夫君……」

「お母ちゃんはな、生贄出すんは信仰の顕れや言うちょった。それを嫌がる者は神様を信じへん悪い人やきに、罰があたっても仕方ないちや！　成子様は島を守ってくれちょるんやきに、ちゃんと掟は守らないかんぜや。お兄ちゃん、なんでそがいな罰当たりなこと言うが！」

敏夫は涙を浮かべて憤慨すると、部屋を駆け出して行ってしまった。

残された御剣は暗い表情で溜息をつき、備え付けの急須から湯飲みに茶を注いだ。

3

満月が夜の海に映り込んでいる。

遠くを行き交う船の小さな明かりが、綺羅、星の如く揺らいでいる。

潮の音は暗鬱な子守歌のように低く鳴り続いていた。

灯影も乏しい街並みに、生ぬるい潮風が吹き付けていた、その日の夜——。

窓を半開きにしたまま、御剣が読書に熱中していると、突然、窓枠に白い指がかかり、ゴトゴトと窓が動き始めた。

不審げに顔を向けた先に、白い顔がぬっと闇から現れ、音もなく部屋に若い女が侵入して来た。

「しっ、静かにして」

鮮やかなショートカットに黒装束の娘が、人差し指を立てたままウインクを送る。

「な、何や、君は……」

「驚かせてご免なさい。決して怪しい者ではないの。とは言っても、こんな状況じゃ信じてもらえないと思うけれど、まずは私の話を聞いて貰えます？」

恐ろしく早口で言った。

無言で頷くと、娘はほう、と溜息をつき、

「私、監禁されてたんです」

と言った。

「何とか逃げ出して港まで来たら、民宿の二階の窓に明かりが点いてたの。それで、旅行者が泊まっているんじゃないかと思ってよじ登って来たのよ。何しろこの島の人達、信用出来ないんですもの……」

娘は陶器人形のように整った顔に一寸悪戯げな表情を浮かべながら、側に寄ってきた。

「そっ……それは大変でしたにぁ。一体、何があったがや？」

「実は六日ほど前に、御霊社でお祀りがあって、私、その巫女役に呼ばれて来たんです。

でも、約束の日が過ぎても帰してくれなくて、閉じ込められて酷い目に遭っちゃった」

「えっ、君は巫女役の人やったがか」

「貴方、私を知っているの？」

「そうですか、無事やったんじゃにゃあ……ああ、良かったよ……」

娘は不思議そうに瞬きすると、

「私、朱雀律子と言います」

と名乗った。

「えっ？ 小松……小夜子さんじゃのうて？」

「ええ、小夜子さんが嫌がったので、代わりに来たの。代わってあげて正解よ。で、貴方は？」

律子があっけらかんと言う。

「あっ……ああ、私は御剣。御剣清太郎いう紀行作家です」

冷や汗を掻きながら御剣が髪をかき分ける。その指はとても繊細で、確かにペンより重い物は似合いそうにない。

「紀行作家？ 私の友人にも新聞記者がいてよ。じゃあ、お仕事でこの島へ？」

「そんな所や。でも、確かに律子さんが言うちょられるようにこの島は変じゃ」

「そうでしょう？」

律子が頷くと、御剣は深刻な表情になった。

「私も、早う島を出ろと言われとるんじゃけんど、どうにも気になって……。それに今日は、賽川で死人が出たがです」

「まあ、あの騒ぎはそういう事だったの……。あの騒ぎのお陰で、太夫達に隙が出来たので逃げ出すことが出来たのだけれど……。そう、人が死んだのね、お気の毒に……」

「ええ。事故か、殺人かよう分かりませんが、二十七年前の呪いだと言い出す人もいちょって……」

律子は、ずいっと身を乗り出し、大きな瞳を瞬いた。

「まあ、詳しく聞かせて。気になるわ」

御剣はゆっくりと丹念に、今日の出来事を律子に語った。律子は眉間に皺を寄せ、難しい顔をして聞いていた。

「やっぱり……。この島には、重大な秘密があるのよ、だってそうでしょう？　神訪いの儀式だって凄く妙だったし、おまけに私を監禁したり、祭りの日に奇怪な死体が流れて来たり……」

「ええ、一体、この島で何が起こりゆうのか、私も知りとうて……。良ければ君の知っちょる事も聞かせとうせ」

「そうね、とは言ってもよく分からないの。神訪いの日の事はまるで悪夢みたいで、記憶が曖昧だから……」

そう言って、律子は三日間本屋に籠もっていた事や、三日目に黒い陵王面に襲われそうになった事、それを他の司達が取り押さえようとして大騒ぎになっている間に、御霊社へ逃れた事、それ以来監禁されていた事、祭りの混乱に乗じて逃げ出した経過などを語った。

「なんて事ちゃ……」

御剣が呟(つぶや)く。

「そうよ、なんて失礼な話なんでしょうね。御霊社は絶対に怪しいわ。徹底的に調べなくっちゃ」

律子が毅然(きぜん)と言った。

「君、怖くはないがかや？」

「怖くなんてないわよ。私は何度も死にかけた人間ですもの。なんだか此処(ここ)には犯罪の臭いがしてよ」

「犯罪の臭い……ですか」

そう、と律子は深く頷き、出し抜けに、

「お酒はないのかしら？」

と囁(ささや)いた。

「よ、良ければ注文しましょうか？」

「本当？　そうしてもらえたら嬉(うれ)しいわ。私、押入に隠れているから」

言うなり律子が押入に潜り込んだので、御剣は厨房(ちゅうぼう)に行って熱燗(あつかん)を注文する。暫(しばら)くすると、酒が運ばれて来た。

「もう出て来て大丈夫ぜよ」

「ご親切に。どうも有り難う」

律子はにっこり笑って熱燗の前に座る。

「御剣さんも飲みます？」

「わ、私は結構ちや」

「なんだ、つまらない」

律子は杯には目もくれず、茶櫃（ちゃびつ）にあった湯呑（ゆの）みを持ち出すと、なみなみと酒を注ぎ、喉（のど）を鳴らして呑んだ。御剣は呆気（あっけ）に取られている。

「随分、強いですにぁ」

「失礼ね、興奮を鎮めようと思っただけよ」

律子が二杯目を飲みながら言う。

「これからどうしゆうが？　今日はいいとしても、ずっと押入に隠れちょる訳にはいきませんろう……」

「そうね、それが問題ね……。一旦（いったん）、島を離れるか、それとも……。島の中で頼れそうな人と言うたら、久枝彦さんくらいね」

律子は久枝彦の誠実そうな顔を思い出して呟いた。

「久枝彦さんですか……」

「ええ、あの人はまともそうだもの。でも、直ぐに島を離れるのも癪（しゃく）だわ」

「そ、それはそうじゃろうけど、女の人が余り無茶しちゃいかんぜよ」

「取りあえず、明日にでも、久枝彦さんに一度相談してみて、脱出が無理なら別の方法を考えるわ。それでいいじゃない」

「それなら、私も一緒にいきます。心配じゃきに」

「有り難う、そうして貰えると心強いわ」

律子は屈託無く笑ったが、御剣は苦悩に満ちた顔であった。

「どうしたの？」

「いえ、別に……。一体どがいして御霊社の事を調べたらええんか、考えちょったんです」

「まずは、明日もう一度、更志野へ行ってみるしかないわね」

「くれぐれも用心深く行きましょう」

御剣の怯え様に律子は目を瞬いた。

「どうしたの？」

「律子さん、甘く見てはいかんぜよ。小松流は本当に怖ろしい呪いの邪教やき。君も今に分かるちや、迂闊な動きをすると、私や君なんぞ呪い殺されかねんきに」

律子は息を呑んだ。

「まっ……まさか、冗談でしょう？」

「まっことや。此処にあるのは数百年続いた筋金入りの邪教ぜよ。私にもだんだんとその恐ろしさが分かってきた所やき」

律子は数瞬顔を曇らせたが、突然くすくすと笑い出した。

「いいの、大丈夫よ。悪魔も、祟りも、慣れっこですもの」

深夜十二時――。

通りに拍子木の鳴る音が響き始めると、一斉に家々の戸口や窓の板戸を急ぎ閉める、物騒がしいざわめきが村中に起こった。

御剣は布団から起き出し、雨戸に僅かな隙間を作って窓の外に瞳を凝らしている。

港の街灯の下に鬼面を付けた異形者がぽつりと佇み、拍子木を打っていた。

「何事なの？」

まるで吉原の閉門時の騒ぎだ。律子も押入から抜け出して、不穏な空気に耳を澄ませた。

「拍子木が鳴ったら、窓を閉め、決して外に出てはいけないと言われちょります。勿論、旅行者やからと言うて例外やない。なんせ、御霊社の命令ですきに。物忌刻云うて、昔からの風習やきに」

御剣は立ち上がって窓の板戸を閉めた。

「怪しい事ばかりね……」

一度目が覚めると眠気が消えてしまって、律子は残っていた酒を呑み出した。御剣は暗闇に目を見張って、微動だにしない。

沈黙に堪えかねて律子が口を開く。

「御霊社というと、成子様の命令という事？」

「そうですすろう……」

表情を硬くした御剣の耳がぴくりと動いた。

何だろうか……、律子も耳を澄ませた。

それは微かな物音だ。

風や木のざわめきといった普通の音ではない。

夏だというのに、枯葉を踏みしめるような、ガサガサという乾いた音。鋭い爪で硝子を引っ掻くような断続的な軋みのような音。低くざらついた囁き声のような物音……。

そういう得体の知れない、不気味な音が、何処からともなく聞こえて来るのだった。

「何なの……？」

「……大年神の御渡りやそうです」

御剣は緊張した面持ちで、声を潜めた。

「大年明神って、御霊社の？」

御剣という男が夢を見ているか、狂っているのでなかったら、自分の耳がおかしくなってしまったに違いない――と、律子は焦った。

そうして奇怪な物音も、今聞いた御剣の言葉も幻聴なのだと自分に言い聞かせてみたが、次第にハッキリとしてくる疫神の足音に、冷や汗が滲んだ。

窓の板戸が、かたかたと微妙に振動している。

やがて音は少しずつ遠ざかり、消えた……。

二人はどちらともなく、ほうっと安堵の息をつく。

「どうやら通り過ぎたようですにぁ……」

「あの物音が大年神って、どういう意味なの？」

「分かりません。宿の人がそう言っちょったんです。物忌刻ちゅうのは、大年神が島ん中を徘徊する時間や言いゆうがです」

「気味の悪い音だったわ」

律子の怯えた声に、御剣は深く頷いた。

やがて静まりかえった夜道を、何者かが早足で行き交う気配がした。

宿の戸口が激しく叩かれた後、ひそひそとした囁きが重苦しい空気の中に漂ってくる。

「六日以降、宿を訪れた者はおらんか？」

「うちに泊まっちゅうのは、御剣さんだけですけんど……」

「御剣は知っちゅうきに、もうええ」

律子は身体を強張らせ、声を潜めた。

「私の事を探しているのかしら？」

「いえ、違うですろう。毎晩こうじゃ」

「じゃあ、ただの夜警ってこと？」

「やっぱり此処は普通じゃないわ……」

「分からんちゃ」

4

視界を遮っていた雑木林の黒々とした影が開けると、水の音が聞こえてくる。川の流域に近づいてゆく道にはなだらかな傾斜はなく、地面が突如一段低くなった場所に、川はその姿を現した。

河原には数多（あまた）の奇怪な岩影。

黄色い大きな満月が、破れた腫（は）れ物から流れ出る膿（うみ）のようにとろとろとした有様で、せせらぎの上に映っている。

青面司は、足元に気をつけながら、手に風呂敷（ふろしき）を持って下りていった。

頃合いの岩間に座り込むと風呂敷から豆腐を取り出して地面に置き、依頼者の年齢の数に切る。さらにその前に酒と醤油（しょうゆ）を置いた。

「五王ある中なる王にはびこられ、病はとくに逃げ去りにけり」

柏手（かしわで）を四回打ち、平伏すること九回。切った豆腐の五切れ以外は白紙に包み、川際に持って行く。

「千早振（ちはやぶ）る神の祟りを身に受けて六算除けし身こそやすけれ」

ぽちゃん、
と豆腐が満月に投げ入れられる。一瞬、月の影がぐちゃぐちゃになった。
さらに青面司は、残った豆腐を石で打って潰(つぶ)しながら、

木のとの式が行ひ参らせする
今この方より　青の太夫が
外法使ふて　是有り候ふ共
此(こ)の方から　外法は相法　と行ひ使ふぞ
外法は相法　と行ひ使ふぞ

大年様が槌音(つちおと)に合はせ
おん　まかきゃらや　そはか
まかきゃらや　そはか　と打って放す

大年様が槌音に合はせ
おん　まかきゃらや　そはか
まかきゃらや　そはか　と打って放す

生ぬるい風に乗って司の唱える陰気な呪文が響くと、竹藪があざ笑うようにさざめいた。

青面司は祈禱を終えると、岩に腰かけた。

袂から煙草を取り出し、溜息と共に一服する。

「やれやれ、今日で満願やね。この歳で呪詛のお役はきついわぜ。さて……、菖蒲の奴、ちゃんと来よるかのう」

何かを待っている風情でそわそわとしている。

一時すると、娘の姿が河原に現れた。

「菖蒲か？」

「うん」

「おまん、誰にも言うちょらんねや？」

青面司が凄んで問う。娘は怯えた表情で頭を振り、舌っ足らずなか細い声で、

「言うちょらん、言うちょらんきに、ぶたんといてネ……、ネ」

と答えた。

菖蒲というこの知恵足らずの娘が、ともすれば村の誰彼に虐められる、残酷な戯れの的になることは珍しくなかった。それがもう彼女の生活の中で当たり前にすらなっているのだが、中でも青面司は菖蒲にとって最も怖ろしい男であり、度々、酷い折檻をされては体を弄ばれていたのである。

そんな訳だから、菖蒲は恐怖に体を硬くして、なかなか青面司に近寄ろうとはしなかっ

た。

　すると、それを見ていた青面司が、いきなり気味悪い猫撫で声になる。

「そうか、そうか、誰にも言うちょらんなら、ぶたんきに、ほれ、こっちに来いや」

　菖蒲が怖ず怖ずと青面司に近寄っていく。

　青面司は娘の肩と腰を抱くようにして、その体を河原に寝かせた。

　菖蒲は厭そうに固く目を閉じている。

「よしよし、ええ子じゃ。じっとしとるんじゃぞ。直んぐに終わるきに」

　菖蒲は、ヒーッという悲鳴を上げた。

　青面司の息が荒くなり、菖蒲の上に覆い被さっていく。

　その時、森の茂みが陰鬱に揺れ動き、何物かの足音が二人に近づいてきていた。

　が、無我夢中になっている青面司は気づかない。

　片手で菖蒲の胸を押さえつけ、いかつい腕を伸ばし汗ばんだ手で着物の裾をまくろうとした。

　その頭上に、小槌が振り上げられた。

　がつっ
　と、なんとも云えぬ鈍い音がして、司の喉から引きつったような声が漏れた。

　はっ、と菖蒲は目を開いた。青面司が白目を剥いて、股の間に蹲っている。

　その背後に、ぬっと影法師が現れた。

ぴかぴか輝く神鏡を背負い、手に槌と袋を持って立っている、その姿は……。

菖蒲の顔に、抑えきれない喜々とした表情が現れた。

「お……大年様……」

影法師は微かに頷いたようだった。


これは神罰じゃ、お前は行け！

そう言われると、菖蒲はやにわに怖くなって逃げ出した。
そして、雑木林の茂みに隠れて、ぶるぶると震えていた。その時、まさに不思議としか言えない現象が菖蒲の目に映ったのである。
川の方から、神々しいばかりの、なんとも云えぬ透明な輝きを持った金色の閃光が空に向かって伸び、
こつ――ん
こつ――ん
と、槌を打つ音が響いてきたのだ。
菖蒲はまじまじと目を見開いて、ぱちぱちと二、三度瞼を瞬いた。
「大年様……、天に帰られたがかや？」

5

翌日の早朝、律子は村の人間に見つからないように注意深く、御剣と共に地獄谷へ向かった。

雑木林を抜けようとした時、吊り橋の向こうから、数人の村人達がとぼとぼと台車を曳いて来るのが見えた。

「何だか様子が変よ。一寸、話を聞いて」

律子は御剣の背中を押すと、自分は敏捷に木に登ってしまった。

樹上から見ると、台車に瀕死の山羊が括り付けられているのが分かる。山羊の体には惨たらしい裂傷が無数に付けられ、血塗れになっている。

律子は小さく叫んだ。

「すみません、一体どがいしたがです？　その山羊、犬にでも襲われたが？」

台車に駆け寄った御剣が驚いて訊くと、村人の一人が、どろんと船暈したような瞳を上げた。

「神罰やきに……」

「ど、どういう事ですがや？」

「御霊社への生贄に御不足があったんやろうにゃあ。こんな事、滅多とないんやがにゃあ……。これはもう助からんきに、体が光り出す前に、谷でもって始末しちょくんや」

村人がそれだけ言うと、その背後から別の者が、

「余所者に余計な事言うんやない」

と制した。

「さっ、おまん通しとおせ」

がらがらと台車が音を立てて、地獄谷へと進んで行く。

律子と御剣は木陰で顔を見合わせた。

「御剣さん、あの人達は一体、何を言ってたの?」

「この島の人々は回り持ちで、御霊社に生贄を捧げる習慣があるがよ。その量に不足があったきに、神罰が下り、あの山羊が襲われたがです。

大年神は疫神やき、おろそかに扱うと、疫病を撒き散らすんぜ。そうなったら、体に治らない傷が出来て、全身が蒼白く光り出し、最後には狂死するがよ」

「まさか……本当にそんな事が?」

「恐ろしい事ぜよ……」

御剣は青ざめた顔で虚ろに呟いた。

じっとりと湿った大気が二人の頬を撫でる。

梢が縺れ合うようにして鬱蒼と繁る林の黒い影、その木々の足元から、大蜘蛛が這い出して来た。

「薄気味悪いわ……」

律子は森の木々が死体の上に生えている事など知らなかったが、それでも言いようもなく澱み、悪夢を孕んだようなその暗さに顔を顰めた。

「さて、どうします？　谷へは一本道ですきに、さっきの連中と顔を合わせてしまうかもしれんき、彼らが戻って来るまで此処で待っちょりますか？」

「そうね……。ちょっと、橋を渡ってみない？」

人影がないのを確認すると、律子は駆け出した。

吊り橋を渡り、坂道を上ると更志野に出る。だが、律子は橋を渡って左に折れる細い道を選んだ。

ゆうべ、律子は岩に身を潜めながら賽川沿いに下流へ逃げ、右に折れて吊り橋を渡り、夜更けを待って漁村へ逃げ込んだのだ。

その記憶が正しければ、この細い道は賽川に続いている筈だった。

やがて、大岩、小岩、吠える獅子のような岩、人の顔のような岩、亀の形をした岩などが、川中や川原にごろごろと転がり、百の目隠しになっている場所に出た。

「やっぱり、此処だわ……。ゆうべは暗くて見えなかったけど、此処も随分不気味な場所ね」

「ど、どうも、小松流の太夫たちが呪詛を施す場所のようぜ」

御剣も律子の足に追いついてきて、ぜいぜいと息を切らせながら言った。

川縁のあちこちに、線香を立てた痕や供え物や御幣などが、人々の念を染みつかせたまま、ひっそりと残されている。

其処から少し離れた上流の方に、竹を組んで造られた祭壇がある。

その付近から人々の話し声が聞こえてきたので、律子は身を潜めた。

「何かしら、人だかりが出来てるみたい？」

「あっ、黒松さんもいる。又何ぞ起こったんじゃろうか……」

「御剣さん、行ってみて。私は岩陰に隠れて林の方から裏手へ回ってみる」

御剣は頷き、川原に下りた。律子は岩陰を縫いながら、人だかりの方へ近寄って行った。

川原に一陣の風が吹き、何かの神託を告げるかのように祭壇の御幣がはためいた。

御剣は、苔むした大岩の間に妙な物体を見つけた。

汚れた足の裏と黄色い直垂の背中を晒し、俯せになったその死体は、一瞬、人のようには見えず、その辺りの岩と同じ無意味な物体に感じられた。

それは正座した姿勢から、そのまま上半身を地面に突っ伏した形で倒れていた。

顔は窮屈そうに真横に向けられ、花笠を被った後頭部は石榴のように割れている。

死体の脇に、憤怒の形相をした青い陵王面が置かれていた。

「青面の司様が、こ、殺されたがや……」

「こりゃあ、小松の大旦那さんやお？」

「網元の富作さんが亡くなったかと思うたら、今度は信好の旦那さんが……」

人々の囁き声も一層低く不吉な響きを孕んでいる。

御剣は更に驚くべき物を見た。

死体の側の川に、鈍い光を放つ大年神の像が逆さに立っている。川中の岩に足を接し、頭を水中に浸けた斜め逆立ちの状態だ。

像の手に握られた血まみれの小槌が、水面からぬっと突き出している。

澪が像にぶつかり断ち分かれる音が、世界の崩れる予感を讃えるかのように、高く小さく響いていた。

村人達のある者は大年神像を臥し拝み、又ある者は陵王面を臥し拝んでいた。天を拝む者もいれば、ただただ呆然と滂沱の涙を流す者もいる。

異様に暗い熱気が周囲に立ちこめていた。

「何があったがや？」

御剣は黒松の元に歩み寄り、訊ねた。

「見ての通りやに……不思議が起こったんぜ。仏さんは、小松一族の山林王、小松信好さんや」

「そして……青面の司、ですにぁ」

「念の為に、清子さんに確認せないかんがな、恐らくそうじゃろう……。こりゃあ、えらい事になってしもうた……」

黒松は事態の大きさに為す術もない様子で、うろうろと無意味に歩き回っている。

「アノネ……うちね、知っちゅうよ」

その時、舌っ足らずな若い女の声が背後で聞こえ、御剣の着物がくい、くいと引っ張られた。

「えっ、何ぞ？」

御剣がどきりとして振り返ると、模様の落ちたぼろぼろの服を着た娘が一人、にこにこと笑いながら立っている。髪はのび放題で、顔は煤だらけ、一見して、頭のおかしい娘だと分かる。その下腹は臨月の膨らみを見せていた。

娘は震える指で髪を梳きながら、きょろきょろと辺りを見回しつつ言った。

「うち……ネ、ネ、菖蒲いうの。うちネ、知っちゅうよ。大年様がネ、夜中に歩いて来ちょってね、その人の頭を叩いたがよ。ソウシテネ、殺したが。ネ、ネ……お叱りって言うがよ。タユウがうちに悪い事したきに……ネ、神罰を当てたがよ……」

村人達の間に、ざわめきが起こった。

「何やて、詳しく話しとおせ」

御剣が娘の前に膝をついて訊ねた。

薄汚れてはいるが、菖蒲という娘の顔には不思議に聖女めいた輝きがあった。

「ソウョ、ソウョ……大年様。ほらソコに大年様の怖い顔が、一杯、一杯、あるじゃお？」

娘は森の茂みを指差し、下唇をじっと噛んだ。

「おまん、何を見たがや？」

黒松が横から菖蒲の体を揺さぶった。

「太夫がネ、うちにいつも此処で悪いコトしゆうきに、アノネ、アノネ……、昨日の夜もネ、うちの上に乗ってきよったが。ソシタラネ、ソシタラネ、大年様が怒って頭を叩いたノ」

菖蒲の話によると、どうやら、青面司はこの娘に悪戯していた所を殺されたらしい。

「この阿呆娘、何ちゅう事を、言い出すんや……」

黒松はへなへなと地面に崩れた。

「菖蒲ちゃん、大年様は何処からやって来て、どがいしてこん人を殺したが？」

御剣が優しく訊くと、菖蒲はううん、と少し考え込んだ。

「ウン、うちはネ、怖くてネ、アッチの林の中に隠れたがよ。ソシタラネ、……大年様が金色の光になって、天に帰っていかれたがよ。槌の音が、こつん、こつんてしちょったヨ。大年様が槌音に合わせ、おん、まかきゃらや、そはか、まかきゃらや、そはか、と打って放す。大年様が槌音に合わせ、おん、まかきゃらや、そはか、まかきゃらや、そはか、と打って放すがョ」

人々は背筋が凍えるような思いで、菖蒲の言葉を聞いていた。

「菖蒲、本当に旦那さんが、おまんに悪戯しちょったんか？　嘘言うたら罰が当たるぞ！」

黒松の脅しに、菖蒲はびくりと怯えた様子を見せたが、震えながら何度も頷いた。

「嘘なんぞつかんちや！　この太夫はナ、うちのコト、言う事きかんゆうて、ブッんや。ブッんや。ソレデナ、夜にココに来いて言うち……。

ホラホラ、ソコにオオトシ様の怖い顔が一杯ョ……こっちを見ちゅうやお？　女の人の顔、オジイサンの顔……ホラ、ホラ、子供の顔もソコに」

誰ともなく、菖蒲の指差す林の方を振り返っていた。

ギィー、ギィー
茂みの彼方から奇妙な鳥の声が響く。

仄暗い木立の陰影に、曖昧模糊とした人の顔めいた物が、ゆらゆらと現れ、現れてはまた消えた。

人々は肝を抜かれたかのように呆然とそれを見つめていた。

黒松は咳払いをすると、ズボンをたくし上げ、川の中にある大年神の方へ歩いていく。

御剣もその後に続いた。

「やっぱり、この大年様は御霊社のもんに間違いないがぞ！　ちゃんと背中に御神紋まで入っちょる」

黒松は像の背にある五芒星を確かめ、目を白黒させた。

「御霊社の像？」

御剣は水中に没した像の頭部を眺めた。水面が揺らぐ度、その顔に妖しい笑みが浮かぶ。

「しかし……不思議な事ちや。御霊社の像は陶器製やけんど、この像は金属製やぞ。おまけに彩色もされちょらん……。こりゃあ、とても人が持ち運びできるようなもんと違うが。こがいなことは、神仏にしかできん仕業ぜ……」

御剣は、コンコンと像を叩き、金属音を確かめながら訊ねた。

「御霊社に金仏は無かったがか？」

「そうじゃ、陶器だけちや。まっこと不思議な……。

実はな……今朝、御鏡の前にあった大年様が、台座だけ残して無くなっちょったき、一体、どがいしたんじゃ言うちょったのよ。また動いて、どこぞに歩いていかれたんじゃろう言うちな……。

大年様は此処まで歩いて来ちょって、ほんで金仏に変じて、信好の旦那さんを打たれたんよ」

黒松が神妙な溜息をついた。

「誰ぞ御霊社の大年神を隠して、この像を此処に置いたんじゃないがかや？」

御剣の言葉に、黒松は頭を振った。

「いやいや、不可能ぜよ。御霊社の大年様は何処ででも造っちょるようなもんやない。更志野の三田屋でしか造れん代物やきに」

「し、しかし、何処かで特注したんかも……」

「そう言うがにゃあ、御剣さん。もし、何処かで特注した言うて、どうやって此処まで運ぶんや？

此処までの道は台車ぐらいしか通れん細道ぜよ。こんな重いもん、台車で持って上がれるがか？　上がれたとしても何人がかりの犯行ぜ？

第一、この重さじゃあ、吊り橋が渡れんが。余所で造った像を更志野へ運ぶとしたら、必ず吊り橋を渡らにゃいかん。

この島では重い物を運ぶ時は、島の若い衆がこぞって足場を別に組んだりしちょって、いっつも大がかりなことになるがぞ」

確かに、勾配の険しいこの島の道や、縄で編まれた細い吊り橋を通って、二、三百キロの金仏を此処まで運ぶ事は不可能だろう。

そして、御霊社の像は何処へ消えたのか……。

考えれば考える程、奇怪至極な事だ。

存在する筈のない金仏が、運んで来られる筈のない場所に現れ、それと同時に御霊社の大年像が消えるなど……。

黒松の言うように、御霊社の大年像が自ら歩いて来て此処で金仏に変化し、小松信好を撲殺したのであろうか……。

「そっ、そんな馬鹿な」

御剣は頭を抱えて呻いた。

「まっこと、そうに違がわん」

黒松はチョビ髭を撫でながら言う。

「御霊社の神鏡の前の大年神は動くちゃ。わしを含め、今まで何人もの人間が霊験を見ちょる。御剣さん、あんたも此処へ来た日に見たがやろ？」

「えっ、ええ。じゃけんど……」

「それに目撃者もおるぜ。昨夜、柴刈りに来た作兵衛爺さんが、こん近くの林で大年様を見たと言うちょる。作兵衛爺さん、そうじゃろ？」

黒松が人垣に呼びかけると、痩せ枯れた老人が前に進み出た。

「まっ、まっことよ。嘘なんぞついてどうなるぜよ。

昨夜の九時頃やったかなぁ。そこの茂みの中に、大年様が、ぬっと立ってらっしゃったきに、わしゃぁ、怖ろしゅうて、怖ろしゅうて……」

老人の白蠟色になった額から脂汗が噴き出した。

「そやき、その時の大年様は御霊社にあった物やったか、それともこういう金仏やったか、おまん、わかるがかや？」

黒松が訊くと、作兵衛は胸を張って、

「普通の、御霊社の物やったちや。間違いない。ちゃんと綺麗に色もついちょったきに」

と答えた。

「その時、小松信好さんは？」

御剣が訊ねると、老人は首を傾げた。

「さぁ、わしは怖ろしゅうなって、逃げ帰ったきに、信好の旦那さんには気づかんかったちゃ」

黒松は菖蒲に向き直った。

「菖蒲、おまんが大年様を見よったんは、何時頃の事ぜよ？」

菖蒲は拗ねたように首を振り、川の方を指差した。

「時間は知らんノ……ケドネ、大きな袋と小槌を持ってネ、大年様が立っちょったが。……ソレデネ、まあるい御神鏡がネ、ピカピカ……背中で光っちょったヨ」

「ううむ、げに霊験じゃねや」

黒松が溜息をつく。

「あの菖蒲ちゅう子は、妊娠してるがか？」

御剣が黒松の耳に囁いた。

「ありゃあ、語り部の真砂婆さんの孫やが、可哀想に、しょっちゅう誰かに玩具にされちょるんよ。あがいして年がら年中、妊娠しちょったんやが、相手がまさか小松の旦那やったとは……」

黒松は死体の方をちらっと見た。

「これも神罰じゃ……。司ともあろう者が、娘っ子に悪戯なんぞするきに……、大年様が神罰を下されたんぜよ。大年様は、まっこと有り難い神様じゃねや」

ぎゃーぎゃー　ぎゃーきーぎゃーきー
うんぬん　しふらーしふらー
はらしふらーはらしふらー

人々が口々に念仏を唱え始めた。

律子は半ば呆れつつ、木陰からその様子を眺めていた。神罰だ、祟りだと唱えている人々の姿は、なにやら、無意味に口をぱくぱくしている金魚のように見える。

人々はのろのろと大年神を取り囲み、手を合わせて祈り始めた。

像はそれをあざ笑うかのように、銀色に鈍く光っていた。

6

御剣と律子は道を引き返し、地獄谷へ向かった。

火葬壇には、先程の山羊の骸が横たわっている。

久枝彦の姿は閻魔堂にあった。彼は丁度、昨夜貰い受けた富作の遺体を焼き終え、骨壺の封をしている所だった。

「ええっ、信好さんが大年様の像に殺された？」

久枝彦は驚愕（きょうがく）した。

「一昨日（おととい）は同じ小松一族の富作さんが死に、今日は信好さんが撲殺されるやなんて……」

「やはり小松一族に対する怨恨（えんこん）かしら」

トーンの高い律子の声に、ようやく気を取り直した様子の久枝彦が訊ねた。

「それにしても、小夜子さん……おまん、なんでこんな所にいるが？　御剣さんと一緒に……」

「すみません、久枝彦さん。実は私、小夜子じゃないんです。本人が嫌がったので、替え玉になったんです。本名は朱雀律子と言います」

律子が一礼すると、久枝彦は目を丸くした。

「替え玉？」

「気の毒に、昨日まで御霊社に監禁されちょったそうです」

御剣が言った。

「監禁？　なんでそがいな酷（ひど）い事を……」

「私にも分かりません。やっと隙を見て逃げ出して来たんです。

小夜子さんの名前を騙（かた）ったのは申し訳ないと思っています。ごめんなさい」

律子が再び頭を下げた。御剣も真剣な顔で、

「どうにかならんかよ、久枝彦さん。こん人を助けとおせ」

と嘆願した。

久枝彦は暫く沈思していた。

「そうやなあ……島の舟は小松一族の持ち物やき、当然、警戒しゆうやろう。じゃき、それで島を出て行くんは難しいかもにゃあ。誰かに迎えに来てもらう他ないけんど……。そうや、迎えの舟を待つ間、いっそ池之端さんの所に匿ってもろうたらどうぜ？」

「池之端？」

「小松一族と対抗する力を持った庄屋さんや。あそこの邸までは、いくら太夫達でも乗り込めませんき」

「匿ってくれるかしら？」

「大丈夫や、小松に酷い目にあった言うたら、彼らやったら意地でも匿ってくれるやろう。あの家の兄妹とは子供の頃から仲良しやきに、僕からも頼んじゃるきに。安心しとおせ」

「有り難うございます」

律子が元気よく答える。

久枝彦はふと、不思議そうに首を傾げた。

「そういやあ、今日は妙な事が続くねや……。富作さんの遺体を焼いちょった時にも、変な事があったがぞ」

「変な事？」

律子は好奇心満々の顔で身を乗り出した。

「そうよ」と言って、久枝彦は懐から布に包んだ黒い石を取り出した。

「この石がどうしたんです？」

「富作さんの遺体を焼いちょったら、腹からそれが出てきたんがやき」

「遺体の中から石が！」

死体から石が出てくるとは、なんと不思議なことだろう。

律子は久枝彦から石を受け取り、じっとその石を観察した。

表面は黒く煤け、ごつごつとした手触りだ。

「体の中から出た石と言っても、これ、結石なんかじゃありませんよね……」

「平山でよく見る石やが。恐らく大理石やけんど」

久枝彦が答えた。

「平山？」

「奥更志野の山を土地の者はそう呼んじょる。謂われは、平成子様の持ち山やからやとか、平家の落人の墓があるからがやといろいろ云われちゅうけどにぁ。あの山からは良質の銅と、大理石も採れるそうぜ」

「銅と大理石ですか。小松一族って相当お金持ちなんですね」

「そうやなあ。漁業、林業、鉱山、石材業、この島でお金になる物はみんな小松一族が独占しちょりますきに」

「そうなの……。でも、その平山の石が富作さんという人の体から出て来たなんて、おかしな話だわ。呑み込んだのかしら？」

「この……石をですか？」

御剣が石を自分の拳と比べると、ほぼ同じ位の大きさだった。

「そうよ、それで窒息死したのかも……」

律子の推理を、久枝彦が首を振って否定した。

「いえ、富作さんは脳溢血やそうです。吉見さんというお医者がちゃんと診ちょりますきに」

そう、と律子は残念そうに呟いた。

「富作さんは病死だとしても、信好さんが他殺なのは事実だわ」

久枝彦は、びっくりした顔で、

「神罰やが？」

「確かに不思議な殺され方だし、私には説明が付かないけれど……。でも、神様が人殺しするなんて事はないと思うの。誰かが、人間が殺したのよ。

ああ、こんな時に先生が居てくれたら、その石の謎だって、すぐに解いてくれる筈なのに」

「先生？」

御剣が訊ねると、律子は遠慮がちに、

「ええ、実は私の兄の事なんだけど……。一応……」

と目を伏せた。

「律子さん、そのお兄さんに頼んで、島に迎えに来て貰うたらええぜよ。そしたら舟に便乗して、御剣さんも島を出れますきにね」

「ええ、そうなんですけど、来てくれるかしら……。先生忙しいし、きっと来ても、凄く機嫌が悪いに違いないわ……」

久枝彦は安心して微笑んだ。

「そんな事を言うちょる場合やないやろお？　池之端さんの所なら電話があるきに」

「でも……東京の浅草だから、電話代も高いし」

律子は逡巡している。

「池之端さんは、電話代ぐらい平気やが」

久枝彦は御剣から石を取り上げると、やおら立ち上がった。

「信好さんの騒ぎで人目にも付きにくいですき、今のうちに行こ。この石は富作さんの御家族に届けますき、途中で池之端に寄ろ」

第三章　夜光雲

1

久枝彦が言った通り、池之端昭夫は喜んで律子を小松一族から匿ってくれると約束した。

久枝彦は昭夫に挨拶をすると、すぐに去ってしまったが、もうすぐ語り部の真砂が屋敷に来ると聞いた御剣は、律子と共に残った。

一郎の葬儀が終わったばかりの池之端の屋敷には、線香の匂いが立ち込め、葬儀の片づけや、弔問客を取りつぐ女中達の足音が、廊下に気ぜわしく響いている。

「二人共遠慮せんと、ゆっくりして行ってや」

喪服姿の昭夫は、二人を二階の部屋へ案内した。

夏の湿気にじっとりとした古畳の匂いが三人を包み込む。

部屋には、煤竹を二本横に渡した小窓がある。

昭夫はその窓の側に座り、段々畑で野良作業をする人々を眺めながら煙草に火を付けた。

憔悴し、青ざめたその横顔には、青年に特有の捨て鉢な表情が浮かんでいる。

父、一郎が死んでからというもの、昭夫の心には空虚な断層が生まれていた。農地の運営を一身に背負う事になった重圧と、無念な父の死に寄せる痛恨の思いが混じり合い、マグマのように苛烈な感情が、時折、その断層から湧き上がってくるのだった。

「信好さんの事、聞きましたがやろ？」

御剣は昭夫を気遣いながら訊ねた。

昭夫は煙草をもみ消して、にやりと笑った。

「ああ、聞いた。黒松さんが鋳物師の長治を呼んで、問題の大黒天を調べさせたら、像は合金で出来ちょると言うたそうや。けど、自分は造った事なぞないし、第一、そんな大きな鋳型がないと。

それから御霊社の陶器像を作った三田屋の主人は、像を造る時に使うた型はとっくに処分したと証言したそうや」

「それは、ほんまに奇怪なこっちゃぜよ……」

御剣が呟く。

昭夫は、ふっと暗く笑った。

「考えられんやお？

小松の方も、合金の大がかりな仕入れなんぞ、ここ十数年した事がないと言うちょるそうや。第一、型もないのに、どうやって造り、現場までどうやって運んだんか……。まさに御霊社の大年様が金仏に変じたとしか言いようのない事件や。

　じゃきに、すっかり神罰でかたがついて、自然死として扱うことにしたらしい」

「そんな馬鹿な！　それじゃあ、犯罪として捜査しないってことなの？」

　律子は納得できなかった。

「そういうことぜよ。黒松は県警には届けん言うちょった」

「間違ってるわ！　ねえ、以前から、像が動いていたという話は、本当なの？」

　身を乗り出して律子が訊ねると、昭夫は深く頷いた。

「本当や。実は僕も見たことがある――。

　あれは先月やったか、前々から噂を聞いちょったんで、一度確かめてやろう思うて、下働きの狭吉と一緒に洞窟に入ったんや。

　そしたら、あの大年様が体を揺すりながら歩いて来ちょったが」

「じゃあ、その狭吉さんという人もそれを……」

「ああ、見ちょりました」

「何かのカラクリじゃないかしら？」

「実は僕も誰かの悪戯かとも思うたきに、狭吉と一緒に像を持ち上げて、底面の穴から中を確かめてみたんやけんど」

「やった！　それで、どうでした？」

　律子が目を輝かせる。

「中は空洞やった。何の仕掛けもない。あの七体の大年様は、同じ型に塡めて造られた、何の変哲もない陶器人形やった。じゃきに、ありゃあ、やっぱり御霊社の霊験やったんちや……」

「なら、小松信好の死も……」

御剣が固唾を呑む。

「信好の死は神罰や。やっと小松の奴らに神罰が下ったんや。父の霊と芳子さんの無念の思いが通じたがよ」

昭夫が怒りの籠もった声で呟いた。

「芳子さん？」

「父の元婚約者や。小松本家の先代に無理矢理、子供を産まされて、それを苦に自害したがぜ」

「そんな事があったんですか……」

律子は昭夫の瞳の奥の暗闇を覗き込み、胸を痛めた。

「そやきに、律子さんが小松に監禁されたと聞いて、余計に放っておけんかったんや」

昭夫がそう言った時、スッと障子が開いて、昭夫の母、和子が茶を持ってきた。

「うちの姉さんは綺麗な人やったきに、小松本家の先代、公康に目を付けられたんちや」

和子は古い封建制度の中で育った女に特有の、能面のように強張った美貌を備えていた。

和子は茶を入れながら溜息をつく。

「どういう因果ですやろ。先祖代々、池之端と小松はことごとく対立してしまう運命やきに」

「先祖代々……」

御剣と律子は思わず顔を見合わせた。

「ええ。先日亡くなったうちの人も、工場誘致の件で小松と揉めてたんで……」

和子が涙で潤む目頭を押さえると、昭夫も憤慨に拳を震わせた。

「父の一郎は、小作人達の生活を少しでも豊かにしたいと言うちょった。それで、此処に化学工場を誘致しようとしてたんやき……。

だいたい、更志野の土地は石灰岩や辰砂が多いきに、農業には適しちょりません。けんど、石灰岩はセメントやチョークの材料に、辰砂から取れる水銀は温度計や気圧計、電池などの材料、農薬なんかに使えるちや。此処に工場を誘致したら、島の者も働き口が増えて、潤うがよ」

「何故、その計画に小松一族は反対を？」

律子が訝しげに訊く。

「小松一族いうんは、生活に苦しんじょる農民を、自分とこの仕事に安い賃金で使うてるきに、別の働き口が出来たら、あいつらは困るんじゃろう」

「酷いわ……そんな理由で反対を？」

律子が眉を顰めると、

「小松の私欲や」

昭夫が嚙みしめるように呟いた。

「島の者はなあ、理屈ではうちの人の言う事が正しいと思うちょりましたんやけんど、成子様の御采配やと言われたら、もう逆らえんがよ。

現状、島の農業は御霊社の御土に頼りゆうし、誰も成子様の御機嫌をそこねとうはないんです。勿論、うちの人も成子様に背くつもりで提案しちょったんとは違います。けんど、結局、神罰を下されちもうて……」

和子が声を詰まらせる。

「御霊社の御土って？」

「成子様の呪力が宿った土ですが。その土があると、よう作物が実るがです。この島で農業ができるようになったがは、御土の賜やち言われゆうがです」

和子は目を伏せた。

「なんでや、なんで親父みたいなええ人に、神罰を……。神罰下されないかんのは小松の方やのに」

「成子様のご采配やきに、これぱっかりは文句をつけてもしょうがないんよ、昭夫……。こうなったのも御先祖の因縁やきにねえ」

和子は諦め顔で昭夫を慰めた。

律子は当惑した。生神と御霊社の事になると、どこか洗脳された人間のようになるこのか？

もしそうだとしても、天から豊作をもたらす土を降らせるなんてことが可能なのだろう

出口聖師のような霊能力者か何かだろうか。

それ程迄に畏怖されている生神とは、一体何者なのだろう？

二人の反応が不可解だ。

それに、大年神というのも謎だ。昨夜聞いたあの不思議な物音……。

大年神は昼間は陶器の形をしているが、夜になれば変化して島中を徘徊しているとでも言うのか……。

そして、恐ろしい神罰を下す――。

律子は白昼夢でも見ているかのような、妙な気分であった。

頭の中にもやもやと白い霧が湧いてきて、その中を、あの大年像の影や、清子の白い顔や、陵王面の怪人達、傷だらけの山羊等が走馬燈のように掠めては消えていく。

「一郎さんのご遺体は光っておられました？」

律子の確認に、和子は無言で頷いた。

「僕は絶対に、小松の奴らが成子様に親父の悪口雑言を吹き込んだに違いないと思っちゅう。とくに平様の世話人の清子。あれは妖かしで、まるで妲己ぜよ。

可哀想に、親父……。神罰受けた者の遺体は三日間野ざらしにする言う島の掟で、見せ物にされちょったんや。さぞ無念やったろうに」

拳を握りしめる昭夫の悔しさが、律子の琴線に触れた。

四人の間に重苦しい沈黙が流れた。

やがて、一階で玄関の戸が開く音がして、百絵子の明るい声が重い空気を破った。

「お母ちゃん、お兄ちゃん、真砂のお婆ちゃん連れて来たよ！」

「妹が帰ってきたようだ。皆で下に降りましょう」

「黒松さんも真砂さんの話を聞きたがってましたけんど、呼ばんでもいいんですがやろうか？先に始めちょっても……」

御剣が訊くと、昭夫は、

「小松の犬なんぞ、気にする事ないぜよ」

と邪険に言い放った。

昭夫を先頭に、四人は階段を下りて、長い廊下の先の座敷に入った。

広い座敷では、真砂の孫娘・菖蒲が、お手玉遊びをしている。百絵子が菖蒲の相手をしていた。御剣もその側に寄っていく。

三人の近くでは女中が数人、正月の門松のような物を竹笹で作っている。

「あれは何です？」

物珍しげに訊ねた律子に、和子が微笑み、

「ええ、サノボリの準備ですの。サノボリ言うのは田の神様のお祭りや。刈り取りが終わったあとの田畑にあの飾りを立てて、御霊社から賜った御土を入れる。夜には皆で粽を食べるがです」

「お祭り？　昨日もお祭りがあったばかりなのに、随分と行事が多いんですね」

「旧六月は特別なんよ。この島では、陰陽五行に基づいた祭りが毎月あるけんど、旧六月は四つも祭りがあります。律子さん、六月をなんで水無月て言うちょるか知っちょりますか？」

「さあ……。本当は梅雨で雨が多いのに、水が無い月なんて変だと思ってたんです」

和子は上品に微笑んだ。

「陰陽五行では、宇宙の根元である陰陽から、木火土金水の気が生じた言われます。その五気には『生剋の理』いうのがあるきに。

『相生の理』は、木から火が生まれ、火から土が生まれ、土から金が生まれ、金から水が生まれ、水から木が生まれるのを言いますが。

『相剋の理』は、木は土を損ない、土は水を損ない、水は火を損ない、火は金を損ない、金は木を損なうのを言うんです。

この六月、未月は土気、それも夏の火気に生ずる土——。相生の理で見ますと『火が土を生む』ですきに、この土はもの凄う強い土気になります。

すると、『土は水を損なう』ですき、六月はようよう水にとっては迷惑な月いう事になるんですなあ。それやきに、六月は『水無月』言われちょるんですがよ」

「そうですか、水無月の名前は五行の哲学から生まれたんですねえ」

律子は感心した。

「そうや。それに、太夫(たゆう)達の面の色も、青は木、黄色は土、黒は水、赤は火、白は金の五行を表してるがよ。じゃきに、木の太夫、つまり青面の太夫が打った呪詛(じゅそ)と分かった時は、それに勝つ金の白面の太夫が呪詛返しをせんならん。同じように赤太夫が打った呪詛は、黒太夫が呪詛返しする。呪詛も五行の理に則(のっと)ってされちょります」

2

床の間を背に、海老(えび)のように腰の曲がった小柄な老婆が座っていた。その前には古びた布袋が一つ。

村の語り部(べ)、真砂であった。

一同は真砂の前に横一列に正座した。

「こちらの真砂さんのお家は、代々、この村の出来事を言い伝えてきた家系やきに、村の事で真砂さんの知らんことはないなぁ」

和子がそう言うと、真砂は愛想よく、へぇ、とおじぎした。

「けんど、わしの後を継ぐはずの菖蒲があれやきに、語り部もわしの代で終わりですろう……」

白内障の目を擦りながら、真砂が言う。

「残念な事やなぁ。うちらの村の者は誰でも、子供時分には、語り部さんのお話を聞くのを楽しみにしちょったのに……」

溜息まじりに和子が昔を回想すると、昭夫が苛立たしげにそれを遮った。

「お母ちゃん、何時までそんな話しちょるがぜ」

「ああ、そやったなぁ……。真砂さん、今日は御霊社の起こりを聞かせとおせ」

「へえ、御霊社の起こりですな」

真砂は俯いて、口中でぶつぶつと何事か呟きながら、布袋の中をまさぐった。

やがて、一本の紐糸が出てきた。長い紐糸の途中に、団子のような結び目がいくつも作られている。

真砂が目を閉じ、端から順に紐糸を手繰りながら、語り始めた。

すると、現像液に浸けたフィルムから、次第に映像が浮き出てくるように、真砂の口から生々しくもおどろおどろしい御霊社の謂われが出てきたのであった。

「昔から、山に住んでた宇左右衛門の一族は、
鬼の末裔じゃちゅうち、里のもんからは
忌み嫌われよったがぞ――。
文治元年、壇の浦の戦に敗れた平家の一門

平宗盛率いる十七名の武士がたが、
安徳様より預かった御宝を持って、
鬼界ガ島にやってこられ、
小松宇左右衛門は、
一族にて落人らをかくまっちょった――。
けんど、ひさに月日がたつうちに、
源氏の詮議が厳しくなったきに、
落人らをかくまえんようになったんじゃ。
里のもんが、宇左右衛門に落人らの首を迫ると、
安徳様が宝のことを聞いちょった宇左右衛門は、
宝欲しさに、承知したんやと。
新月の夜、宇左右衛門の一族と里の庄屋らは、
舞楽をもうけて落人らを油断させ、
だまし討ちしたがよ。
宇左右衛門の娘婿、小松様と落人らを
そして、宇左右衛門だけが、こっそりと
宝を奪うたがじゃ――。
そのあと、さいさい怪異と疫病がうち続いたきに、

落人の怨霊を恐れた島のもんは、
保元山の洞窟に落人らの墓を祀ったがよ。
宇左右衛門は御宝のお陰で、島一番の物持ちになったちゃ。
それから宇左右衛門は、百姓らに金品を貸し付けては、
返せんもんから田畑を取り上げ、
やがて小松家は島の庄屋の一つになったがぜ。
正長二年、島を飢饉が襲った年、
百姓らが一揆を起こしたがよ——。
小松一族は保元山の洞窟に追いつめられ、
百姓らにその首をはねられようとした時、
空に蒼白く輝く夜光雲が現れて、
百姓たちをけちらしたと。
夜光雲より『根の神』が顕現なされて、
小松の主に告げたことには、
我は、小松が先祖に殺されたる平宗盛じゃが、
稲刈る鎌で殺されたきに、幽界に行きてのち
『根の神、大年の神』となった、
これより小松が家に、我は取り憑くつもりじゃ。

よくよく我霊を祀るなら、
小松が財を盗むものを打ってやるぜよ。
――とにゃあ。
翌年の正月、その御神託通り、
小松家の門前に『大年神』があらわれて
御子を授けられた。
宇左右衛門は保元山の洞窟に御霊寺を建立して、
指導者(さきやり)として成子様をお祀りしたきに、
天から恵みの土が宇左右衛門の土地に降り注ぎ、
一族はひさに栄えたという」

律子は忌まわしい怨霊話に驚いて、暫(しばら)く黙り込んでいたが、

「御霊社はもともとお寺だったの？」

「神社になったがは、明治の廃仏毀釈(きしやく)からで。寺やったころは、曼陀羅(まんだら)があったがぞ。怖ろしい顔した鬼神様が踊りゆう曼陀羅じゃったが」

真砂が答えた。

「そうなんですか。大年神が御子を授けたってどういうことなのかしら？　成子様は平宗盛の子孫だってこと？」

「そういうことかも知れませんにゃあ。落人らと夫婦になった島の娘もいたと云われちょりましたきに、宗盛様の血を引く御子がおったんじゃろう。けんど、何分古いことじゃきに、それ以上詳しいことは分からんちゃ」

　真砂は歯の無い口を開けて笑った。

「保元山の洞窟というと？」

「今の御霊社の洞窟で。今は平山て呼ばれちゅうけんど、昔は保元山という名やったそうぜ」

「もしかして、その洞窟って動く大年神の像があったという？」

　和子が厳しい顔で頷(うなず)いた。

「御霊社はもともと、島民が騙(だま)して殺した落人の墓じゃったんか……」

　御剣がぽつりと言う。

「それだけやのうてにゃあ、成子様が授けられる以前、この島の暮らしはげにまっこと貧しかったきに、人が多(おお)なると諸物払底して困っちょったがよ。

　そういう時は、島民がこぞって、八分や憑き筋の家から順に襲い、人減らしをしたち言いゆう。

　そうして出た仏も、こっそり保元山の洞窟に埋めよったがよ――」

　真砂の言葉に律子はぞっとした。

「忌まわしい過去ですわ。私らの先祖は、落人が酔っぱらっているところを襲って殺し、褒美欲しさに落人らの首を鎌で切って代官様に差し出したと言われちょります。

悲惨な末路を遂げた落人らが島民に祟るのは当たり前やった。太夫らの陵王面は、その罪を忘れんようにと、落人を殺した時の格好をしゅうのや。

落人らを討った庄屋の首謀者が、この池之端の御先祖やったがです。じゃきに、それ以来、当主が早死にすることが続いたと言われちょります。

うちらも重々、そのことを承知しちょるきに、極道せん（怠けず）と平様には奉仕してきたんじゃけんど……」

律子にはようやく、小松と対立しているはずの池之端までもが御霊社に対して弱腰であることの理由が見えてきたような気がした。島民は、彼らの先祖の犯した罪によって、怨霊への恐れと罪悪感に呪縛されているのだ。

「確か僕の記憶では、もう一つ、夜光雲の話があったはずや。真砂婆さん、慶長四年の疫病のことを」

昭夫の言葉に、真砂は頷いて袋をまさぐり、また一本、別の紐糸を取り出した。

「慶長四年、関ヶ原の戦の前年、
この年はごっつい不作の年やったきに、
御霊寺の生餌を百姓たちが拒んだがよ。

じゃきに成子様がお怒りになり、
大年様のお渡りもさいさいで、

夜光雲が出ることしきりじゃった。
疫病が流行して、家畜、人など大勢死んだがよ。
その亡骸は鬼火のように光ったきに、
島の衆は恐れをなして、
大年様の怒りを鎮めるために
死んだもんの土地を御霊寺に寄進した。
そして、牛八頭を生贄に捧げ
盛大な祭りを行なった。
するとざんじ疫病がやんだんぜ——」

「ほらやっぱり、夜光雲が出たがよ。きっと、夜光雲は、大年様のお渡りのしるしちや」

昭夫が手を打った。

「この話……神訪いの時に聞いた御霊社の由来と随分違うわ」

律子が呟くと、真砂は皺だらけの口元を綻ばせた。

「そっちは、小松が体裁よう作り変えちょるもんやきに。うちの家の話がまっとうに伝えちょるがよ。

わしの先祖は、この縄の結び目に、島で起こった出来事を記録して、代々伝えてきたんぜ」

「結び目に……？」

律子が訊くと、真砂は濁った目を律子に向けた。

「この結び目には、意味があってな……。例えば丸い輪を一つ作るんは『男』、結び目が二つ交差してるのが『戦う』ちゅう意味ちゃ。

落人達の怨みと、何代も何代もの虐げられた百姓の怨み、島民に殺された人々の怨みが、小松家の上に積もったがよ。怨みが積もり積もって、成子様が現れたんぜ。

奇怪しな事やけんど、それが本当や……。

やがて、小松一族が島に増えていくに従うて、御霊社は氏神となり、さらには島の一の宮となったがじゃ……」

「け、けどな、真砂婆さん」

昭夫は強い口調で切り出した。

「けんど、島におるのは小松一族だけやない。それ以外の人間かて暮らしちゅうし、御霊社の生贄は回り持ちで捧げてるんや。清掃や改築の寄進かてしちゅう。じゃきに、御霊社は、島民全ての物や。

他の人間が入り込めんような慣習を続けて、御霊社からの権益を小松が独占しちょるんはおかしいやろ？」

そうね、と律子も頷いた。

「どうして小松一族はそんなに御霊社に他の人を近づけたがらないのかしら……？」

昭夫はフンと鼻を鳴らし、

「島の土地の殆ど（ほとん）は、御霊社の、いわば平成子様の土地なんや。司や太夫らは、その土地を成子様から優先的に借り受けることで、色んな商売をさせて貰（もろ）うちょる」

「御霊社の土地やそこから出る利益を、小松一族だけの物にしてるって事ね？」

「太夫らが島の者を成子様に会わさんようにしちょるのが問題ぜ。御霊社を島民の手に取り戻したら、小松一族だけが得をするような事はなくなる。池之端が巻き返せるぜよ」

昭夫は息巻いたが、真砂は懐疑的な顔で首を振った。

「いいや、わしはそれは違うと思う……。御霊社の成子様は結局のところ落人の怨霊から賜ったお方や。じゃきに、小松が盗んだ平家が御宝を守る為に、それを盗んだ小松一族を守っちょるんや。ほいで、小松を守る為に、島を守っちょられちゅうということじゃ。小松一族から御霊社を取り上げたち、お怒りを買うだけじゃき」

「そうかな、僕は違うと思う。なんでなら、真砂婆さん、成子様は青面司に神罰を下したやろ？」

「あれは罰当たり者じゃったからやろう。昭夫さん、人が手を下すのと、神様が罰を下すのとでは意味が違うんじゃ。小松一族に対抗なんぞせんほうがええ。お前さんも一郎さんみたいになってしまうぜよ」

黙って聞いていた御剣が、突然、口を開いた。

「昭夫さん、おまんは本当に島の人のためにそうしたいがかや？　聞いちょると、それは大義名分だけみたいじゃ。随分と小松一族を恨んでるけんど、今の小松と池之端が代わるだけのことなら意味はないのと違うがか？　皆して仲良うせんと……」

「私もそう思うわ。もっとよくやり方を考えたほうがよくなくて？」

律子も同意したので、昭夫は気を悪くしたらしく、むすっとした。

菖蒲が、それを眺めてけらけらと笑う。

「悪い事するとネ、ネ、大年様に殺されるがョ」

真砂の首にじゃれついた孫娘の腕を、真砂は皺だらけの手で撫でさすった。

律子は、菖蒲の膨れた腹を見ながら、暗い気持ちになっていた。神罰とまでは言わずとも、確かに司の死は自業自得というものかも知れない。

それにしても、夜光雲とは一体、何なのだろう。

「……祭りの日、川に流れて来た女の人は、『島が滅びる。夜光雲に気をつけろ』と言ったんでしょう。また疫病が流行るって事かしら？」

「そうなったら大変やわ。ちゃんと調べて、島の皆に知らせてあげんと……」

百絵子は割れんばかりに大きく目を見張った。

3

「へえ、生神様に、疫神の横行に、物忌刻に、生贄ねえ、そりゃあ随分賑やかしいね。で、そんな事に気をやって、僕への連絡が遅れたのかい？」

電話口から鼻にかかった冷たい声がした。

「ごめんなさい、先生」

律子は数十回目の詫びを述べた。

「ああ、そう言えば伊豆諸島の方には、カンナン法師とか首様という祟り神がいるよ。旧暦の一月二十四日から二十五日には、日暮れになると、首だけしかない祟り神が島を走り回るんだ。

その姿を見ると、例外なく頓死すると言われてるもんだから、日暮れになると、島民は漁や仕事を休んでね、家の戸口にトベラの小枝を二本刺し、雨戸を閉め切って家に籠るんだってさ。カンナン法師の場合は、揚げ餅をお供えするらしいけどね。

まぁ、島には色んな変わった風習があるもんだ」

「でもね本当に、祭司の小松って酷い人達。私、先生に来て貰わないと帰れそうにないわ」

律子が泣きつくと、

「だから、僕が余計な事をするなと言ったんだ」

朱雀の呆れ果てた声が聞こえた。

「それにね、先生、この島で妙な殺人事件が起こっていてよ。神社の像が人を殺してしまったりするの」

「へぇ、そいつは不思議だね」

　面白がるように答えた朱雀に、律子はじれた。

「ほんとうよ。それに遺体の中から石が出てきたりもしたのよ」

　興奮気味の律子の声に、朱雀は長い溜息(ためいき)をついて、

「君は一体僕の話を聞いてるのかい？　ちゃんと耳の垢(あか)を取って聞き給えよ。殺人事件なんかに顔を突っ込むもんじゃないよ。それでなくても、島のような小さな共同体の人間関係ってのは複雑なんだ。

　とにかく、僕がそっちに行く迄(まで)、騒ぎを起こさないで呉(く)れ給えよ。その家でじっとしてれば、明日の夕方には着く」

「良かった、来てくれるのね。私、大人しく待ってるわ」

　朱雀は、やれやれ、と呟いた。

「そうだわ、先生、夜光雲ってどんな物だか知っていて？」

「ああ、水分が沢山の塵(ちり)を含んで凝結した雲というのは薄くてね、日没時にだけ観測できるんだ。ところが観測者のいる地上は暗くても、雲は高い所にあって、まだ日没の光を反射しているので、黄金色に輝いて見える。これを夜光雲と言うのだよ」

「なんだ、自然現象だったの」

「ふふっ、夜光雲とは風流じゃないか」

小馬鹿にしたように朱雀が笑った。

「それがね、語り部のお婆さんの話だと、神様が怒って疫病を流行らせる時、その予兆として、空に夜光雲が出るらしいの。不吉な印だわ。信じられないかもしれないけど先生、笑わないでね。この島では、大年神っていう疫神の呪いで本当に人や動物が死んで、その死体が光るのよ。語り部のお婆さんによれば、大年神は黄泉国から島にやって来る怖ろしい根の神様だという話よ」

「何だって、今、なんの神って言ったんだい？」

「えっ、だから大年……」

「根の神と言ったんだね？」

疫病、夜光雲、根の神か……

朱雀は暫く沈黙した。

「……先生？」

「君、死体が光るというのを見たのかい？」

詰問口調で朱雀が訊ねる。

「い、いいえ。私はまだ見ていません。聞いた話では、生きている内から、だんだんと体が光って来るそうです。死後も傷口から流れる血が止まらず、その血までが光るそうです。

「……どうしたの、先生？　私、もっときちんと調べましょうか？」

再びの沈黙の後、朱雀が重々しく口を開いた。

「どうやら、これは大変な事態だな……。危ないから調べなくていいよ、律子君。この世には、ちゃんと実体のある呪いだって存在するんだ……。いいかい、くれぐれもその御霊社とやらに迂闊に近寄るんじゃないよ」

「大丈夫よ、先生。そうそう簡単に小松に捕まるほど、私は愚図じゃないわ」

「小松？　そんな事などどうでもいいさ。僕が気をつけろと言ってるのは、御霊社に憑いてる物だよ」

「憑いてる……？」

感情のない朱雀の声に、律子はぞっとした。

「御霊社の疫神は紛れもない本物だ。とんでもなく怖ろしい憑き物だから、重々気を付けたまえ」

ガチャリと電話が切れた。

怖ろしい憑き物ですって？

律子は受話器を握ったまま立ち竦んだ。

4

一方、久枝彦は死んだ富作の身体から出てきた不可思議な石を持ち、奥更志野にある小松富作の屋敷を訪ねていた。

小松富作一家は島の舟を全て所有する大網元であり、その屋敷は意匠を凝らした寝殿造りだ。

久枝彦は黒布が麗々しく渡された大門を潜った。

「すいません、葬儀屋の久枝彦です。どなたかおられませんか？」

ばたばたと元気のいい足音を立てて庭先に飛んで来たのは、富作の孫息子、富男である。

「わあ、久枝彦のお兄ちゃんや！」

「元気そうやにゃあ、富男君。今日は、お父さんに内々で用があるきに、呼んで貰えるかな？」

「うん、すぐ呼んでくるわ。回廊を上がって、そこの居間で待っておうせ」

富男はまた元気よく走っていった。

久枝彦は回廊を上がり、庭から居間に入った。

床の間には、ぴかぴかに磨かれた鎧兜が飾られている。

富作の息子は小松作之助という。今年、六十歳にもなる恰幅のいい男だが、死んだ富作にはまるで召使のようにあしらわれていると評判であった。

作之助は部屋に入って来た途端、疲れ切った溜息をついた。

「弔問客の相手も大変でしょうね、作之助さん」

「おお、寝不足じゃ」

「富作さんも急にお亡くなりでしたきに……」

ふん、と作之助は鼻で笑い、

「ようやくあの親父め、死んでくれよったぜよ」

と、冷酷な悪態をついた。

「そ、そんな風に言うのは良うないです」

「ふん、わしの気持ちは皆わかっちゅうやろ。何しろ、頭が惚けてよぼよぼになっても、代も譲らんと、己が財産にしがみついちょった、ごうつく親父やったんやき……。

わしはなあ、六十のこの年まで、自分の銭を一文も持てんかったがぜ。まっこと、あやかしい（鬱陶しい）奴が死んでくれてせいせいしたちや」

作之助の憤慨に、久枝彦は戸惑いながら、

「けんど、初七日過ぎたら、晴れて代も継げる訳ですき、もう言わんでええのと違いますか？ 隠居もせんかったお陰で、最後までお気持ちもしっかりして、往生なさったんやきに……」

「そうじゃ。最後まで女遊びも派手やったきにな、お陰で、わしは島中の笑いもんぜよ」

作之助は卑屈な笑みを浮かべ、吐き捨てるように言った。

「誰もそがいな事、言うちょりやせんが」

「白々しい慰めはせんちょいて。人がどんな噂しちょったか、わしはよう知っちゅうが。……それより、内々で用事言うんは何ぜよ？」

「実は、富作さんを焼いた時に、体の中からこんな石が出て来よってね」

久枝彦が布に包んだ石を懐から取り出した。

「石やと？　なんでそがいな物が……」

「分かりません。けんど、一応はお知らせした方がえぇと思いまして」

作之助は手渡された石を不思議そうに見た。

「随分煤けとるねや」

「けんど、恐らく、山で採れる大理石やと思います。それにほら、ここをよう見たら、字みたいな物が刻まれてる風にも見えますろう？」

「ほんまやな……」

作之助は布でごしごしと石の表面を拭いたが、煤はなかなか落ちなかった。

そうしている内、作之助の妻の信子が部屋に入って来た。伏し目がちで、おどおどとした、朽ち葉のような女だ。

「あ、あのう、田村さんが帰られるそうやと」

信子が震える声で作之助に呼びかけた。

「いちいちそんな事、言いに来んでもええ！」

作之助が叱り飛ばすと、信子の白い頬の上に忽ち涙が流れた。

父の怒鳴り声に、庭で遊んでいた富男も心配げに居間の様子を窺っている。

「泣くな、辛気くさい！」

作之助が鼻を鳴らす。

「そんなに怒鳴られたら、弔問客の方も驚きますき、どうぞ、落ち着いてや。とにかく、僕の用事はそれだけですから、これで帰らしてもらいますきに」

気まずさに久枝彦が立ち上がると、作之助は信子を責めるように睨んだ。

これを見ていた富男は、父が何故いつも母にそんなに冷たい言動をするのかと心を痛め、着物の裾をぎゅっと握りしめた。

久枝彦が去ると、作之助は一人憮然と手水場に向かい、盆に溜まった水の中に石を沈めて洗い始めた。

腹から出てきたやと？

親父め、頭が惚けて何でも口に入れちょったき、

菓子とでも間違うて、呑み込んだんやろ

ふん、ええ気味や……

作之助は父親の滑稽な姿を想像すると愉快でたまらず、腹をひくつかせて笑った。

人体の脂が焦げ付いた煤は、なかなか落ちなかった。力強く爪先でこそぎ落としてみる。

やがて石の表面に現れた物を見ると、作之助はみるみる蒼ざめ、ワナワナと震え出したのであった。


こっ……これは……！

5

御霊社では、信好の妻、美津子と息子の信治、そして信好の弟、吉見が、御霊社の神主部屋に呼び出されて集まっていた。

清子は抑揚の無い事務的な声で、

「さて、この度はほんに急なことで、皆さん、ご愁傷様でしたな。けんど、山の仕事に一日、二日でも支障が出ては困るけん。じゃから、こんな時になんやけんど、早々に山守としての大事なお役をこれから誰が仕切るかを決定せんといかん」

すると、美津子は信治の肩を抱いて、身を乗り出した。

「誰がって、そらこの長男の信治が跡継ぎに決まっちょりますら」

清子は、まだ八つになったばかりの信治のあどけない様子を見て、懐疑的な顔をした。

吉見がすかさず、

「けんど、義姉さん。信治はまだ幼いがや。山守のお役をちゃんと出来るはずがないちゃ」

「出来ますがよ」

と美津子は胸を張った。ここで引いては、夫の弟に財産を持っていかれてしまう。

「うちには、為吉と直也いう、ええ番頭がおりますきに、信治が成長するまで、それらが面倒みてくれるはずや。お役に支障はない」

「為吉と直也は小松のもんじゃないがよ。他人が信用できるがかや？」

吉見がねちっと言うと、清子は吉見を刺すように見た。

「吉見、おまんはなにが言いたい？　言いたいことがあるなら、しゃんしゃん言うちゃって」

「そっ、そら決まってますが。兄が死んで、まだその息子が幼かったら、弟のわしが家を継ぐのが筋ですがやろ？」

じっと清子の表情を窺った吉見をじらすかのように、清子は勿体ぶった仕草で茶を一口飲んだ。

「けんど、おまんが家を継いだら、医者の仕事はどうなるがや？」

美津子は勢い込んで、

「そうじゃ吉見さん、清子さんの言われる通りじゃ。おまんには、ちゃんとした仕事があるがやき」

「こんな小さな島の医者なんちゃ、さして儲かりもせん仕事、やりとうないわ。なにしろ島の人間は丈夫やきにな。医者は他から呼び寄せたらええぜよ」

「おまん、何がなんでもうちらから財産を取り上げるちゅう了見かよ。うちにはこの子の上に、三人も姉がおるがぞ。どうやって生きていけ言うが！」

美津子が顔色を変えて怒鳴ると、吉見は、にやにやと笑いながら、

「心配せいでも、親子が暮らしていけるぐらいの面倒はみたるちや。そがい言うなら、もっと早うに跡継ぎを産んじょったらよかったがや」

「よう言うたな。天からの授かりもんを選ぶことなぞ出来るがか！」

清子は二人の争いを眉間に皺を寄せて聞いていたが、

「止めや、見苦しい！　小松同士で争うてどがいするんぜ。内部分裂は、余所からつけ込まれるもとですがぞ」

と厳しい声を発した。

「けんど清子さん、この吉見が無茶言いゆうから」

美津子が泣きついた。

「どっちが無茶じゃ。このごうつく者が！」

「なんやち！」

二人の怒鳴り合いを聞いていた信治が泣き出した。清子は溜息を吐いた。

「あんたら、勘違いしてもろうたら困るちゃね。ええか、財産、財産言うて争いよるけんど、その財産は、全て成子様から賜ったもんじゃろ？　ええ、そうじゃろ美津子さん。山の登記簿も御霊社の名義になっちゅうがないかや？　それらはな、家の当主が御霊社のお役をよう務めることと交換で賜っちょるもんがぞ」

吉見が清子の言葉に眼を輝かせる。

「そうですろう、じゃきにわしが家を……」

吉見の言葉は途中で清子に遮られた。

「島の医者は小松の人間やないと、いかん。じゃきに、おまんが医者を辞めて、余所から呼ぶなんちゃことは許可できませんねや。そいでのうても、お国が宗教に圧力をかけてる昨今、成子様いう生神様を頂いてる御霊社は目を付けられやすいがぞ。そんな時に、一人でも余所者は来てもらいとうないきに」

「……そんなぁ」

吉見がへなへなとなると、美津子は甲高い声で笑った。

「ざまぁ見ちょれ！」

清子はその美津子にもぴしゃりと、

「けんど、八つの信治にお役を任せるわけにもいかんきにねや」

美津子と吉見は途方にくれた目で清子を見た。

「まず、小松の男の中から適当な者を、うちが選ぶきに、その者に信好の仕事を引き継がせ、信治が十六歳になったら取って代わるちゅうことでどがいや？」

「そげな……清子さん」

と美津子が拗ねる。吉見はというと、気に入らぬ風情で、ぶつぶつと呟いた。

「なんや、わしは損しちゅうようや。何も無しかや」

清子は冷徹な声で、

「二人とも不服があるんやったら、成子様に権利お返しの命令をしてもろうてもええがよ」

二人は、ぎくりとなった。

「うちは不服なぞないきに」

「わっ、わしもや」

「ほいたら、それで決まりぜよ。時に吉見、信好の死亡報告やが、病死にしちょきんさい」

清子が鋭い眼で言う。

「病死がや？」

「そうよね、娘に悪戯しようとしたところを神罰食らって死んだちや、警察に言えんがやろ？　どうぞね美津子さん」

美津子は信治が事の意味を分かっているかどうかと気遣いながら、

「そら、そがいなこと聞かれたら、格好悪いがよ」

と同意した。

清子は深く頷いて、

「そうじゃろう。じゃきに、病死にしておくがよ。黒松にはうちからよう言うちょるきに、吉見はそう書いてくれたらええ」

その後、清子は美津子と信治を帰らせ、吉見だけを残らせた。

「他に大事なことて何ですろう？」

財産分与の当てが外れて仏頂面の吉見に、清子はにっこりと笑った。

「そがいな顔しなさんな。おまんも何ものうては納得出来んじゃろうち思うて、ちゃんと考えちょります」

吉見は顔を輝かせた。

「ほんまですがや？」

「ほんまやとも。おまんを司にしようと思うちょるがぜ」

「わしを司にですがか！」

「ああ、成子様にはお許しを頂いちょる」

「ほいじゃったら、兄貴の後釜として青面に？」

「欠番順序やきに黒面や。その代わり、おまんに協力してもらいたいことがあるんぞ」

「そら、清子さんの言われることなら、何でもしますきに」

吉見が嬉しそうに、へっへっと笑った時、廊下に騒がしい足音が響いて、血相を変えた作之助が、投げ込まれたようにして入ってきた。

「なんや、作之助かね。おまん、ちゃんと声をかけて入ってきいや！」

清子が眉をつり上げて咎めると、作之助は肩で息をして例の石を取り出した。

「それどころやない。清子さん、見とおうせ！」

「なんぞ」と石に視線を送った清子の顔色は、みるみる険しくなった。

「お洞の、ご神体やないがやき」

「これが、その、親父の遺体から出て来たちゅうがよ」

作之助が冷や汗を流しながら訴えた。

「まっことがや！」

吉見も思わず驚愕の声を上げる。

作之助はまだ荒い息のまま、

「吉見さん、おまん知っちょったがか？」

「いっ、いや、知らんがよ。こがいな石、どうやって体に入ったちゅうが」

「呑み込んだじゃお？」

清子が訊ねると、吉見は勢いよく頭を振った。

「無理じゃ、無理じゃ、この大きさでは気管支どころか、喉元も通らんがよ」

「ほいたら富作さんの死は……」

——やっぱり、神罰じゃ

6

青面司に神罰が下ったという噂は瞬く間に広まり、不安なざわめきが、蜜蜂の群が移動していくかのように、閉ざされた狭い島の中を往来した。

この島の住人の噂話への嗜好は病的な程で、村の辻々で囁かれる会話には忽ち尾鰭が付き、菖蒲と司の関係を見て来たかのように赤裸々に語り出す者もいれば、山林王・小松信好の銅山で昔に起こった落盤事故や、平家の落人の祟り、虐げられた人々の怨念話等を語り出す者もいた。

封印されていた信好への複雑な感情が、心の深淵から暗く鎌首を擡げては、再びひっそりと息を潜めた。人々の胸の奥には、反発や妬みや馴れ合いといった割り切れない感情が、長い年月の間に内へ内へと沈澱し、瘴気を孕む底なし沼のような暗黒と化していたが、それを解消する術を持たなかった。

そうして、何かのきっかけがある毎に、生霊や死霊や因縁といった物達が、その深淵から立ち現れては、あちらこちらを彷徨き、花々の鮮やかな色彩を鈍らせ、大気を憂鬱に染めてしまうのだった。

律子は窓辺で瞳を閉じ、島の声を聞いていた。

静寂……。その中に耳を澄ませると、暗く低い海鳴りが、地の底から響き聞こえてくる気がする。

更志野村の土の下にも、海に続く洞窟があるのだろうか。それとも、昨夜漁村で聞いた波の音が、音楽の余韻のように身体に染み込んでいるのだろうか。それとも、これは律子自身の胸の奥に潜む暗い海の奏でる音楽なのだろうか……。

瞳を開いた。

戸板を閉める音がする度に、村の明かりは狐火のように一つ一つ消えて行き、夜の暗さが目を抉るほどに濃くなった。

中天にある月光の淡い光は、段々畑や、藁葺き屋根や、森の上を滑らかに流れて、賽川の方向に漂う白い霧の中に溶けていく。

奥更志野へ視線を移すと、こんもりと茂った葉陰が月光を呑み込んでしまっている中に、御霊社の銅葺き屋根だけが天に向かってそそり立ち、爬虫類の鱗めいた鈍い緑色の光を放っている。

虚空の中に浮かぶ御霊社の幻惑的な佇まいは、恐ろしくも霊妙で、奇怪な殺人劇を、まるで紙芝居のように簡単に納得させてしまう力を持っていた。

律子の背後で障子が開き、寝間着用の浴衣を持った百絵子が部屋に入って来た。

百絵子は、ついっと律子の横に座った。

「律子さん、何見てるが？　こんな田舎の景色眺めても、何も面白うないやお？」

「そんな事ないわよ、綺麗な景色じゃない」

「何やそう言われると嬉しい気がするで」

百絵子はにっこりと笑った。

「私今日、兄に電話したでしょう？　そうしたら、夜光雲というのは自然現象らしいの。でも、御霊社の大年様は、怖ろしい憑き物だと言うのよ。どういう事かしらね……」

律子の呟きを聞くと、百絵子の顔は、雲に遮られた太陽のようにみるみる輝きを失った。

「なんや、うち怖いわ……」

「どうしたの、急に？」

「事件の事もやけんど、うち、昭夫兄ちゃんが心配なんやきに……」

百絵子は深い溜息をついた。

「昭夫兄ちゃん、優しい人やったんや。けんど、お父さんが死んでから、人が変わったみたいに顔つきが険しゅうなっち……。今度の事件のことにも、何やのめり込んでるきに、心配ぜえ」

「昭夫さんはお父さんの事がよっぽど悔しいのね」

「そらな、うちやて悔しい。けんど、兄ちゃんは何かに取り憑かれてしもうたみたいやき。お葬式の時も、お父さんの位牌に、絶対に仇を討つやなんて誓うたりしちょった……。むきにならんほうがええと、うちは思うで」

百絵子は桜貝のような唇を噛みしめた。

「なあ、律子さん、見たやろう。さっきまで居間に集まってた人達……」

「ええ。二、三十人は来てたわね」

「あれは『池之端派』言われゆう、うちの分家の人らや、池之端が使うてる小作人達やけんど、今度の事でお兄ちゃんを焚き付けちょるんや。

　こんな事言うたら悪いけんど、うちはあの人達あんまり好きやないで。一人では何もできんくせに、父やお兄ちゃんをいっつも盾にして、どうにかいい思いしようとしちょるんやき……」

　百絵子の瞳に、涙が一杯にたまってきた。

　一郎の死後、池之端家には弔問客を始め、絶えず多くの人々が波のように出入りしているが、その中には、昭夫に小松一族との対決を焚き付ける者達がいた。百絵子には、彼らがまるで化け猫か狐のような、性悪な妖かしのように感じられるのだ。

　律子は廊下ですれ違った男達を思いだし、ああ、こんな人達を知っていると感じた。

　小さくて、弱くて、権力に頭が上がらなくて、おどおどびくびく鼬のように落ち着きのない人間。そうしなければ生きていけない人達。

　それでいて、少しでも力のある者の側に寄って徒党を組もうとする……。

　律子は大勢のそんな類の人間を見てきた。

　世の中、そんな者の方が、ずっと多いように思う。

そうした人間のずるさも、怖さも、悲しさも知っている。

律子は深呼吸をして、百絵子の肩を抱いた。

「百絵子ちゃん、わかるけど、でも、そんな風に言ってはいけないわ。きっと一郎さんも、昭夫さんも、そんな事は百も承知でやってるのよ。人間、そんなに強い人ばかりじゃないの。彼らだって、一生懸命生きてるのよ」

「けんど、うちはお兄ちゃんに危ない目に遭うてもらいたないんや。御霊社に関わると、祟られそうやお？　だって、うちらの先祖も落人を殺した一人なんやきに。大人しゅうしよりたほうがええと思うで」

「そうね……。でも、昭夫さんに降りかかるかも知れない祟りを避ける為にも、もっと御霊社の事を分かっておく必要があるわね」

律子は一呼吸置いたあと、きっぱりと、

「私、御霊社に行って来るわ」

そう言って立ち上がった。

朱雀は御霊社に近づくなと言ったが、彼がそう言うからには、やはりあそこに何かがあるに違いない。

百絵子は目を丸くした。

「こ、こんな遅くにかね？」

「遅いからいいのよ。今の時間なら人通りがなくて、出歩いても見つからないわ」

「そしたら、うちも一緒に行く。連れてってや」

「いいわよ。じゃあ、懐中電灯を持って来て」

二人は邸をそっと抜け出して、暗い夜道を御霊社へと向かった。

暗いきざはしを登り詰め、境内に出た。

月光に照らされた池の蓮が夜風に揺らめき、さながら妖怪の舞踏のようだ。

「怖い……」

百絵子が震える手で、律子にしがみついた。

その時、本殿から一つの人影が現れた。二人は近くの木陰に身を潜めた。

「誰かしら？」

百絵子は目を細めて、背を屈めた人影を眺めながら、

「額田のお婆さんと違うかなあ……」

「ええ、そうだわ、確かにそんな背格好だわ」

律子は額田婆の記憶を手繰りつつ呟いた。

「どうしたんやろ、こんな時間に。清子さんの所へでも行ってたんやろうか？」

「でも額田さんと小松一族って、仲が悪いんじゃないの？　こんな夜中に会うような用事があるのかしら」

「うん、その筈やけんど……」

百絵子が自信無げに呟く。

木立がざわめき、蓮が激しく揺らぐ。かと思うと風がふと止まり、又、強まった。

老婆は、こそこそと身を屈めて、きざはしを下りていく。

「洞窟を見てみましょうか」

「そうやね」

『大年明神』と染め抜かれた幟(のぼり)の間を通り、ひんやりとした洞窟へ足を踏み入れる。

懐中電灯で奥を照らした瞬間、洞窟内に人影が動いたので百絵子は硬直し、律子は叫び出しそうになった。

よく見ると、それは鏡だった。

胸を撫(な)で下ろし、奥へ進む。

神棚にある物を何百倍にもしたような巨大な神鏡が壁面に置かれ、鏡の前には陶器の俵があった。その上部に四角い穴が二つ開いている。

「これが像が無くなった後、残っているという台座ね。きっと、この穴は像と台座の接合部分でしょうね」

「そ、そうやね。律子さん、何か寒うない？」

百絵子の腕に鳥肌が立っている。

律子も肝を冷やしながら、四角い穴を観察した。

今しも見ている四角い穴の中から、化け物の手の先でもあらわれそうな感じである。

懐中電灯の明かりを移動させると、鏡の両脇にも三体ずつ像が並んでいた。

「残りの像は動いたりしないでしょうね……」

「いやや、律子さん怖いこと言わんといて」

百絵子がびくりとして律子にしがみつく。

「ごめん、大丈夫よ」

律子は怯える百絵子の手をしっかり握った。そうして、もう一方の手で台座の穴の周辺をなぞってみる。

「凄く綺麗に切れてる。何で切ったのかしら？　工業用の金剛石かしら……」

「大年様が歩いていったのと違うん？」

「私はそんなこと信じないわ」

「でも、菖蒲ちゃんも見たんやぉ？　大年様」

「そう、それがあるのよね……」

「菖蒲ちゃんは嘘をつくような子やないきに。頭もみんなが言うほど悪うない。本当に見たんやと思う」

律子は頷きながら台座をゆっくり裏返してみた。懐中電灯で裏側を照らす。

「これ……何かしら？」

律子の目に留まったのは、台座の隅に付着している僅かな量の緑黒色の粉である。

「ほ、埃か黴やないの？」

百絵子も怖々覗き込んだ。

律子はそっと指を粉に押しつけ、指先に付いた粉末の匂いを嗅いだ後、それを嘗めようとした。

百絵子は激しく首を振って、律子の腕を掴んだ。

「止めて、毒やったらどうするが」

「その時は、お葬式を頼んだわ」

律子は笑ってそれを嘗めた。

「だ、大丈夫……?」

「この味……。何かしら、鉱物か金属……」

「ほら、やっぱり、ここにあった大年様が金仏になったがぞね」

「……まだ分からないけど、とにかくこれは手掛かりの一つね」

律子は台座を元通りに直し、そこに腰かけて考え込んだ。

「何座っちゅうの、律子さん、もう戻ろ。ぐずぐずしてたら物忌刻が始まるきに」

「えっ、もうそんな時間?」

「なあ、早う、早うせんと」

「わかった、ちょっと待って」

律子は、最後に周囲を懐中電灯で照らす。特別な発見はなかったので、二人は洞窟を出ようとした。

カチ――ン　カチ――ン

夜の静寂を突き破り、拍子木の音が風に乗り響いて来た。

百絵子は恐慌を起こした。

「どうしよう、物忌刻が始まってしもうたちや……。大年様のお通りの時間ぞね」

律子も不気味な物音を思い出し、背筋が凍ったが、百絵子に心配をかける訳にもいかない。

「大丈夫よ、百絵子ちゃん。疫神なんていやしないわ。私が守って上げるから怖がらないで。さあ、行きましょう」

二人は手を繋(つな)いで境内を駆け抜け、きざはしを駆け下りる。

だが、その途中で、思わず後ろを振り向いた百絵子は、忽(たちま)ち声もなく石段にへたり込んだ。

「どうしたの！」

「あっ……あれ！」

百絵子の目が、空の一角に釘付(くぎづ)けになっている。

百絵子の視線に合わせてしゃがみ込んだ律子は、天空の一角に蒼白(あおじろ)く煌(きら)めく稲妻のような閃光(せんこう)を見た。それは律子の視界の中で、みるみる膨れ上がって光雲と化し、御霊社の上空に漂い始めた。

「これが夜光雲……」

律子は呆然と呟いていた。

「律子さん、見たらいかん、きっと目が潰れるき」

百絵子は顔を覆って地面に伏せた。

しかし、律子は固唾を呑んでその不思議な現象を見つめていた。それは、怖ろしいというより、むしろ美しく厳かで幻想的な光景だった。

だが、この夜光雲は、雲が日没の光を反射しているようなものではない。時間帯も、色も全く違う。全く別の理由で起きる自然現象なのだ。

そして、今、目の前に漂う夜光雲こそ、その名にふさわしい、と律子は感じた。

日没時に輝くという金色雲などより、遥かに静謐な神々しさを湛えている。

こんなに美しい夜光雲が、疫病の前触れだというのは本当なのだろうか……。

やがて、光雲はゆっくりと夜風にたなびきながら、視界から消えてしまった。

夜光雲が出現していた時間は、恐らくものの数分間だったろう。だが、全ての感覚を光雲に集中していた律子には、その時間が長かったのか、一瞬だったか、幻だったかさえ分からない程であった。

やがて、ほう、と溜息をついて我に返った律子は、地面に突っ伏して震えている百絵子を抱え起こした。

「百絵子ちゃん、もう大丈夫よ。夜光雲はもう見えなくなったわ」

「ほんまに……？」

「ええ」

百絵子は怖々、顔を上げた。

「怖かった……あんな雲、うち初めて見たがやき」

「物忌刻を守っていたからよ。やっぱり夜光雲は大年神のお渡りの時に、こうして現れるのよ」

「ど、どんな雲やったが？」

「蒼白く光っていて、とても霊的な感じがしたわ」

「ふうん、律子さんは島の人やないきに、目が潰れんかったんかなあ。うちも見てみたいけど、やっぱり怖いちや……」

「さあ、冒険は終わりよ。お家に帰りましょう」

律子は百絵子の着物の裾を払った。

二人は歩き出した。

第四章　五行相剋の殺意

1

律子達の知らぬところで、すでに別の殺人事件が起こっていた。

翌日、額田の老婆が絞殺死体で発見されたのである。

額田の家は、更志野の外れにひっそりと構えられていた。寂れた小路の突き当たりにある黒い甍の家である。

毎朝、五月蠅く祝詞を唱える婆の声がしない事を不思議に思った近所の子供が、裏口の鍵を壊されているのを発見し、黒松に通報したのだった。

額田の家に駆けつけた黒松は、息を呑んだ。

部屋にある箪笥から押入から仏壇まで、全ての戸が開け放たれ、部屋は散らかって、実に乱離骨灰だ。

部屋の中央に敷かれた布団の上に、額田は横たわっていた。

綿が薄くなった上布団が蹴飛ばされて足の下で丸まり、下布団には老婆が絞殺される時に苦し紛れに引きちぎった破れ目がある。枕は頭の右脇に押しやられていた。

綿生地の浴衣を着た額田の顔は、グロテスクに歪み、紐で首を強く絞められた為に顔は鬱血し、黒ずんだ紫色になっていた。だが、不可思議な事にその口元には痙攣したような薄笑いがある。

首についた紐の跡は鱗状の不思議な文様を描き、血の混じった体液が、鼻や口から流れ出して下布団に染みを作っていた。

「何やと……額田の婆が殺されるとはねぁ、わしより長生きしそうな婆やったのにねぁ」

黒松は遺体に手を合わせた。

額田が明らかに人為的に絞殺されていた事を確認すると、黒松は直ちに事件を県警に通報した。

県警から宮本刑事と二人の鑑識がやって来たのは、午前十一時過ぎだった。

「ふむ。抵抗した跡はないようやけんど……。通常、こうした場合、被害者は縄を外そうと藻掻いたり、犯人に摑みかかったりして、打撲やら擦り傷が出来る事が多いんやけんど、まるで被害君は殺されることを待っちょって、死ぬ瞬間、にやっと笑ったようで……」

宮本は、ぶるっと体を震わせた。

「そうやね……。あん気の強い婆が、死に際、犯人に抵抗せんかったちゅうのは不思議やにゃあ」

のっぺりとした黒松の喋り方に不快感を漂わせながら、宮本が咳払いをする。

「額田は産婆をしちょったがかや？」

そう言う宮本も黒松に負けず訛っていた。

「けんど、八年前に廃業しよりましたき」

「ふむ……黒松君、近所の聞き込みはどうや？」

「はい、隣家の男が何事か聞いたと言うちょります」

「その男、連れて来てくれ」

黒松が去るのと入れ違いに、鑑識の一人がやって来た。

「宮本刑事、指紋が二種類発見されました。一つは殺された額田タネのものと思われます。もう一つは指の大きさから見て男でしょう」

「そうか、他には？」

「はい、押入の中に壺が六つありました」

「壺？」

「はい、梅干しなどをつけ込む素焼きの壺なのですが、その中に現金で一万二千円もの大金が……」

「なんやと？　そりゃあ、田舎の産婆が持ってるような金額やないがぞ……。しかも、これだけ荒らしておいて、現金を残して行ったとは……」

「そうです。蓋は開けられちょりましたが、現金は手付かずです」

「盗みが目的やない。とすると、怨恨関係か？」

宮本は唸った。

「で、死亡推定時刻はどうや？」

「三時間以上、十時間以内です」

宮本が腕時計をちらりと見た。

「殺されたのは、深夜一時から今朝八時の間か」

もう一人の鑑識が障子の一つを指した。

「宮本刑事、何ですかにぁ、これは？」

それは、障子に筆と墨で描かれた大年神だった。

「これは大黒天やろう。被害者が書いた物かな？」

「下手くそですにぁ」

「本当や、こりゃあ、俺の子供のほうが上手いぞ」

三人が笑っていると、黒松が男を伴って戻って来た。

「宮本刑事、この男が昨夜、被害者と誰かが争っている声を聞いた言うちょります」

宮本は小さくなっている男を見下ろした。

「こいつの名前は？」

「はい、隣家に住む木下達夫。島の役所に勤めておる公務員です」

黒松が敬礼した。達夫はおどおどとした上目遣いで刑事を見て、頭をぺこりと下げた。

「その言い争う声を聞いたちゅうのは何時頃や？」

「確か、午後八時頃やったと思います」

少し早いな、と宮本は顎を撫でた。

「言い争っていた相手は、男か、女か？」

「お……男です」

「声に聞き覚えはなかったか？」

達夫は宮本の鋭い眼光から目を背けるようにして、「ありません」と小声で答えた。

この男……何か隠してるな、と宮本は思ったが、

「分かった、もうええ」

そう言って解放すると、達夫は、ぱっと明るい顔になって頭を下げ、部屋を出て行った。

黒松は不服そうだ。

「刑事どの、あれでお終いでありますか？」

「いや、あの男は何か知っちょるな」

「でっ、では今一度」

「いや、それよりあの男をしっかり見張っちょけ」

「分かりました」

黒松は敬礼した。

「最後に訊くが、被害者は誰かに深く恨まれるような事はなかったか？」

黒松は首を捻った。

「額田の婆は、ちいと頭がおかしかったきに、島の者からは相手にされとりませんでした。

尤も、御霊社には何かと難癖を付けちょりましたが、相手の方は鷹揚に構えとります」

「御霊社と言うと、小松の所か？　一体、何の難癖をつけちょったんや？」

「はい、実はこの被害者の息子は、憑き筋の娘と付き合っちょったがです」

「……憑き筋やと？」

　宮本は渋顔になったが、黒松は一層熱心に語った。

「長縄憑きの佐々木という家の娘ですき。それを小松の太夫達に非難されたきに、娘と結婚できんようになりまして、それを苦に自殺をしたがです。

　首吊りしよったです。

それで、息子を失うた被害者は頭がおかしゅうなり、何かと御霊社に言いがかりを……」

　宮本は何の事かよく分からないといった風情で、暫く黙り込んでいたが、

「ふむ、成る程、大筋は分かった。俺達はこれで県警に引き揚げるが、お前はさっきの男を見張り、小松にも事情を訊いて、報告書を送れ」

　と、にべも無く言い放った。

「えっ、小松さんに……聞き込みですか？」

　黒松が情けない声を出した。

「当たり前や。これは怨恨による殺人じゃき、被害者に損害を受けちょった相手を調べなくてどうするがか！」

宮本刑事は肩をいからせた。

2

宮本刑事の質問から解放された達夫は、池之端の屋敷に向かった。

達夫は、庭先で金魚草に水をやっていた百絵子の姿を見つけると、植え込みの陰から手招きをした。

二人は幼馴染みで、気心の知れた者同士だ。

百絵子は、如雨露を手に持ったまま、笑顔で達夫に駆け寄った。

「どがいしたん、達夫さん、そんな所に隠れて」

百絵子がくすくすと笑うと、達夫は、しっ、と人差し指を立て、百絵子の手を引いて植え込みにしゃがみ込んだ。

「もう、何するんぜ」

百絵子は小声で怒ったが、達夫の真剣な顔を見て顔色を変えた。

「百絵ちゃん、額田の婆さんが殺されたん知っちょるがかや？」

「えっ！」

「ゆうべ絞殺されたんぜ。今さっき、僕も黒松と県警の刑事さんから尋問を受けとったき……」

達夫はさらに声を潜めて言った。

「達夫さんが、どうして？」

「昨夜、額田の婆さんが男と言い争っちょった声を聞いたからや」

「男の人と？」

達夫はごくり、と生唾を呑み込んだ。

「それがな、警察には黙ってたけんど、その時の声が昭夫さんに似てたがや」

「昭夫兄ちゃんに？　そんな、何かの間違いちや」

「僕もそう思いたい。せやきに、ここへ聞きに来たんや。なぁ、百絵ちゃん。昭夫さんは昨日の夜、家におったか？」

「昨日の夜……？」

百絵子は昨夜の事を順から回想してみた。そう言えば、七時半頃、ふらりと家を出ていく兄の後ろ姿を玄関で見かけた。

あれは何処に行っていたのだろう？

自分と律子が部屋で話をしていた時に、果たして兄は家に戻っていたのだろうか？

それに御霊社から戻ってきた時には、どうだったのだろう？

ふと、あれっきり兄を見ていないことに気づいたが、百絵子は動揺を押し隠した。

「お、お兄ちゃんなら、昨日はずっと家におった」

「確かやな？」

「うん、池之端派の皆が帰った後は、うちと話をしてたきに」

達夫は、ほっと安堵の息を吐いた。

「良かった。ほんなら僕の聞き違いや。やっと安心して仕事に出れるわ。じゃあ又後で寄るきに、百絵ちゃん」

達夫はにこにこ笑って、手を振りながら役場へと歩いていった。

百絵子はそれを見届けると、如雨露を投げ捨て、昭夫の部屋がある二階へと駆け上がった。

その緊迫した物音に律子も気づき、そっと百絵子の後を追う。

「お兄ちゃん！」

百絵子が叫びながら昭夫の部屋の襖を開けると、昭夫は机に向かって筆を執っていた。

血相を変えている百絵子を見て、昭夫は目を瞬いた。

「なんや、えらい慌てて、どがいした」

百絵子は兄に向かい合って座り、強い口調で問いただした。

「お兄ちゃん！　正直に言うて。昨日、家出て行ってから何しちょった？」

「何って、別に何も……。ただ散歩しちょったんや」

「嘘！　額田のお婆ちゃん、殺されたらしいで」

昭夫はみるみる血の気を失い、絶句した。

「えっ……そっ、それは知らんかった」

「お兄ちゃん、昨日の夜、額田のお婆ちゃんのところに行ったがか？」

百絵子が詰め寄ると、昭夫は狼狽した。

「な、なんでそんな事を……」

「ああっ、やっぱりそうなんや……。達夫さんがなぁ、昨日、お兄ちゃんと額田のお婆ちゃんが言い争うのを聞いちゅうや。警察には黙っててくれたきに、良かったけど……」

「そ、それは……」

「なあ、一体、何があったん？　うちには正直に教えてや！」

百絵子の涙声を襖の陰から聞いていた律子は、黙っていられなくなって、がらりと襖を開けた。

「悪いけど私も聞いてしまったわ。昭夫さん、百絵子さんの言う通り、正直に言った方がいいわ」

百絵子と昭夫は、一寸驚いた顔をした。律子は二人の側に寄り添った。

「大丈夫よ、私は秘密を守るから。私だって匿ってもらってるんですもの……。

それとも、やっぱり出て行った方がいい？」

「ううん……。うち、怖うなって来た。律子さんも一緒に聞いて」

百絵子が律子にしがみついた。それを見ていた昭夫は、長々と溜息をついた。

「昨日、あれから額田のお婆さんの所に行ったのは本当や。けんど殺すなんちゃしちょらん」

百絵子は疑い深げに、

「お兄ちゃん、本当に？」

と昭夫を覗き込んだ。

「ああ、本当や……。夏越しの祭りの日に、額田の婆が夜光雲の事を何ぞ言うちょったき、詳しい話を聞きに行ったんや。

ほいたら、さっぱり話は要領得んし、しまいに金を出せと言うもんやきに、口喧嘩になって、僕は外に飛び出してもうた。

そいから……親父の墓に寄って、家に戻って来た。百絵子やお母ちゃんとは顔を合わせちょらんけど、十時半ぐらいに戻ったんやで」

律子は、はた、と手を打った。

「額田のお婆さんって、産婆さんだったわよね」

「ええ……」

「きっと、仕事柄、時間なんか関係なく、赤ん坊の為に飛んで行かなくちゃいけない事もあった筈よ。物忌刻だったとしてもね。それできっと、あれを見たのよ……」

百絵子も瞳を輝かせた。

「そうやわ、律子さん。きっとそうちや！」

「あれ……って、何や？」

昭夫が呆然と訊ねると、百絵子は、こっほん、と勿体ぶった咳をした。

「うちなあ、御霊社で夜光雲を見たんで」

「夜光雲やて！」

「蒼白う光って、もの凄う怖かった……。うちは目が潰れるきにちょっとしか見んかったけんど、律子さんは見たんや。なあ？」

律子は幻想的な光景を瞼に思い描きながら、「そうです」と頷いた。

「あの不思議な夜光雲は、何らかのからくりで、深夜十二時頃、御霊社上空に発生する雲なのよ。

恐らく、森から発生する水蒸気と、あの山の鉱物か何かが反応しているんじゃないかしら。自信はないけど……。

もしかすると、『物忌刻』というのは、あれを人々から隠す為のものかも知れなくてよ」

「物忌刻か……。小松がそう迄して隠しゆう秘密って何やろう」

昭夫の言葉に、律子も黙り込んだ。

夜光雲出没の事実が分かったからといって、島を包む不思議の謎の一つも解けなかったし、却って謎が深まった感もあったからだ。

「きっと御霊社の山に、何かがあるのよ……」

律子は考え込んだ。百絵子は、兄の手元に視線を遣った。

「お兄ちゃん、何を書いちょったの？」

「ああ、これは夏越しの祭りの日に額田の婆さんが言ってたことを考えちょったんや」

『二十七年前の呪い』

『夕日が沈む頃に、大年様に訊ねろ』

「どういう意味やお？」

「分からん。せやきに、考えちょったんや」

三人は首を捻(ひね)った。

3

昼過ぎになって、久枝彦が池之端家を訪ねて来た。

一郎の墓の件で和子と簡単な打ち合わせをし終えると、久枝彦は和子に勧められて、二階へ上がった。

和子は最近の昭夫の過激な言動が心配で、それとなく久枝彦に窘(たしな)めて欲しいと願ったのだ。

昭夫の部屋の襖を開けると、三人が考え込んでいる後ろ姿があった。その様子が微笑ましかったので、久枝彦はくすくすと笑いながら部屋に入った。

「どうしたがや、皆で集まって」

「あ、久枝彦さん、昨日は有り難うございました」

　律子が頭を下げた。

「律子さん、ご家族と連絡はとれました？」

「ええ、お陰様で、今日の夕方にでも、兄が迎えに来る……予定です」

「そうですか、それは良かった」

「でも、気まぐれな兄ですから、ひょっとすると来ないかも……」

「えっ？」

　不思議そうな顔をした久枝彦に、昭夫が、

「なあ、久枝彦さん、今な、皆で額田の婆の言うちょった言葉の意味を考えちょったんや」

　と、快活な声で言った。

「ああ……。そう言えば、さっき人から聞いたけんど、額田さん、殺されたがやて？」

　三人は、一寸ぎくりとして顔を見合わせた。

「さ、殺人だなんて本当に恐ろしいわ！」

「ほんま、うち、心臓が飛び上がっちょったわ！」

「ほ、ほんまに、僕も聞いて驚いたんや！」

　久枝彦は一同の大げさな反応に不審げに首を捻りながら、襖の前に座り込んだ。

「葬儀が多うて、僕も毎日、てんてこ舞いで」

「そうやねえ……本当に最近、人がよう亡くなるもん」

百絵子が溜息をついた。

「そう言えば、久枝彦さんは、どうして葬儀場の仕事を？」

律子が訊ねた。

「元々親父の仕事やったきに、跡を継いだだけじゃ。とはいえ、そいだけじゃ食べちゃいけんきに、副業もせなあかんけど」

「御両親は？」

「僕は両親が年をとってから出来た恥かきっ子やき、二人ともとうに亡くなった」

「柳森のおじちゃんもおばちゃんも優しうて、ええ人やったのに」

昭夫が呟いた。

律子はふと、昨日の石の事を思い出した。

「そう言えば昨日、富作さんの身体から出てきた石、どうなったんですか？」

「ああ……それがな、息子さんの作之助さんに届けに行ったんやけんど、えらい剣幕で、父親が死んでせいせいしたなんて言うちょった」

久枝彦は苦笑した。

「あの親父なら言いそうやな」

昭夫がにやにやと笑う。

「親が死んだのに、せいせいしたですって？」

律子が目を丸くした。

「死んだ富作さんが、なかなか作之助さんに代を譲らんかったきに、二人は仲が悪かったちゅう、もっぱらの噂で。それに信子さんのこともあるしな」

昭夫が煙草に火を点けながら言う。

「信子さん？」

「作之助さんの奥さんや。信子さんの事は、作之助さんやのうて、富作さんが気に入って、家に入れた言われちゅうぜ」

「どういう意味なの？」

律子が訊ねると、百絵子は顔を赤くして俯いた。

「信子さんと富作さんは内通しちょって、富男ちゃんいう男の子は、富作さんの種や言うがよ」

昭夫が煙をくゆらせつつ言った。

「本当に？」

「昭夫さん、それはただの噂やき。ただ、作之助さん自身がそれを信じ込んじょるきに、信子さんが責められなさって可哀想や」

久枝彦が遠回しに昭夫を諭した。

昭夫は、初めて叱られた子供のような狼狽を、ちょっと顔に漂わせた。

「濡れ衣なら本当、可哀想」

律子が呟く。

「けんど、もともと小松一族は、血の濃いもん同士でも平気でくっつきおる。禁忌やて、昔から噂されちゅうがよ」

「この島は狭いきに、皆、あれこれ人の事を無責任な噂するんや。兄ちゃんも他人様の事、あんまり噂しちょったらいかんで」

百絵子もそう言ったので昭夫は、

「悪かったちゃ」

と謝罪した。

「それで小松作之助さんは、石を見た時、どんな様子だったの？」

「ええ、一寸、驚いたような素振りでしたけんど、意外と平然としちょったな」

「ひょっとして、財産を早く相続しとうて、作之助さんが何か細工したがやろうか？」

昭夫が声を潜めて言うと、百絵子が、

「お兄ちゃん、また！」

と窘める。

「けんどな百絵子、よう考えてみや、富作さんの主治医は吉見さんやで」

「吉見さん？」

律子は懸命に人物関係を頭の中で整理しようとした。

「吉見さん言うのは、作之助さんの亡くなったお母さんの弟の息子で、かつ信好さんの弟でもあるんで」

　昭夫が早口で喋るので、律子はもう付いていけない。昭夫は気にせず、

「だいたい、富作さんがなかなか作之助さんに代を譲らんゆう事で、吉見さんは富作さんの悪口を言い触らしてたそうや。医者なら、たとえ殺人でも適当な病気や言うて、処理できるやろう」

「一寸待って……吉見さんというのは、作之助さんのいとこになるの？」

　律子が口を挟んだ。

「そうや」

　昭夫が当然のように頷く。

「じゃあ吉見さんは、いとこの作之助さんに財産が入ったからといって、何かいい事があるの？　私にはさっぱり分からないわ」

　律子が混乱していると、久枝彦が笑って、

「吉見さんのお父さんと、富作さんの奥さんは実の姉弟なんや」

「ええ……。それで？」

「それやき、吉見さんの伯母さんから生まれた作之助さんは、吉見さんと血が繋がっちょる訳や。

けんど、吉見さんと、富作さんは血が繋がっちょらんのや」

「あ……そう言われてみればそうだわ」

「お二人共、小松一族の本家に近い十二家の中の二家やき、ここで二人同士が結びついちょるとすると、小松一族の中でも、かなり大きな派閥になりますきにね」

「そうや、確かにそうや。信好が死んだきに、弟の吉見にも財産ががっぽり入った筈や……」

昭夫は確信したように同意した。

「なら産婆の額田さんは？　それに川から流れてきたという女の人は？」

「そうやき、それは小松一族の派閥争いとは関係ないやろう」

久枝彦は軽い調子で言ったが、昭夫は首を振った。

「いいや、きっとそうぜ。額田の婆さんは何かを知ってたきに、殺されたんで」

「そう言うたら、昨夜、御霊社で額田さんみたいな人を見たきにね」

百絵子が呟いた。

「額田の婆さんが御霊社に？　やっぱり」

「まだ、そうとは決めつけられないわ。こんな事なら、あの人影を尾行しておくんだったわ……」

律子が溜息をついた。

「おや、これは……？」

「どうしたんや、久枝彦さん？」

久枝彦は昭夫の手元の紙を凝視している。

「夕日が沈む頃に大年様に訊ねろと言うのは、あの御霊社の大年像の事じゃなかろうか？丁度、夕日が鏡に反射して後光のように光る仕組みになっちょるがや……」

「そうかもしれんな」

昭夫は顔を上気させて立ち上がった。

「何処行くの、お兄ちゃん？」

「そうと分かったら、御霊社に行って調べてみちゃる」

「百絵子も、行く。昼間なら平気やけん」

「そいたら僕も一緒に出る、葬儀の手配があるきに」

久枝彦もおもむろに腰を上げた。

4

部屋に一人残された律子は、思考過多の余り疲れた頭を休めるべく壁に凭れてぐったりしていた。整理しなければならないことが頭の中に一杯で、しかも、とっちらかってどこからも手の付けようがない感じだ。

朱雀に比べれば蝸牛の歩みである己の思考には、嫌気がさしてしまう。

「私って、しょせん頭脳派ではなくて、行動派なのよねぇ」

律子は諦め心地で独り言を言った。

暫くすると音もなく襖が開き、茶菓子を手にした和子が部屋に入って来た。

律子は慌てて居住まいを正す。

「外で久枝彦さんと入れ違うてしもうたけんど、昭夫も百絵子もおらんの？」

和子が部屋を見回した。

「お二人は御霊社に行きましたが、すぐに戻られると思います」

「まあ……百絵子まで？　あれも女の子のくせに、お転婆で困るちゃ」

和子がほお、と溜息をつきながら、律子の前に茶菓子を置いた。

「でも、本当に仲のいいご兄妹ですわ。百絵子さんは、昭夫さんが小松の方々と喧嘩でもするんじゃないかと心配して、一緒に行ったんだと思います」

律子が言うと、そう、と和子は遠い目をした。

「まあ、大丈夫ですやろ。今日、太夫達は中村の家に集まっちょる筈ですき、多分、御霊社は空やきに」

「中村の家？」

「中村の家ゆうんは、狗神の憑き筋や言われゆう。最近、久江ゆう娘が狗神に憑かれたきに、今日は太夫達が憑き物を落とすんや」

和子が淡々とした口調で言う。

「つ、憑き物……ですか？」

律子がごくりと固唾を呑むと、和子はうっすらと笑った。

「そうや……。この島だけやのうて、この国中に、色んな憑き物があるそうや。関東には『オサキ狐』、三河、奥州（おうしゅう）には『オトラ狐』、雲伯（うんぱく）に『人狐』、因伯作（いんはくさく）に『トウビョウ』、濃尾、甲信豆（こうしんず）地方には『クダ』、北九州には『ヤコ』、中国山間部は『ゲドウ』、この四国辺りは『狗神』が多いなあ……。

それから、東北には『イズナ』、あと『スイカズラ』という蛇神もおります」

水が流れるようにすらすらと和子の口から、数多（あまた）の憑き物の名が出てきたので、律子は目を見張った。

「そないに驚かんでも、うちらは子供の頃からようこういうことを聞かされちょるんや。

中村の家に憑いちょるような狗神にはなぁ、二、三の異なる言い伝えがある。

一つはな、式神として使うた犬（こ）が家につく場合。

犬を式神として使うにはな、犬を首まで土中に埋めて、思い切り腹を空（す）かせますんや。

そこへ、その口が届かん所に美味（うま）そうな食べ物を置くんです。

すると飢餓寸前の犬はそれを食べようとして、食物に執念を集中しますやお？　そこを背後から首を刎（は）ねますんや」

和子は、長刀（なぎなた）を払うように腕を動かした。

『お前をこんな辛（つら）い目にあわせたんは、何某（なにがし）という奴や！』

和子が陰気な声で叫んだので、律子は肝を冷やして黙り込んだ。

「……こうしちな、呪う相手の名前を吹き込むんで。するとその犬の霊は狗神になって、呪った相手の所へ行き、その首に噛みつき殺す言われちゅう」

「そ、そういう物ですか……」

律子が目を丸くすると、和子はにこりと上品に笑った。

「もう一つは『御白』いう呪禁に使われた犬や。

これもやっぱり犬の首を切り、それを焼いて粉にするんです。その粉を相手に与えると、術者の望む通りに相手が財産を差し出す言われちょります。

あと、こうてい菩薩に奈落に鎮められた千匹の犬の狗神もありますなあ……。

まあ、こうした犬の霊を祀りゆう家が『狗神憑きの家』になるんです。

狗神は夜に活動して、主人が望めば他人の家から金や食べ物を取って来るそうや。また、人に憑く事もあります。憑かれた者を放って置くと、内臓を食い荒らされて死んでしまうんよ」

「恐ろしいですね……。犬以外の生き物も憑き物になるんですか？」

「そうやね……。オサキというのは鼠と鼬の雑種みたいな物で、色は様々、尾は裂けちょるそうや。それを飼いゆうと、他人の家から生糸を盗んで来てくれるとか。クダや人狐、狗神も同じ様なものやそうです。こうした物が家筋に憑くんや」

「じゃあ、違う物もあるんですか？」

「イズナとかゲドウ言うんは、家筋に憑くんやのうて、特殊な宗教者の使役する精霊なんや。修験者が使役しよる護法童子とか、陰陽師（おんみょうじ）の式神とか、ここの太夫たちが使役する五式王子に近い物です。

他には家に憑く物として座敷童子（ざしきわらし）やオクナイサマ言うのがありますなあ」

「座敷童子なら知ってるわ。可愛い子供の霊で、家を栄えさせてくれるんでしょう」

律子が手を打つと、和子はおっとりと首を横に振った。

「いいえ……、それは違いますんよ。座敷童子ゆうのはな、赤い顔をした鬼の眷属（けんぞく）で、しばしば残酷なものですき。

まず自分の取り憑いた座敷に人が寝よると、枕返しをしたり、金縛りにしたりして、人を眠らせせんとか、その家に飽きて去って行く時は、必ず祟（たた）りをなして家人を病気にしたり、殺したりするそうやきにね。

どんな憑き物でも、よく世話をしていれば福を授けてくれますけんど、機嫌を損じると本人や他人に取り憑いたり、病気にしたりしますき、結局は質（たち）の悪い物なんでしょうねえ」

「結局、人がどんなに上手（うま）く操っているつもりでも、その人自身が何かに憑かれているんですね……」

「そういう事ですき。憑き筋言うんはね、その憑き物を使役している側やけんど、意志によってその使役を止めることの出来ない、憑かれゆう側でもあるんです。嫌になったから憑き物を祀るのを止める言う訳にはいきません。たとえ止めても、憑き物は家人や他人に害をなすだけやきにね。

特に家筋の憑き物などは、その家の人々の体内に住み着いている物やきに。しやきに、憑き筋の女を嫁に貰うと、嫁に付いて来た憑き物が嫁ぎ先にも住み着いて、その家はまた憑き物に悪事を働かせない為に祭祀する事を余儀なくされるんです。それが嫌われて、憑き筋の女は敬遠される……。半八分の状態やねえ」

律子の脳裏に、憑き筋の女との付き合いを反対されて自害したという額田の婆の息子の話が甦った。結局、二人は結婚しなかったが、額田の婆も半八分に扱われ、遂には殺された。

それも何かの因果だろうか……。

「その中村という家も、久江さんという女の人も八分にされているんですか？」

「当然そうやねえ」

和子はしんなりと頷く。

その顔には、当然だという気持ちが読みとれる。

小松一族に比べれば、遥かに話のしやすい池之端の人達だが、根本的なところでは小松とそう感性の違いはなさそうだ。

律子はそのことに一抹の不安と軋轢を覚えながら、

「私の兄は、御霊社に怖ろしい物が憑いていると言うんです。御霊社の生神は、本当に小松一族に憑いた平家の落人の霊魂を宿しているのかしら……」

それを聞くと、和子はみるみる顔色を失い眉を顰めた。

「その話は止めておうせ！」

「どうしてです？」

「何と言うても小松は島一の有力者や、まして成子様を憑き物呼ばわりするなんぞ……。池之端の者がそんな話をしゆうと漏れたらどうなるか……」

「えっ？　私はそんな事漏らしませんよ」

律子は慌てて否定した。

「いいえ、律子さんは村の恐ろしさが分かってへんのや。この島では、針の落ちた音でも、島中に聞こえるんですきに。壁に耳あり障子に目あり……」

そう言うと、和子は周囲を見回し、音もなく立ち上がった。

5

狗神憑きと言われる中村の家は、元は細々と行商を続けていたのだが、先代が株で儲けて、今では日用品や雑貨の小売り商を営んでいる。

石垣の上から大きな柿の木の枝が道に張り出した中村の家に御霊社の太夫達が入って行

くのを、村の人々は固唾を呑んで見守っていた。

　家の中では中村夫婦が、

「いやじゃー、いやじゃー」

　と泣き叫ぶ娘をかばっている。

「往生際が悪いがよ。早う祓いを受けや」

「堪忍しとうせ。久江はなんも人様に迷惑なんぞかけちょりません」

「何言うがや。ほれ、そがいに四つん這いになっちょるじゃないか」

「そうじゃ、久江の為にも祓いをせんといかんぜよ」

　無事、憑き物落としが行なわれることを、集まった村人は期待していた。

たとえそれが忌まわしい事であっても、この何もない島では、太夫達の祭儀や呪詛が唯一の催しである。

　最初、数人だった人影が、やがて角砂糖に群がる蟻のように増えていき、太夫達の顕わす御霊験を一目見ようと色めきたった人々が、中村家を取り囲んだ。石垣は鈴鳴りの人だかりだ。

　池之端派も小松派も、この時ばかりは交じり合い、駐在の黒松や、御剣も人波に紛れている。

　むんとした熱気が立ちこめていた。

　中村の老夫婦は罪人のように項垂れ、庭に敷いた筵に正座している。人々の白い眼に晒された彼らは、皮を剝がれた兎の如くに萎れていた。

庭の中央に、太夫達によって護摩壇が築かれ、白面司が祭文を奏上する。数名の太夫が家の中から久江を引きずり出して来た。

止めれ――！

久江は甲高い声で悲鳴を上げ、藻掻いている。

それでも無理矢理庭に引きずり出され、久江はぜいぜいと荒い息をついている。

「お……おまんら、太夫らめが、こげなことしちょると今に罰が当たるき！」

久江は憎々しげに毒突き、獣じみた動作で四つ足になると、一声吠えた。

うぉん

途端に、おおっ、と野次馬から歓声が上がった。

「吠えちょるぞ」

「やっぱり、狗神憑きや」

久江は野次馬のざわめきと、好奇的な視線に逆毛立ち、やにわに地面を嗅ぎ回ったかと思うと、俊敏な動作で一メートルほども飛び上がった。

見物人たちは、互いに目配せをし合い、恐れと嘲弄の籠もった声でひそひそ話を交わしている。

「四つん這いで、ようもあんなに飛びよるねや」

「狐かもしれんぞ」

「いや、さっきの声は、ありゃあ狗じゃ」

久江は、くわっと憎しみの眼で野次馬たちを睨み、

「こん島は罰当たり者ばかりじゃ！　司どもも泥棒じゃき！　太夫めが式を使うて、中村の金を盗んじょるのよ！」

そう言うと、鋭く吼え立てた。

太夫達は、四方八方からじりじりと久江を取り囲んで行く。

久江は何度も何度も、四つ足で高く飛び上がった。

御剣はこうした様子を呆然と眺めていた。その側に黒松が寄って来て、得意気に言う。

「どうじゃ、あれが狗神憑きや。怖ろしいかや？」

護摩壇に火がくべられる。すると、久江が恐怖に戦き、吠え狂った。

うぉん、うぉん

おお――ん

「おおっ、ほれ、怖がっとる。狗は火が嫌いやき」

黒松が勝ち誇ったように言う。

周囲に殺気立った風が吹き、筵の上の老夫婦は身も世もない風情で縮み上がった。

「六根清浄(ろっこんしょうじょう)　内外清浄」

「六根清浄　内外清浄」

久江を取り巻いた太夫達が、低い声で祭文を唱えながら、錫杖(しゃくじょう)で地面を突く。久江は苦しげに唸(うな)り、地面を転げ回った。

その背中を、ビシリ、と錫杖が打ち据えた。

うわん

久江が啼(な)いた。錫杖が次々とその背に炸裂(さくれつ)する。

老夫婦は顔を覆い、がたがたと震えていた。

「じょ……女性にあげん事をするなんちゃ、あれじゃあ私刑やお」

御剣は眉間(みけん)に縦皺(たてじわ)を寄せた。

「ああ？」

黒松はいい加減な返事をした。その目は久江の挙動に釘付(くぎづ)けだ。

「止めさせて下さい、貴方、警察なんでしょう」

「何言うが。ああせな、憑き物が体から出ていかんきに、あの娘も臓腑を食われてしまうんじゃ」

黒松に公然の暴行を止める気は全くないらしい。

「……そんな……」

御剣が固唾を呑んで久江の方に視線を戻した時である。

激しく護摩壇の炎が吹き上げ、白面司が踉跟めいて、地面に蹲った。

久江が瞳を輝かせ、その隙をついて太夫たちの輪の中から飛び出す。

次の瞬間、あろうことか白面司の体が金色のストロボ光に包まれた。

「なっ、何じゃ！」

「何が起こったんぜ！」

野次馬達から怒濤のようなどよめきが起こり、久江に向けられていた数多の視線は司に集中した。

白面司の体から、強い炎が吹き上がった。

何の前触れもなく、司の体が業火に包まれたのだ。

魔物の舌のような炎が、太夫達を愚弄するかのように、べろべろと司の体を舐め回している。

「神罰じゃ！　神罰じゃきに！」

と池之端派の男達が怒鳴った。

火だるまになった司は、苦しげに数歩這いずり、どっ、と地面に倒れ込んだ。

肉の焦げる異臭が辺りに立ちこめる。

「みっ、水や、水を持ってこい！」

人々が狼狽えて右往左往する中、久江は高らかに笑った。


ええ気味や！

悪行の報いで、成子様の罰が当たったが！

6

池之端兄妹は御霊社の洞窟に来ていた。

昭夫は百絵子に、「入り口で誰か来んか見張っちょくんや」と命じ、中に入って行く。

西向きの洞窟の内部は、昼間でも暗い。

昭夫は慎重に巨大な神鏡を移動させた。右側を少し前に動かしたら、次は左に移動して同じように動かしていく。そうしてようやく祠と鏡の間に三十センチばかりの隙間を作り、祠の戸を開いた。

懐中電灯で中を照らした昭夫は、直ぐに大声で妹を呼んだ。

おーい百絵子、来てみい！

百絵子が洞窟へ入って行くと、鏡の背後から昭夫が現れた。手に何かを持っている。

「どうしたん？　何ぞあったがや？」

「石や、この祠の御神体は石やった。見い！」

昭夫が差し出したのは手の平におさまるほどの石である。石には『大年明神』と刻まれていた。

「お兄ちゃん、これ……」

「ああ、富作さんの体の中から石が出てきた言うちょったやろ。もしかすると、これがその石かも知れんぜ。久枝彦さんと律子さんに見て貰うんや」

「うん、急いで戻ろ」

二人は駆け出した。

昭夫は籐の丸卓の上に石を置いた。

律子が大きな瞳を瞬き、石を手に取る。

「これ、富作さんの体から出てきた石だわ」

昭夫は真剣な表情で唸った。

「やっぱりそうか、それは、祠の中にあった大年様のご神体や」

「額田のお婆さんは、きっとこの事が言いたかったんやわ」

百絵子が呟いた。

「神罰か、殺人か。殺人やとしたら、犯人は吉見さんかな？　どう思う、律子さん」

「でも、殺人にご神体を使うなんて妙だわ。吉見さんという人が犯人だったとすると、わざわざ小松一族に疑いを持たせるような殺し方をするかしら？」

「それもそうやし」

百絵子も同意した。

「そしたら、どう考えたらいいがや？」

「富作さんを殺した犯人は、犯行を小松一族の仕業に見せかけようとしたのかも」

「誰ぜ？」

「そうね、小松一族や御霊社を恨んでいる人。誰か心当たりない？」

昭夫は苦々しい顔で、呻吟した。

「それならまずうちや……。それから、可能性があるんは、憑き筋の者やろう」

「憑き筋の？」

「ああ、今日も中村の家で憑き物落としをしゆうが、八分におうて、あげくに晒し者にされて、太夫達を恨んでる者も沢山いるやろう」

「そうか……。犯人確定は一筋縄じゃ行かないわね」

　三人が顔を見合わせていると、背後で襖が開き、和子が心配気な顔で部屋に入ってきた。

「下に御剣さんが来てるんやけんど……、何ぞ様子が奇怪しいんや」

「直ぐこっちに通ってもろうて」

　昭夫が気軽に答える。

「分かったわ。けんど、あんたら昨日から何をこそこそしちゅう？　昭夫、あんたまだ仇討ちなんぞ考えゆうんやないやろ」

「心配せんでも、何もやましいことはしちょらん」

「ほいたらええけど……」

「ほんまに心配せんでええ。早う、御剣さんを呼んでや」

　昭夫がぶっきら棒に言うと、和子は後ろ髪を引かれる様子で出て行った。

　代わって、よろよろと部屋に入ってきた御剣は、骸骨の上に白い皮膚を張ったような、酷く精気の無い形相であった。

「どうしたの、御剣さん？」

　律子が駆け寄った。

　御剣は帽子をくしゃりと取ると、放心したように畳に座り込んだ。

「白面司が焼死してしもうた……」

「小松の禰宜が焼死やて！」

　昭夫がバネのように立ち上がった。

きゃっ、と百絵子は叫んで顔を覆う。

御剣は朽ち木のように、ぐったりと前にのめった。

「あ、あんな事が、この世に起こるもんやろか」

「教えて、何があったの？」

律子が御剣の肩を揺すった。

「な、中村の家で、太夫達が憑き物落としをしちょった。したら突然、白面司の体が燃え上がって……」

御剣は身震いした。

「周りに火の気は無かったの？」

律子が訊ねると、御剣は首を振った。

「護摩壇はあったけんど、司はずっと離れた所におったきに……」

「護摩壇の火花が、服に燃え移ったんやお？」

昭夫が訊ねる。

「いや、とてもそんな燃え方やないきに。側にいた誰かが衣服に火をつけたとしても、あんな風に一瞬に燃え上がったりせんぜ。とにかく、大勢の人間が見ちょる前で、あん人の体が金色に光ったかと思うたら、火柱になったんじゃきに」

燃える炎……。

人の焼ける臭い……。

厭な記憶が蘇った律子は、胃の奥から吐き気がこみ上げ、口を塞いだ。

「やっぱりこれは神罰なんや……。神罰なら、小松なんぞもう怖うないがぞ！」

昭夫は妙に興奮した様子で言った。

「昭夫さーん」

「旦那さーん」

その時、玄関口で数名の男達の声がした。昭夫は御剣達を部屋に残し、玄関に駆けつける。

「おまんら、どうしたが？」

「小松の奴らが、今迄の事は狗神の仕業じゃ言うて、中村の家を焼き払う言いよるがです」

「中村に責任押しつけて、小松流の咎をうやむやにする腹ぜよ」

「おう、それに中村は憑き筋とはいえ池之端寄りやきににゃ。放ってはおけんぜよ」

男達が興奮に上擦る声で告げた。

「何やと！」

「昭夫さん、来とおせ」

昭夫は男達と共に中村家に駆けつけた。

7

「司を殺したんは中村の狗神じゃ！」

「性悪狗神を退治せい！」

「天誅じゃ！」

　小松一族が気炎を上げて家の周りを取り巻いている。中にはすでに手に松明を持っている者までいた。止めに入った池之端派の男達との間で、小競り合いも起こっている。

「こりゃあ、何しちょるか！」

　昭夫が怒鳴り声を上げると、小松の男達が昭夫を取り巻いた。

「これはこれは、池之端の昭夫さんやないが」

「おまんら、中村に火ィつけるて正気か？」

　昭夫が周囲を睨み付ける。

「正気も正気、この家の狗神を退治せな、禍事が続くぜよ。これ以上、司が死んだら、御霊社のご奉仕が滞る」

「そうじゃ、そうじゃ、成子様の御命令じゃ！」

「何言うがや！　青面司が事は、皆、神罰じゃ言うちょるぞ。そいたら今度の事も神罰ちや。

小松も焼きが回ったのう。禰宜まで神罰を受けるとはねや……」

「何じゃと！　そういうおまんの親父こそ、神罰で死んだじゃお！」

それを聞くと、昭夫は激怒した。

「うちの親父は、おまんらの中傷で殺されたんじゃ！　おまんらこそが悪じゃ！」

「何やち！」

小松の男が昭夫に掴みかかったのを合図に、あちこちで壮絶な殴り合いが始まった。卍巴と人が入り乱れ、正気を失った男達の足もとで土埃が舞う。修羅の図である。

中村夫婦は娘をしっかり抱きかかえ、震えながらこの様子を見つめていた。

小松派でも池之端派でもない男達は、黒松を取り囲み、乱闘の成り行きを遠巻きに窺っている。

「止めいでいいがや、黒松さん」

一人の男が黒松にきいた。

「止めるも何も、こがいな人数、わし一人でどがいしろ云うんぜよ」

黒松がいらいらした口調で答える。

「げに、困ったことじゃのう。わしのとこに昨日、池之端のもんが、小松とうちのどっちに付く気じゃと聞きにきたがよ」

それを聞いていた別の男が、

「おう、うちには小松のもんが来て、同じことを聞いちょった」

「うちもじゃ！」

と数人から声が上がった。

「黒松さんはどっちに付くがや？」

「そんなことは決まっちゅう。小松さんや」

黒松は微塵の迷いもなく答えた。

「なしてぜよ？」

「池之端さんのとこが言うちょる工場誘致の件は、なかなかええ話じゃったぞ」

「そうじゃのう、わしもそう思った。なんで、黒松さんは小松がええと言うがや？」

周囲から疑問の声が出ると、黒松は、ごほんと咳払いをして、

「けんどなええか、工場誘致ちゅうても、まだ何の形にもなっとらんきにね。

そりゃあ、大工場がこの島に来るとでも決まっちょれば別じゃが、まだまだ池之端の言うちょることは夢物語よ。

もし、どこも誘致の話に応じてくれんかったら、どがいするが？

第一、成子様がいったん、駄目じゃ言われたものを、次は、ええと言われるがかや？

どうなるか分かりもせん話に目が眩んで、成子様のお怒りをかうなんちゃ、馬鹿げとる。

それにおまんらの内の殆どのもんは、小松さんとこから仕事を貰うちょるのに、それを辞める気で言うちゅうが？」

男達は明らかに動揺して、

「それもそうじゃのう。御土が貰えんようになっても困るちや」

黒松は得意顔で、

「そうじゃお？　今のところわしらは成子様のお陰で、細々とでも生活出来ちょるのに、なにしにそがいに危ない橋を渡る必要があるが？　池之端についたち、今までよりええ暮らしが出来るとは限らんぜよ。わしとて、畑があるから安い給与でもやっていけるに、それを失うたら困るきに」

なる程、そうだと男達に納得の兆しが見えた頃、興奮した一群の小松達の手で、中村の家の庭先に松明が投げ込まれた。

松明の火がめらめらと柿の木に燃え移る。

中村の主人は慌てて庭に飛び出し、着ていた羽織を被(かぶ)せて火を消し止めたが、

「ああっ、もう中村の家は終わりじゃあ……」

と呟(つぶや)いた、その時——。

おおーっ、おおーっ

身の毛がよだつような警蹕(けいひつ)の声が響き、坂道の上から、太夫達に担がれた成子の輿(こし)が現れた。

輿の脇では、平家の赤旗が揺れている。

「成子様じゃ」

「珍しい、御見回りじゃ！」

気づいた男達から争いを止め始めた。

それでなくても、赤旗を見ると、島民達は先祖の咎や、落人の祟りや、果ては疫病の歴史を思い出し、身も世もない程にぞっとして体が動かなくなるのだ。

輿を先導しているのは、紫陽花柄がある藤色の着物を貫禄で着こなした清子である。

清子の鶴の一声が、一同に降り注いだ。

「おまんら、何しゆうが！　平成子様の御前で騒ぎは許さんで！」

成子の威光は絶大だった。群衆が慌ててその場に平伏する。

砂埃がゆっくり地面で沈澱していくと、

「何の騒ぎや」

清子が小松の男に訊ねた。

「中村の狗神を退治しようとしてたがよ」

「司の許しものうて、何を勝手なことしよるか」

清子が冷たく咎めると、男は狼狽した。

「けんど、司が神罰受けたなんぞ言われたら、小松の汚名やきに」

昭夫はそれを聞くと、きっと顔を上げた。

「ほんまの事じゃろう！」

再び一触即発となった雰囲気を、清子の、

「止めや!」

という声が制圧した。

「神罰やの、神罰やないやの、おまんらが決める事やないろう。ええか、確かに司の事は神罰や。けんど、全ては此処におられる成子様の御采配やきに、なされたことになんの間違いもない事や。

それが小松の汚名であろうと、なかろうと、黙って従っちょったらええんや。それとも、おまんら成子様の御采配に文句があるがか!」

男達が、しんと水を打ったように静かになる。

清子は満足そうに一同を眺め回した。

「そいたら、つまらん騒ぎを起こすのは止めや。なにもかも成子様にお任せするんや。おまんらがつまらん事しゆうと、御霊社と成子様に御迷惑がかかるきにな」

「一つ、聞かせてもらいたいがよ」

昭夫が清子を睨み付けながら言った。

「なんぜ?」

「うちの親父は、なんで神罰を下されましたのか、成子様にお伺いしたい」

清子は不快な顔をしつつ、輿の御簾に耳をつけた。しきりに頷き、それから、にやりと笑う。

「成子様が仰るには、一郎は日頃から信心が足らんかった。その上、御神託を無視したきに、神罰を下されたちゅうことや」

「親父は信心が足らんことなんぞなかったがよ。小松の奴等の中傷なんじゃ。成子様、どうか分かって下さい！」

輿に駆け寄ろうとした昭夫を、小松の男達が制すると、御簾の奥の人影が牛車の外に、ぽとり、
と、笏を投げ落とした。

人々が、しんと凍り付く。

昭夫もぎくりと動きを止める。

清子が笏を拾い上げ、

「見苦しい！　成子様はご不快や。白面をかいて（運んで）往ぬで！」

と一喝した。

成子の輿と、白面司の死体と共に小松の男達が去った後、昭夫と池之端派の男達は中村の居間に集合していた。

久江がまだ興奮して這い回っているのを、母親は宥めている。

「やっぱり、成子様が放火せえと言うた訳やなかったんや……」

「勝手な言いがかりを付けよって」

「じゃが、小松の奴等、わしらを決して成子様に近づけん気や」

「ふん、己がやましいからや」

「こうなったら談判ぜよ！」

「昭夫さん、そうじゃお？」

昭夫は腕組みをしたまま、ううむ、と唸った。

「あ、昭夫さん……わしも成子様に陳情したい事があるんや」

中村の主人が震える声で昭夫に訴える。

「わしのところの狗神の事やが、聞いておうせ。

そもそも、わしの所と同じ商売をしちょった森本の家の息子が、怪我したのがきっかけで。

うちは、そんなものは祀っちょらん言うたけんど、いや憑いちょる、と言われたがです
突然太夫達がやって来よって、これは狗神の仕業やと判じたんじゃ。

……」

身体を竦ませた中村の主人は哀れであった。

「昭夫さん、中村さんの所は、以前、自分で舟を持って土佐から仕入れをしよったきに、
小松に文句を言われちょったのよ」

「おお、そいで嫌がらせをしとるんじゃ」

普段は、憑き筋という事でいい顔をしていない人々も、この時ばかりは口々に中村を弁

護した。

「あ、あいつらのせいで、うちは狗神なんか祀ったきに、久江までこんな風になってしもうた。このままでは嫁にもいけず、不憫ぜよ」

中村の主人は、やりきれぬ目で娘の姿をチラリと見た。

「そうやな、まずはそれを成子様に訴えるんや。小松の奴等のやって来た汚い事をぶちまけたら、いくら代々仕えてきた一族ゆうても、成子様も考え直されるやろう」

「だいたい、禰宜まで神罰を受けたがぞ。小松らにもう大きい顔はさせんでもええんと違うが？」

「そうじゃ、そうじゃ、きっとやつらは成子様に見放されるぜよ」

「今がええ機会じゃぞ、昭夫さん」

「げに、有卦に入っちょりますぞ」

「……そうかも知れん」

昭夫が深く頷きながら言った。

今、小松一族は相当に動揺している。何しろ、司達が次々と不可解な死に方をし、それを神罰と判じられたのだ。

池之端派が小松に代わって、勢力を巻き返す機会である事は確かだ。何か行動を起こして、小松一族に揺さぶりをかけるのも良いだろう。

「よし、なるべく多くの人数を集めて、今から御霊社へ行くんや。力ずくでも中へ押し入って、成子様にお目通りするぜよ！　悪しき慣習は、僕らの手で、ぶち壊すんじゃ！」

昭夫は気炎を上げた。

8

御霊社の本殿に着いた輿から出てきたのは、赤面司であった。

「御苦労さんやった。うまいこと誤魔化せたようや」

清子が言う。やれやれと息をついた黄面司は、

「いつまでこがいな誤魔化しが通じるか……。わしは心配じゃ。成子様が御不在では、もう御霊社も長うない」

「つまらん愚痴、言わんとおうせ」

清子と、黒面司、赤面司、黄面司は御霊社の一角にある密談場に集まった。

一同は横並びになって、金箔の張りつめられた壮麗な巨大な仏壇に手を合わせた。

小松家代々の位牌の奥には、闇にめらめら燃える金色の炎の中で、忿怒相の大黒天が舞い踊る姿が描かれた曼陀羅が飾られている。

それこそは、三つの顔と六本の腕を持ったマハーカーラー（偉大なる暗黒神）の姿であり、すべてのものを呑み込んで無に帰す、暗黒破壊神である。

神像は、怖ろしく牙を剥いた顔で、髑髏の首飾りをし、合掌した人間の髪と羊の角をつかみ上げていた。

清子は合掌したまま、じっとその姿を見ている。

「皆様方も知っちょられるように、大年様は大黒天様の化身と云われちゅう。『孔雀明王経』には、その大黒天様のことが、こんな風に書かれちょります。

昔、ウシニ国の東にシャマシャナという死体を捨てる林があった。

まあ、この更志野みたいなもんや――。

夜になると、この森を大黒天様が無数の眷属、鬼神をひきいてめぐり歩き、
大黒天の御力を借りようとする人間と取引をしていた。

取引の代償は、おぞましいことに人間の血肉で、それに応じて、大黒天は延命長寿の薬や、体を透明にする秘薬などを与えた。

しかも、大黒天と取引する者は、しかるべき修法で自分の身を加持しなければ、血肉だけとられて何も得ることはできんかった。

まっこと、この話は、うちら小松のことのようや。皆様方、覚悟しとおうせ。この小松一族は大黒天と取引した人間や、うちの血肉も捧げられました。

それによって、小松の今日があるがよ。

今更、引き返せやせんちや！

そのこと努々、忘れたらいかんぜよ」

清子はそう司達に活を入れ、仏壇の蠟燭に火をつけた。

四人は白面の死を事故死とする事に決定した。

そこへ一人の太夫が来て、黒松の来訪を告げた。何でも大事な用があると言う事だ。

「尼宮様、どがいいたしましょう？」

「仕方ない、こっちゃに通しや」

清子が頷くと、部屋に黒松が通された。

黒松は舞い踊っている大黒天と、蠟燭の明かりの中に浮かび上がる凄い形相の陵王面を見た途端、全身に鳥肌が立って、すっかり怖じ気づいた。

（まっこと、怖ろしい……。こがいな人らに逆らうなんちや、阿呆のすることじゃ）

「こん忙しい時に、大事な用事とは何や？」

清子が訊ねると、黒松は米搗きバッタのように頭を下げた。

「実は池之端派の者が、こちらに直接押し掛けようとしゆうがです。厚顔無恥にも、成子様と直接話すと言うちょるそうです。

恐ろしゅうなった池之端派の者が一人、駐在に駆け込んで来よりました」

「下司が成子様に拝眉するじゃと！　何ちゅう罰当たり共じゃ。黒松さん、おまんまさか、それを黙って見てるつもりやないやろな」

清子は凍るような視線で黒松を睨み付けた。

「滅相もない。ちゃんと手を打ってあります」

「どがいな手じゃ？」

黒面司が訊ねた。

「それがですな、額田の婆が殺された一件がありますやろ、それにどうやら昭夫が絡んじょるらしいんです」

清子は、疑い深そうに、眉根を寄せた。

「昭夫が？　なんで昭夫が額田を」

「それは分かりませんけんど、額田の隣に住んじょる木下達夫いう男が、昨夜、額田と誰かが揉めている声を聞いた言うちょりましたちや。

揉めてた相手は誰か分からんて白を切りよりましたけどな、わしが後を付けちょったら、池之端へ行きよって、昭夫の妹の百絵子とこそこそ話をしちょりました」

「それが何や言うんや？」

すると黒松は、揉手をしつつ、ずるそうに笑った。

「へへへ、それが魚心あれば水心ありちゅう事ですき。なにせ、こんな片田舎の駐在の給与ちゅうのはたかが知れておりますでにゃあ。小松さんがお望みなら、昭夫を額田殺しの犯人として逮捕する事も可能かと……」

「でっち上げまでするのは、こげな時に軽率じゃないがや？　却ってボロが出るかも……」

赤面が慎重な意見を出したが、清子は聞かなかった。

「分かった。後でええようにしちゃるき」

「有り難うございます、尼宮様。ただ、一つ問題がありますんや。なんちゅうか、しょっぴくにはもう一寸、有力な目撃証言が欲しいんですにゃあ」

「誰かみつくろって、直ぐ証言に行かしちゃる」

黄面司が答えると、黒松は嬉しそうに笑って頭を下げ、去って行った。

清子は黒松の気配が廊下から消えたことを確認すると、

「一寸、皆さんに聞いて欲しい事がありますんや」

司達は互いに面を見合わした。

「額田を殺したのは私や」

その声には、少しの動揺の響きもなかった。

「尼宮様が何故？」

赤面司が訊ねた。

「知っての通り、額田はこの小松の家を恨んで、成子様の秘密をばらすと、度々、脅迫して金を要求しよりましたなぁ。それが又、こがいに大変な時に、金をせびりにきましたんや。そやきに、もうこれ以上、下手な事されてもいかんと思うて、手をかけましたんや。何もかも、一族の為や」

額田の殺害後、清子は身を清めて生神之宮へ行き、十七歳の年からずっとそうしてきたように部屋を掃除した。

今や生神之宮と清子は同一の物であった。宮が無くなれば、おそらく彼女は蟬の抜け殻のようなものになってしまうであろう。

宮を安全に存続させる為に一人の老婆を殺すことなど、清子にとって蟻を踏み潰す行為に等しかった。

「そがいですか……、それは仕方ない事ちや」

赤面もあっさり納得した。

「尼宮様、青面と白面の事やが、あれを神罰と認めてよかったがや?」

黄面司が訊く。

「仕方ないやお? あのまま中村の一家が焼き殺されたら、幾ら何でも騒ぎが大きゅうなり過ぎる。下手したら県警が御霊社を調べにきますがや。

それに、司の件を潔う神罰やと認めゆうたら、黒松もそれ以上は勘ぐらんきにな。

何にせよ、あれこれ探られたら、うちとしてはのう（具合）が悪い。御霊社の秘密が暴露される事だけは、絶対にあってはいかんのや」

「そうやな。その為には仕方ないにゃあ」

黄面は深く頷いた。

「尼宮様、わしは恐ろしいぜよ。な、成子様が御不在になられて以来、先代の黒面、それから青面、今度の白面と五行の理（ことわり）そのままに死んで行ってますがや。一体、どうなってますんやろう……。

こ、小松一族は、成子様に見捨てられたのと違いますやろうか？」

司となったばかりの黒面が不安げに言った。

「黒面の、何言うがか！」

普段、感情の抑揚のない清子が珍しく声を荒げ、曼陀羅（まんだら）の前に立ち上がった。

「何をびくびくしてるんや、さっきも云うたとこじゃが。

もともと小松の守り神は祟（たた）り神、こういう事もあるがよ。

けんどな、先祖代々、苦心して守ってきた御霊社の秘密は、何があっても守り抜かないかん。もし出来んかったら、それこそ小松一族は破滅ぜよ。

この島の銅と大理石は、里の者から鬼じゃいうて山に追われた小松の御先祖様が、長い年月心血を注いで、ようよう掘り出したもんや。杉も松も、禿（は）げ山に植えてから、改良に改良を重ねて此処（ここ）までにしたんや。それを横目で見ゆうて、盗もうとしゆう人間はごまんとおる。成子様のお陰で、小松一族はそれから守られちゅうのや。小松家の繁栄は、何があっても、弱気なんぞになって、御霊社を手放したらいかんちや。御霊社や成子様と共にあるんじゃきに。

目の前の位牌を汚すような真似したら、地獄の底まで、うちは恨みますきにね」

黒面はその語気に圧倒され、頷いた。

「……じゃが、肝心の成子様が御不在の事実は、どがいしますがや？」

赤面が溜息まじりに問う。

「成子様は御不在になったりせん。必ず再び、この小松の家に顕現されますき、それ迄は色々あるかも知れんけんど、辛抱しとおうせ」

清子は確信を持って答えた。

そう、今は居なくとも、小松家には必ず成子様が現れる。何百年の間、生神の座が空になった事は何度かあったと伝えられている。先代の時もそうだった。だが、必ず年を置かずして又、成子様は顕現されるのだ。

小松の家と平成子様はそうした強い縁で結ばれ、離れる事はないのだ。

そして、自分はその世話人としてこれ迄生きて来たのだし、これから先もそのように生きて行くのだ、と清子は自分に言い聞かせた。

うちの一生を捧げた御霊社と小松本家を

うちの代で絶やしてなるもんか——

「尼宮様、御霊社の禰宜の事じゃけんど、いつまでも空席では具合が悪いで」

黄面司は空席になった御霊社禰宜の座を指した。

「おお、そうじゃ」

黒面も身を乗り出した。

「初七日が過ぎたら後任を発表しますき——」

清子がそう言った時、神社の境内の方から、ががやと人のざわめきが近づいてきた。

「何事や？」

黒面司が障子を開け、縁側に出る。

すると、昭夫率いる若い男達五十余名が、本殿へ向かって歩いて来る所だった。

「池之端派の者や。どがいします、尼宮様」

「慌ていでええ。私が相手します。

黄面司は、早う目撃者の段取りを、黒面司は黒松を呼んで来てや。赤面司はうちと一緒に」

そう言うと、清子は立ち上がり、蓮池の橋を渡って、自ら昭夫達の方へ向かっていった。

9

「おまんら、何や！」

鋭く叫んだ清子に、昭夫が歩み寄った。

「尼宮様、禰宜さんが、神罰を受けられた件、あやふやにしてもろうたら困りますきに。禰宜ともあろうお方が、神罰を受けた程の不祥事、何があったかハッキリして貰わな困りますき。このまま不問やと、島の者は納得できんがよ」

昭夫が言うと、そうじゃ、そうじゃ、と周囲の男達が囃し立てた。

この島は何と換気の悪い、鬱陶しい場所なのだろう……

と、清子は急に息苦しさを感じた。

空気が澱みすぎて、島自体が腐ってでもいるようだ。そうして、この小松家は島の忌まわしい血膿のようだ……。

ならば、目の前にいる男達は血膿に集まって来る青蠅だろう。いくら払っても、意地汚く執拗にやって来る。

彼らは、御霊社を宝の山と思っているらしい。

此処が巨大なパンドラの箱だという事に気付かないのだろうか……？

御霊社には、怨恨、疑惑、疾病、恐怖、あらゆる不吉な悪霊が詰まっており、一歩間違えば、それらが一斉に飛び出して来るというのに……。

清子は目を糸のように細め、冷ややかに嘲笑した。

「司の不徳やろう。それがなんぞ？」

「それがなんぞて……。こうも司方に神罰が下りゆうんは、成子様が、あんたがた小松に神社の仕事を任せられれん思うておられる証やないですがや？」

昭夫が詰め寄った。

「それはおまんらの都合のええ解釈や。成子様はそがいな事言うておられん。司やからこそ、他のもんなら見逃す不徳でも、厳しく罰しておられるがぞ。

成子様の世話人、この小松の清子が云うんやから確かや。

ええか、小松一族はな、大年様より、直接、成子様を祀るよう言われちゅう家やき、そこへ他人が入ることは許されんのや。一番、重い罪を背負った小松やきに、成子様にひさに御仕えする。それが定めなんじゃ」

清子は毅然と胸を張る。

「そ、それは昔の事じゃ、今はもう違う！」

昭夫がしゃにむに叫んだ。

「難癖つけて、おまんらの魂胆は分かってる。成子様の持っちゅう御霊社の土地が欲しいんやろう。成子様の忠臣である小松を排除して、平家の財産を横取りしようという腹やき。そがいなこと、出来るもんならしてみいや。そん時こそ、おまんら全員に成子様の神罰が下されるがで。落人の祟りが二倍にも三倍にもなって、おまんらに返し風を吹かすがよ！」

それを聞くと、若者達は不安げに顔を見合わせた。

しかし昭夫は怯まず、さらに清子ににじり寄った。

「そこ迄言うんなら、神罰が下されるかどうか、やっちゃろうやないか。大体おまんらかて、御霊社の寄生虫やないか！」

すると清子は溜息をついて、

「池之端……おまんの家とは、とことん相性が悪いようやな。うちの先祖は、おまんの先祖に田畑をむしり取られ、里を追われて山に住まんならんかったがや。じゃき、おまんの先祖に誑かされて、宝欲しさに平家のご一同を殺すような罪を犯すことにもなったんがぜ。それを今頃、何で小松を羨ましがるがかや？」

と嫌気顔で言った。

「御先祖は御先祖、それは過去の事で。これからは、島の発展の為にも、山や多くの土地の開発権を小松一族に独占させて置く訳にはいかん！　とにかく強行突破しても、成子様に直接、話をさせてもらうきに！」

気色ばむ昭夫に、清子は眉を皮肉っぽく上げた。

「それはできん相談や。成子様に会えるんは、小松の血を引く司とうちだけぜ。

昔からの決まりがぞ。

大体、島の為、島の為言うちょるけど、この島の人間の半分以上は小松姓の者や。その権利、横取りするのが、何ぞ島の為がや？　どう考えても、おまんの言いゆう事はおかしいやろう。

正直に、自分達の為やと言うたらええがよ。

都合が悪うなったら、偽善者ぶる所なぞ、おまん、神罰当たって死んだ一郎とそっくりじゃ。

成子様はそんなおまんらの本性知っちょられるきに、神罰下したがぞ」

何っ、と池之端派が勇み、一触即発の緊張が漲（みなぎ）った。赤面が清子を庇（かば）って進み出たその時、御霊社の庭に警笛が鳴り響いた。

「こらぁ、待てい！　池之端昭夫、おまんを額田の殺害容疑で逮捕する！」

「なっ、何やて！」

「どういう事や、昭夫さん！」

一同がざわめいた。

「違うんや、話を聞いてくれ！　みんなも聞いてくれ、僕は何もしちょらん！」

黒松は呆然（ぼうぜん）と立ち尽くす人垣をかき分け、後ずさる昭夫に詰め寄った。

「洋平（ようへい）が目撃したんや！　おまんが額田の家から逃げ出して来るんをな」

「ぼ、僕は何もしちょらん！」

昭夫は必死に訴えた。

「何もしちょらんのやったら、大人しゅう調べて貰うたら宜しいのや」

清子が婉然と笑う。

ガシャリ、と冷たい音がして、昭夫の手首に手錠が掛けられた。

10

池之端の家では、律子と御剣と百絵子が居間に集まっていた。

「お兄ちゃん遅いなあ、どうしたんやろ……」

百絵子が呟く。

「ねえ、白面の小松禰宜が死んで得をする人って誰かしら？」

唐突な律子の言葉に百絵子は首を傾げた。

「誰やろう……。小松禰宜は、先代の禰宜さんの本当の子供やないんで。先代夫婦には子供が出来んかったきに、奥さんの弟さんの息子さんを養子にしたんや。禰宜さんには小さい娘さんがいるけど、息子さんがおらん。しやきに、禰宜には司のうちの誰かが選ばれるやろうなぁ……。

したら、得するのは残りの司の誰か言う事になるかなあ……。

なぁ、律子さんはまだ、これは成子様の神罰やのうて、殺人事件やと思うてるの？」

律子は親指を噛みながら、頭をフル回転させている。

『相生の理』とは、木から火が生まれ、火から土が生まれ、土から金が生まれ、金から水が生まれ、水から木が生まれる。

『相剋の理』は、木は土を損ない、土は水を損ない、水は火を損ない、火は金を損ない、金は木を損なう……。

「私ね、一つ気づいたことがあるの」

「何を？」

御剣と百絵子は声を合わせた。

律子は二人の顔を瞬きもせず見つめながら、

「この事件って、五行相剋の理をなぞっているんじゃないかしら……？

青面司は、五行の木でしょ。『金は木を損なう』だから、金仏に殺された。

白面司は、五行の金。『火は金を損なう』だから自然発火して死んでしまった。

それと、富作さんという人。遺体から石が出てくるなんて奇怪だわ。これも一連の殺人と同類ではないかしら。石は土に属するものだから、『土は水を損なう』で、富作さんが水の太夫、つまり黒面司だったとしたら辻褄が合うのよ」

「確かに富作さんなら、家柄から考えて司でも変やないわ。でも……それやったら、やっぱり神罰やないの？」

百絵子はのぼせ上がった顔をしている。

「違うわ。意図的に仕組まれた『五行相剋殺人』なのよ！」

「五行相剋殺人？　それでわざわざ、犯人はこんな凝った殺しをしゆうがや」

御剣は唖然(あぜん)とした。

「でしょうね。この犯人、とっても頭のいい奴だわ。事件の神秘性を高めて、司達に神罰だと思い込ませようとしているのよ。神罰と聞けば、島の人は恐怖の方が先に立って、犯人を詮索(せんさく)する気がなくなってしまうでしょう？

だけど、不思議なのは、犯人が何故富作さんの事を黒面司だと知っていたかよ。だって司達の正体は誰も知らないんでしょう？」

「知っちゅう人はおる」

百絵子が言う。

「それは誰？」

「小松本家の人。つまり清子さんと、死んだ禰宜さん」

律子は清子の妖怪(ようかい)じみた顔を思い出した。

「禰宜さんが死んだ今となっては、清子さんが犯人の有力候補ね。確かにあの人は不気味だわ。でも、清子さんには司や禰宜さんを殺害する動機があったのかしら？　結局、私達、御霊社の事は何も分かってないんだわ……」

律子が悔しげに呟く。

御剣は、立ったり、座ったり、そうしてまた窓から御霊社の方を見たりして歩き回り、小動物が檻の中を歩き回るみたいに落ち着かなかった。

「昭夫さんは大丈夫がや……」

「お兄ちゃん、お父ちゃんに似て、馬鹿正直な気性なもんやから、うちもお母ちゃんもそれが心配なんや……。相手はあの小松一族やき、どんな小細工をしてくるか分からんで」

百絵子は不安この上ない顔をした。

数時間後、更志野に戻って来た男達の中に昭夫の姿は無かった。男達は後ろめた気な様子である。

「奥さん、申し訳ありません」

池之端の玄関口で男達がぼそぼそと呟いた。

「あんたら、一体、何があったん？　昭夫はどうしたんで！」

和子が詰め寄ると、一人の男が重い口を開いた。

「く、黒松の奴が、額田の婆さん殺しの犯人として、昭夫さんを警察に連れて行きよったんです」

「何やて、そんなアホな」

「小松一族の洋平が、昨夜、額田の家から昭夫さんが逃げていくのを目撃した言うて名乗り出よったんぜ」

「そっ、そがいな事、嘘に決まっちゅう！」

和子は悲壮な声を上げて、床に泣き崩れた。

「そ、そら、わしらもそう思いますき。昭夫さん、塡められたんです」

ただ事ならぬざわめきに部屋を飛び出して来た百絵子達もそれを聞きつけた。

「あんたら、昭夫兄ちゃんが黒松に連れて行かれるの黙って見てたが！　濡れ衣やて分かってるのに、誰も止めんかったがかや！」

百絵子が男達をなじった。

「そら、わしらもそうしたかったけんど、にゃあ」

「しょせんゴマメの歯ぎしりじゃき」

「そうや、百絵子さん。目撃した言うものをどうしょうもなかったんぜよ」

「それが嘘やいう証拠もないし」

「警察に逆ろうても……」

おどおどした様子で、男達は首を垂れた。

11

昭夫が逮捕された後、黒面司と黄面司は、夕の鐘を打つ為に高台へと向かっていた。

「どがい思う？　わしらにも神罰が下されるのやろうか……」

黄面が言うと、黒面は余裕のある口振りで、

「わしは司になったばっかりやきに、神罰下されるような事はしとらんが」

と笑った。

「わ、わしかて、そんな覚えはないわい。けんど、流石にこんな時に鐘堂に行くのは嫌なもんじゃ」

黄面が溜息をつく。

「黄面がそう言うきに、ついて来てやったんじゃお。まだ怖いがや、その芳子とかいう女の祟りが」

「そりゃあ、黒面よ、『祟ってやる』言うて、目の前で海に飛び込まれてみいや。どがいに恐ろしいか。島の衆の間じゃ、司の連続死は芳子の祟りやないかとも言われゆうぞ」

「じゃが、芳子を追った事は、御霊社の命令じゃっつろう。成子様の御命令やき、それで神罰なんぞあたる道理がないやお？」

「ところがのう、噂じゃが、ありゃあ奈津子さんが勝手に出した命令じゃ言うのよ。尼宮様はえらいお怒りじゃったそうで。それがもとでな、奈津子さんは死ぬまで御霊社に立ち入りを禁じられちょったんぜえ」

黄面が声を潜めて言った。

「そういうことがあったがか……。先代禰宜の奥さんが御霊社におられんのを、妙じゃと

思うちょったのよ」

「そうや。そう考えたらな、わしら司で、成子様の命令でもないのに、本家の跡取りを殺した事にもなろう？」

「そりゃあ、かなわんちや」

黒面が唸った。

「全く、最近は寝付きも目覚めも悪うなった」

「のう、時に黄面よ。尼宮様はやっぱりおまんさんを禰宜にしちゃるんやろう」

「順序から言うとそうなるが、どうも尼宮様は赤面を贔屓にしてるようやきに心配ぜよ」

「赤面なあ、あれは何者ぜ？」

「さてなぁ……。そういうおまんこそ、ほんまは誰や？」

「そりゃあ、言われん。そがいなこと言うたら神罰があたるきにのう」

「わしも同じちや」

強い潮風が吹き付けて来た。

絶壁は飛び込み台のようにせり出して、海に臨み、目も眩むばかりの高さであった。

遥か眼下の水は、轟音を響かせながら渦を巻いている。

ここに芳子さんが飛び込みんさったのや……

済まん事じゃった、

恨むなら奈津子さんを恨んでおうせ……

黄面は、ぶるりと震えながら、鐘撞き台に近寄って行った。

大銅鑼が、西日の余映を重々しく照り返しながら、断崖すれすれの所に、ずっしりと下がっている。

「おおっ、何時来ても気持ち悪い事じゃ。わしは高い所が滅法苦手で、なんでこがいな所に鐘撞き台を作ったか、ようわからん」

白い波頭が、まるで海の底に引きずり込もうとする数多の手のように飛沫を上げているのを見て、黄面が呟いた。

背後に居た黒面は鷹揚に笑った。

「沖の漁師どもに時を教える為の鐘やからぜよ。怖けりゃ、わしが代わってもええぜ」

「そういう訳にはいかんで。こりゃあ、禰宜様か、司の最年長者のする大事な御用やきに。禰宜様が亡くなった今は、わしのお役ぜよ」

まんざらでも無さそうにそう言うと、黄面司は足を踏ん張った。黒面は数歩後ずさる。

ぐわぁぁぁぁぁん

そして、もう一度――

ぐわぁぁぁぁん

二度目の銅鑼が鳴り響いた次の瞬間である。

突如として、激しい風が海から吹き付け、大銅鑼がぐらりと揺れたかと思うと、海面へと真っ逆さまに落下した。

黄面が驚いて黒面を振り返る。

それを見ていた黒面は次の瞬間、驚きの目をさらに見開かねばならなかった。

黒面の目の前で、黄面の胴体が、腹の辺りから真っ二つに裂けてしまったのである。

「ぎゃあああっ！」

引きつった声で叫んだのは黒面の方であった。彼は恐怖の余り、股（また）の間から熱い迸り（ほとばしり）をぶちまけていた。

激しい水音が絶壁の下から響く。

黄面の上半身が弧を描いて空を飛び、斜め向きに、黒面の前に落ちた。下半身はその背後で、銅鑼を打つ姿勢のまま固まっている。その切り口から、噴水のように血柱が迸っていた。

全ては瞬く間の出来事であった。

異変が身に降りかかった当人は、何が起こったのか認識する事ができなかった。

ぐらり、と黄面の上半身が揺れ、黄色の陵王面が剝がれ落ちた。驚きに潤んだ瞳、狡猾そうな鷲鼻、弛んだ頰に、鼠色の髪と顎鬚という老齢の男の面が現れる。

男は、自分の下半身が何故か自分の横手にある事に驚愕しながら、闇雲に、

「助けとうせ！　助けとうせ！」

と嗄れた哀れっぽい声で訴え、両手を黒面の方へ伸ばした。

鋭い刃物で背中を撫でられるような戦慄に襲われた黒面は、引きつけのように痙攣し、奥歯をがちがちと鳴らした。

それでも何とか、

「きっ……黄面の……」

と、名前を呼びつつ生きた心地もないままに、数歩、黄面の方へと蹌踉めき進んだが、藻掻いた拍子にどっと横倒れになった黄面の胴体から、みるみる赤い液体が地面に広がって行くのを見て、身体が動かなくなってしまった。

何が、何が起こったがや――！

黒面は、この悪夢のような光景の中で呆然と立ち尽くしていたが、突然、がくりと膝を折って血の中に突っ伏した。

再び突風が吹き付け、黒面の周りで渦を巻く。

黒面は、わ――っ、と獣のような叫び声を上げ、いきなり仮面を脱ぎ捨てると、四つん這い(ばい)のまま、その場から逃げ出した。

い、いきなり体が真っ二つになってしもうた
鎌鼬(かまいたち)じゃ……！
鎌鼬が吹いて、黄面の身体を
真っ二つに切ってしもうたんじゃ！
司なんぞ止めや！
こがいな怖ろしいお役、
よう引き受けられんわい！

第五章　憑(つ)きもの

1

昭夫が逮捕されたと聞いた和子は倒れてしまい、今、その枕元には百絵子と御剣がいた。

律子は先程、頭が痛いと言い出して、二階の部屋へ上がったばかりだ。

ぐわぁぁぁん　ぐわぁぁぁん

鐘の音を聞いていた百絵子は、はっと顔を上げた。

「今の、聞いた？　お母ちゃん、御剣さん……」

和子は布団に寝たまま不安げに眉(まゆ)を顰(ひそ)めた。

「どうしたがや？　二回しか鳴らんかった」

御剣も呟いた。

「また、何ぞあったがやろうか……？」

和子は怯(おび)えた目で窓の外を見た。

失礼、どなたかいらっしゃいますか？

その時、いやに快活な声が庭の方から聞こえたので、百絵子は立ち上がった。

玄関の扉を開けると、白いスーツに身を包んだ長髪の男が、黒い背広の巨人と共に立っている。

百絵子は思わず息を呑んだ。

——何という美しい人間だろう！

すっと伸びた鼻筋に、薄い唇、鮮やかな睫毛に彩られた漆黒の瞳。

朝の冷気のように、どこか人を寄せ付けない雰囲気を持ったきらきらしい顔立ち……。

こんな妍麗な男は夢の中にも見た事がない。

その首も肩も手足も髪も、作り物のように均整がとれ、しなやかで、神々しいばかりだ。

俗世の一切の穢れを寄せ付けないかのような、その幻めいた佇まいに、百絵子は動揺した。

「やあ、遅くなりまして。妹がこちらにご厄介になっていると聞き、迎えに来ました。僕は律子の兄、朱雀十五です」

滑舌のいい口調でそう言うと、朱雀はにっこりと笑い、優雅な動作でお辞儀をした。

「まあ、律子さんのお兄さん！」

百絵子は顔に紅葉を散らした。

「随分とご迷惑をかけたでしょう。お礼は後日、改めてさせて頂きますよ」

長い指で前髪を掻き上げながら朱雀が言う。

「そっ、そんな事ええんです。そんな事してもろうたら、罰が当たりますき。律子さんがいてくれて、うちも助かってるんです。

お、お母ちゃんは倒れてしまうし、お兄ちゃんは警察に捕まるし、うち心細かったけんど、律子さんには色々と慰めてもろうて……」

朱雀は片眉を顰めた。

「おや、それは随分と大変でしたね」

「ええ、ほんまに。あっ、あの、律子さんは、二階にいられます。どうぞ、上がって下さい」

「では、上がらせてもらいましょう」

そう言って、朱雀が玄関に腰かけると、黒い背広の男が跪いて朱雀の靴紐を解きはじめる。

その様子と、朱雀が手に持っている白い杖を見て、百絵子はようやく彼の目が見えていない事に気づいた。

「まぁ、すいません気づかんと……。うちがしましょうか？」

手を出しかけた百絵子に、黒服の男は首を振った。

「いえ、結構です、私の仕事ですから」

「彼は僕の秘書、後木といいます。僕の身の回りの事を色々して貰っているのです。ですから、貴方はお気遣い無く」

朱雀は軽い調子で言った。

三人は二階の部屋へ入って行ったが、律子の姿はない。

百絵子は部屋を見回し、それから廊下をあちこち歩いて来て、心配げに言った。

「どうしたんやろう、律子さんがいてない……。さっき頭が痛い言うて、部屋に上がったきに、うち、心配やわ……」

朱雀は、ふうっと疲れた溜息を吐いて、後木が引いた椅子に腰をかけた。後木はその背後に影のように立っている。

それも又、不可思議な光景だった。百絵子は夢でも見ているような心地になった。

部屋の中で改めて見ると、後木という人は本当に大きい。背丈なんか二メートル位あるんじゃないかしら……と、百絵子は思った。

「やれやれ、妹はこんな風に貴方に心配ばかりかけてたんでしょうね。貴方、お名前は？」

「も……百絵子です」

朱雀が億劫そうに口を開く。

「ではご心配なく、百絵子さん。律子君がどこへ行ったかくらい見当が付いてます。おそらく御霊社でしょう。また白波の真似をしているに違いない。全く落ち着きがないんだから。『好奇心は猫を殺す』と教えているんですがねぇ……」

御霊社と聞いて、百絵子は泣きそうな顔になった。

「きっと、うちのお兄ちゃんのことを心配して、御霊社を調べに行ったんやと思います……」

「仕方ないね。後木、君、疲れている所を悪いけど、迎えに行ってくれないかい？　とにかく見つけ次第、首を摘んでさっさと連れ帰って来るんだ」

後木は表情を変えないまま、

「分かりました」

と頷いた。

「後木、くれぐれもアレには気をつけるんだよ」

後木の背に向かって、朱雀が鋭い語調で言った。

2

その頃律子は、得意の軽業で御霊社の奥深く忍び込み、清子と赤面司が密談しているのを発見した。

あの神訪いの儀式の一日目、白面の司に従って蜘蛛の巣の張った廊下を歩いた、その廊下の脇にある部屋である。

律子はそっと襖に耳を当て、清子と赤面司の会話を漏れ聞いていた。

「禰宜の元方に神罰が下ったのは良かったのかもしれんと、うちは思うてる。あれはこの御霊社の秘密と、小松一族の運命を知ってからというもの、びくびくと怖じ気づいちょった。とても私が死んだ後を任せられるような器やない……。赤面の、うちはおまんさんを次の御霊社の禰宜にと思うてる。おまんさんこそが本家の正統な跡継ぎ、この御霊社を支える運命を背負ってるんや。うちで本家の血が絶えてしまやせんかと憂いちょったが、戻ってきてくれてまっことよかった」

清子の声が途切れたかと思うと、二人が立ち上がる気配がした。律子が闇に身を隠す。すっと襖が開き、清子が現れた。赤面司がその後に続く。

儀式の日、すすり泣きの声が聞こえた廊下の突き当たりの壁——その前に二人が立つと、壁が歌舞伎舞台のどんでん返しのようにひっくり返り、地下へと続く道が現れた。

律子は十数秒待ってから、二人を追跡した。

脱出路を確保するため、どんでん返しの扉は少し開いたままにした。この付近に近づけるのは、清子と司だけなのだから、大丈夫に違いない。

狭い坑道のような空間に入ると、天井から垂れ下がるつらら状の鍾乳石や、床面から生える無数の石筍や、櫓のように重なった石灰華の千枚皿が、あたかも地下世界に蠢く魑魅魍魎のように迫って来た。

鬼頭化影の不気味さからか、温度的なものからか、全身にもの凄い鳥肌が立ってくる。

清子は、どこかうっとりしたような幻夢的な表情をして歩いて行く。時折、足元を黒々と埋め尽くしている物体を草履の先で掻くような仕草をした。

「御先祖がこの山へ追われ、痩せた地で畑を営む為に、この御土を見つけた……。それも、小松の宿命やったのか……」

律子は石筍の背後に隠れながら、前を行く二人の亡霊のような影と、洞窟内に響き渡る清子の声を聴いていた。


これが噂に聞く御霊社の御土なのね……


そこで律子は、足元に敷き詰められた黒い米のような物体を拾い上げてみた。手の中で揉むと、それはぱらぱらと粉になったが、一体、どのような物であるのかは分からない。

清子の声は段々と調子が高くなっていった。

「それのみならず、あの忌まわしい疫病の因までをも密かに食料とし、小松を絶やさんが為に兄妹で契りを交わし、宿命の行くがままに、小松家は呪われた血を育み続けた……」

憑かれたように語る清子の凄みのある声には、怨念としか言い様のない暗い力が漲っている。

赤面は黙ったままだ。清子はさらに続けた。

「直虎さん、山に追われ、八分された一族が、どがいに苦しむか知っちょるか？　普通、八分にされたら、家は潰えてしまうもんぜよ……。

けんど、小松は執念で生き残った。その為に大きな業を背負ったんや。島の者が、小松に贖うのは当然の事ちや……」

　赤面の正体は『小松直虎』と言うのね……

律子はその名を脳裏に焼き付けた。

二人が香炉と屠り台の脇で立ち止まった。その前には、悪魔がぬっと腕を広げたかのような不気味な影が聳え立っている。

清子の掲げる手燭の炎の中で、それは恰も生きた魔物のように、ゆらゆらと動いて見えるのだった。

その影は巨大に成長した石筍と石灰華の見せる幻なのだろうか、それとも……。

律子は凍てつくような戦慄を感じた。

清子は不意に其処で立ち止まり、長く痛々しい喘ぎ声のようなものを上げた。

「此処が、生神之宮の御霊所や。ここから右が生神之宮、そうして左が大年明神様のおられる所……。

見ておうせ、大年様と瓜二つなこの姿——。

この忌まわしい姿が、小松の秘密が、洞窟の闇の中に幻のように現れゆうと、うちはもう何とも言えん不思議な気持ちになって来るちや……」

大年様と瓜二つの姿ですって？

この悪魔のような不気味な影が、

大年明神の姿だと言うの……？

律子は眩暈を覚えた。

と、突然、清子は狂おしく高らかな笑い声を上げ、赤面の手を取って自らの胸に押し当てた。

「ほうら……直虎さん、分かるがや？

何やこう、体中が重い鉛に包まれて、身動きが取れんような、こんな風に気怠うなって、

小松の血がこの頭と胸の内で、どくどくと脈打つ音が聞こえて来るんや……。

そうすると、うちの中でうちではない者が目を覚まして、御霊社を守れ、守れと命令する……。

ああっ！　この祟られた領域の番人として、うちは熾烈な悪夢の内に過ごして来たんで！」

清子は再び「ああーっ」と、慟哭した。

「我こそは小松一族の血塊ぜよ！」

凄絶な叫び声と共に、清子の中に育まれた異常な精神領域が、その皮膚を破って立ち現れた。

清子は変容を起こしていた。

のっぺりとした顔つきも、抑揚のない声もすっかり打って変わって、怖ろしい夜叉のような怨念の塊が唐突に其処に現出したのである。

それはまさに清子の形をした物の深淵から、世にも怖ろしい女の亡霊が浮かび上がって来たかのようだった。

いきなり三十も四十も若返った如くに、清子が艶やかな声を張り上げる。

「ああ、本当にこれを見る度、あの世にも怖ろしい経験を——大年明神の巫女として祭壇に捧げられた日の出来事や、恐怖の内に明神の御子を産んだ時の事を——ありありと思い出す……。

うちらは兄妹で交わった。そうじゃとも、小娘がどうやって宿命に刃向かえるやろうか。何もかも諦めて、魂をうち捨て、身を捧げるしか仕方がない。兄はうちのたった一人の男になったがよ。うちはそれを今更、後悔なぞしちょらん。

けんどな、そがいな事は一言も漏らしてはならんちや！」

清子の変容とその告白に、律子は舌が真っ白に乾き、頭がずきりずきりと痛んだ。

じっと清子の狂態を見ていた赤面が、冷静な低い声で話しかける。

「成子様は、清子さんの御子ですやろ、やっぱり母としての愛情はありましたがや？」

「うちの御子？　いいや……それは違うんや。成子様は小松本家の女の腹を借りて生まれる大年様のお使いなんで……。

おまんに、この御霊社の先の世話人やったお祖母様の事を教えちや。お祖母様という方は、三十二歳というお年から世話人になったきに、それまでの普通の暮らしが長かったきに、このお役には大層苦しまれてた……。

うちが覚えてるんは、冬も夏も毎夜、毎夜、水垢離を取っちょった姿と、時々、狂ったように縫い針で自分の腕を貫いて、苦行を求める姿だけや。

それでも、とうとう五十で頭がおかしゅうなって、先代の成子様を自分の手で刺殺し、自害してしもうた。それでうちに、お役目が回ってきたんじゃ。

うちは今年で五十七歳になるけど、皺の一つもない妙な顔やろう？」

清子の影が、赤面司の影にひたひたと近寄っていく。

「うちの『時』は、世話人になってから止まってしもうたが……。苦しみも、喜びも感じん小松の先祖霊の傀儡になったんで……。

直虎さん、隠されてる物言うんは、どんな事があっても隠され続けないかんのや。表に出たとしても、どのみち、陰惨な因縁でしかないんやからねや。

　この島の祟りを、地下に広がった洞窟の祟りを知ってしもうたら、島中みぃんな狂い死にするんやき」

　それを聞いて、律子の全身は凍り付いた。

　島中が狂い死にしてしまうような洞窟の祟りとは、何なのだろう。清子のこの狂態といい、得体の知れない怖ろしいものであるに間違いない。もしかすると、本当にとんでもない事に自分は首を突っ込んでしまったのではないだろうか……。

　恐怖が律子の全身を圧迫した。

　それから清子は、舌なめずりして、

「それを額田婆は……言うてはならん事を暴露する言うきに、うちは殺したんや！」

　そう言うと、清子は悪魔の影の中へと、踊るように身を投じた。赤面司もそれを追う。

　律子も何かに取り憑かれたような足取りで、よろよろと二人を追った。

　洞窟は下降を続け、やがて辿り着いた地の底には、地下水が溜まって出来た川が流れていた。

　光明の無い闇の中に流れる一条の川の周りには、百羅漢が身悶えして泣き叫ぶ影が蠢いている。清子が一つ、一つ、洞窟の燈台に火を入れていくと、さらに数多の神像が、石灰が反射する金色の光に浮かび上がった。

　その光景は、宗教的な被虐性と、暗い病理的な美しさに満ちていた。

清子がふっ、と笑う。

「これは地下に潜った賽川の支流。まさに本物の賽の河原や……。こんな……この世とも、あの世とも判然とせん場所で、うちは神を産んだんや。小松の家のために！」

高らかに清子はそう宣言して、洞窟のある一角に明かりを翳した。

律子は、何一つ見逃すまいと、じっと目を凝らす。

巨大な牢獄めいた格子の向こう側に、鬼の座敷かと思えるほどの大広間が広がっている。奥に高御座があり、その周囲に、日本人形や、書棚などが置かれているのが、色彩のない輪郭だけで見えていた。

格子に下がっている頑丈な錠前に気づいた途端、律子の思考は分裂し、そのまま向こうの世界に引きずり込まれてしまいそうになった。

「生神之宮は今は空やが、すぐにまた小松の守り神は現れる――うちがまた産んでみせるがよ。

そうしたら、直虎さん、おまんさんがここの秘密を守り、小松一族の繁栄を支えていくんや。その為には、あんたがうちの養子になるんや。なんぼ御霊社かて、本家の跡継ぎであるあんたの命までは取る事はないやろう。司にはまた新しい者を指名したらええがぞ」

清子はそう言うと、身悶えしながら赤面司の胸にしがみついた。

だが、赤面司は清子の身体を引き離し、

「けんど、生神様はもう小松家を見放されたのかもしれんがや？」

冷たい声で言った。

「そんな事はないちや！」

清子が叫ぶ。

「じゃが、体裁よう『大年大明神』言うても、ほんまは、狗神や長縄神と少しも変わらん憑き物や。憑き物は家を離れていく時に災いを為す言うきに、今度の司達の死が、それと違いますか？」

「いいや、違う。それは違うがや、直虎さん。大年様はまだいらっしゃります。

それに――」

「じゃが、成子様がおられんと、大年様も小松の都合ええように働いてくれませんやろ。ここ数日、村の家畜が餌食になっちょります。このまま野放しにしゆうと、また疫病が」

「そんなら、教えてあげるがや！　成子様は、既にいらっしゃるんや……」

「なっ、何を言うが！」

赤面が突然慌てて叫んだ。

清子は婉然と微笑み、赤面の腕を取って自らの腹に押し当てた。

「……わかりますやろ、あん時の子や」

赤面はそれを聞くとわなわなと震え出した。

「あんたとうちの血が交わって、また神様が生まれて来るのや！」

「馬鹿な！　そんなに直ぐ分かるわけがない。そんな事が……」

「淫蕩草に幻覚草……薬を使うて、嫌がる男の種を取り、嫌がる女の子宮に種を宿すのは、小松のお家芸やき。うちも操られるまま、恐ろしい夢の内に成子様を一度産んだ……。今度はおまんさんの番や。もうこの子宮の内には、子種が宿りゆう。うちには分かるのや」

「きっ、清子さん、おまんさんは気が触れちょる」

「そがいな事ない。これはご先祖の望みやきに……」

清子が赤面司にしなだれかかった時、ぐずりと肉の裂ける厭な音がした。

清子の瞳が、かっと見開かれる。

よろよろと後ずさった清子の腹には、べったりと血が滲み、深々と刃物が突き刺さっている。

「直虎さん……なんでや……成子様とうちにしか、嘯の技は使えんのに……、パンドラの箱が……、箱が開いてしまう……」

すると、赤面の下から、ぐっぐっぐっぐ、と押し殺した笑いが漏れた。

「幾らでも開けばええがよ。これで終わりじゃ、終わらせにゃいかん……。

清子さん、おまんさんは、最初に会うた時から、私に気を許して、小松の秘密を何でも喋ってくれたにゃあ……。けんど残念やった。私は御霊社を継ぐ為に帰って来たんやない。御霊社を滅ぼす為に、地獄の淵から戻ってきた悪霊ぜよ！」

「な……何と……」

清子は、ぐうっと呻いて地面に倒れた。

赤面は清子の上へ飛び乗り、狂ったように死体の腹を十文字に裂いた。

洞窟の壁面に、二匹の巨大な魔物の影が躍っている。

律子は余りの衝撃に、ふらりと蹌踉めいた。

赤面司は、その物音を聞き逃さなかった。

「誰じゃ！　誰であろうと見た者は許さんぞ」

小刀を握りしめ、全身を返り血で真っ赤に染めた赤面の幽鬼が、ゆらり、ゆらりと律子の方へ近付いて来る。

長いお化けのような影が、律子に覆い被さって来た——。


律子さん！


その時、洞窟に低い男の声が響き、辺りが目映い光に照らされた。続いて、懐中電灯を手にした黒く大きな影が川辺に聳え立つ。

後木であった。

「後木さん！　こいつよ、この赤面が犯人よ！」

後木がみるみる駆け寄って来る。

赤面は一瞬戸惑ったが、相手の体軀に敵わないと判断したのか、近くの横穴の中へ逃げ込んで行った。

後木もその後を追う。

洞窟内に二人の男の駆け回る足音が暫く轟き、続いて、ぼちゃんと重い水音がした。

3

池之端家の居間には、百絵子と御剣、律子に加え、真砂と菖蒲が呼ばれていた。

朱雀は真砂の語りを熱心に聞いた後、菖蒲と話し始めた。

「大年様を見たんだよね、菖蒲ちゃん」

「ウン、ウン……オオトシ様が青面の司の頭を叩いたがヨ」

菖蒲がどこかもじもじと照れながら答える。

「その、大年様の顔を覚えてる？」

「ウウン、顔は見えんかった。ケンドネ、ケンドネ、大きな袋と槌を持っちょったよ。そんでネ、そんでネ、背中の鏡がピカピカ丸く光っちょったの。ダカラネ、ダカラネ、御霊社のオオトシ様じゃち、うち、分かったのヨ」

「大きな袋と、槌を持っていて、背中で鏡がピカピカ光ったんだね……？」

「ウン！　そんでネ、そんでネ、金色の光になって天に帰られたがヨ。それから、こつん、こつんて、大年様の槌の音が聞こえちょったヨ」

朱雀は、じっと目を伏せて考え込んだ。

「先生様、頭の弱い娘の言うことじゃきに、あんまり本気にせんといて下さい」

真砂が気づかってそう言うと、朱雀はにこりと笑った。

「いえ、とても参考になりました。有り難うございます」

朱雀が一礼すると、真砂は菖蒲の手を取って帰って行った。


金色の光になって天に帰ったか……


呟きながら朱雀は、律子達のいる席に戻って来た。

後木も服を着替えて部屋に入って来る。

「申し訳ありません。流れが迷路のようになっていて見逃してしまいました」

後木は濡れた頭をタオルで拭きながら詫びた。

「気にしなくていいよ。憑き物に取り殺されなかっただけでも幸運だと思うよ。それで、洞窟内で何が起こったんだい？」

朱雀の言葉に頷くと、律子は先程見聞きした事を生々しく語った。

「成子様が、清子さんと公康さんの子供やったなんて……」

百絵子が、超越的な生神の夢から覚めたように呆然と呟いた。

「そうよ。結局、平成子様という生神を立てた事自体、小松一族の策略だったのよ。道理で、成子様は小松を贔屓にする訳だわ。

それにしても先生、平家なんて虚構の家を、どうやって作ることが出来たのかしら？」

「そう難しくはなかったと思えるね。

日本の戸籍制度というのは、六四五年の大化の改新がきっかけとなって、庚午年籍がつくられたのが始まりだが、平安後期にはつくられなくなった。江戸時代になってようやく、宗教政策などによって宗門人別改帳がつくられたんだ。

これが実質的な造籍といえるのだが、地方ごとにある寺が作ったものだから、当然、この島だと御霊社が担当したことになる。

だから、平の戸籍を捏造する事など簡単なのさ」

「そうだったの。もう一つ気になることがあったの。成子様の部屋には頑丈な外鍵が取り付けられていたのよ。どうして……」

律子は首を傾げた。

「要するに、生神之宮などと言っているけど、本当は小松一族の座敷牢だったという訳だろ？」

朱雀があっさりと言う。

百絵子は驚嘆の余り、蹌踉めいて壁にもたれ掛かった。

律子も俄には信じがたく、

「そんな……。先生は、成子様が閉じ込められていたと言うの？」

と訝(いぶか)しげに訊(たず)ねた。

「なんだね、君まで成子教の信者になってしまったとでも言うのかい？　それ以外、考えられないじゃないか。閉じ込める目的でなければ外鍵なんて必要ないよ。外部の人に会わないのも、会わないんじゃなくて、会えないんだろうさ」

「でも、祭儀の時には外に出られるのよ。隙を見て逃げ出すことだって出来るはずだわ」

律子が反論する。

「君には出来ても、成子様には出来ない事情があったんだろうね」

朱雀は皮肉っぽく片眉(まゆ)を吊(つ)り上げた。

「とにかく、額田さんを殺したのは、昭夫さんじゃない。清子さんだったのよ。私がこの耳で聴いたのだもの、間違いないわ。昭夫さんを目撃したという小松洋平は、偽証しているのよ」

律子はそう言って百絵子の背中を抱いた。

「そ、それを早く黒松さんに言いましょう」

御剣が言ったのを、朱雀は「駄目だね」と短く制する。

「偽証をあっさり認めた所を見ると、黒松という奴は小松一族と結託しているんだろう。肝心の清子が死んだ今、律子君の話だけじゃ、無罪の証拠としては乏しいんじゃないかい？　まずは一連の事件の犯人と動機を解明する必要があると僕は思うね」

律子と御剣は頷いて、朱雀の細かい質問に受け答えしながら、今まで鬼界ガ島で起こった不可解な神罰殺人に纏わる事柄を説明した。

「ほうっ、突然、人体が燃え上がった？」

朱雀は御剣から今朝の憑き物落としの一件の説明を聞き終えると、椅子の背に凭れかかり、溜息をついた。

「そうですき。一瞬、金色に光ったように見えて、火柱になったがです。火が消し止められた時には、もう見る影もない程、黒こげで……」

御剣が恐ろしげに呟く。

「まるで、稲光のように？」

「ええ、全くそんな感じです」

朱雀の瞳に、確信を得たとでもいうような光が宿った。

「それはまさしく人体発火現象だ。怪異だね。明白な理由なしに人体が燃え上がり、しばしば死に至るという現象は、世界各地で結構記録されているんだよ。しかも、遺体は火葬場で焼かれる以上の高温で焦げているという……」

律子は目を瞬いた。

「そんな事が起こり得るんですか？」

「うん、研究書によるとね、人体発火現象を起こした被害者にはある共通項がある。それは被害者が孤独で、落ち込みがちな、ようするに鬱状態であったという事だ。性別では、男性よりも女性の割合が多い。体格的には、痩せている者より太っている者が多いとされている」

朱雀は妙に事務的な説明をした。

「そっ、その人体発火の原因は？」

御剣が訊ねると、朱雀はニヤリと笑った。

「いや、それが科学的にはまるでオカルトなんだ。最初は大量のアルコールを摂取した人体に何かの火が引火したのだろうとか、太った者が多いので、脂肪分が火力を強くしたのだろうとか言われたんだけどね、やがて、火の気のない所でも人体発火が目撃されたんだねえ……。

興味深い例としては、離婚して父と母に引き取られた兄弟が遠く離れた場所で同時に人体発火して死亡する事件などが起こっている。

つまり、テレパシィ的な物も大きく関係しているようなんだ。うん。それで研究者の結論としては、人体発火は感情の発露がエネルギーとして火焔になったのだろうという事になった」

演劇的な朱雀の口調に、百絵子と御剣は固唾を呑んだ。

「感情が炎に変わったなんて、信じられない……。そんな事あり得ないわよ」

律子が頑として言うと、朱雀は悪戯っ子のような瞳を向けて、

「でもね、君。この島で古くから行なわれている呪詛はそういう物じゃないか？　感情や意志がエネルギーとなって呪いたい相手にとり憑いたり、害を与えたりするんだからね」

そう聞くと、律子はみるみる青ざめた。

「まさか先生……、先生までこの殺人を呪詛だというんですか？」

「そりゃあ、そんな事は考えただけでも怖いよね。でも実際にあるらしいよ。呪詛を受けた人の死体から、針や釘が出てくる事が……」

まさか、と律子が激しく首を振る。

百絵子は、

「本当や、うちも聞いた事ある」

と震える声で呟いた。

「呪詛とは一体何ぞや——。

そうだねぇ、例えば有名な呪い話に、『ツタンカーメンの呪い』なんてのがあるね」

朱雀が静まり返った一同に向かって言う。

「聞いた事があるわ。新聞に出ていたんじゃない」

律子が身を乗り出した。

「そうそう、センセーショナルだったからね。

今から十数年前、ハワード・カーターとカーナーヴィン卿という英国人の調査隊がツタンカーメン王の王墓を発見した。ところが、発掘が始まって三ヵ月後、カーナーヴィンは病に倒れ、病死してしまう。しかも、彼の死の瞬間、滞在していたホテル中の明かりが消えて真っ暗になったと言われている。

そればかりか、発掘隊の中からも数人の死者が出たり、墓を訪問した二人の客が、その日の内に死んでしまったりした。それで呪いの噂が一気に広まったんだ。

おまけに、これをあざ笑ったイギリス古代遺物庁長官、つまり、ミイラを受け取った施設の長官メフレズ博士まで、その四週間後に急死してしまった」

「呪いいうのは、やっぱり本当にあるちや」

御剣が深刻な顔で言い、百絵子と律子も頷《うなず》いた。

朱雀は肩を竦《すく》めてくすくすと笑った。

「いや、ところがだねえ、ツタンカーメンの呪いなんていう物は、発掘したカーター本人が、観光客や野次馬を締め出そうと広めた噂だったんだよ」

「ど、どういう事がや？」

御剣が汗を拭《ぬぐ》いつつ訊ねた。

「つまりね、例えばアフリカの先住民などの素朴な人々は、呪術師の力をとても信頼していてね、呪いをかけられたら死ぬと信じ切っている。だから、呪術師が自分に呪いをかけたと知ると、悩み抜いて食事も喉《のど》を通らなくなり、死んでしまうのだそうだよ。

恐怖の余り、心拍が減少し、麻痺《まひ》を起こす事ぐらいあり得るんだ。

ツタンカーメンの呪いなどは、先住民の宝を無遠慮に奪ってきたという英国人の罪悪感が一役買ってるかもしれない。最近は、植民地や強奪の歴史を反省する風潮もあるからね」

「そういうことも関係あるの？」

「無意識の力だよ。エジプトは『魔術』が誕生した神秘の国だという欧羅巴人の認識。いつか先住民の祟りを受けても不思議でないと思わせる強奪の歴史。

　簡単に言うとだね。例えば、料理屋の親父が、殺した魚の祟りで包丁で手を切る運命だと告げられたとする。しかも、そいつは親父がいつも信心している浅草の観音堂の坊さんの言葉なんだ。すると親父は、それから毎日、包丁で手を切るんじゃないかとびくびく緊張しながら仕事をするうち、自然と手際が悪くなって手を切ってしまうに違いない」

「じゃあ、錯覚とか、思い込みとか、偶然とかそういう事なのね？」

　律子がほうっ、と胸を撫で下ろした。

「いや、そうではなくて、呪術をかけられる側が無意識的にある種の納得をしているということが大切なのさ。

　納得による暗示。そしてタイミング。それが呪詛の力を発動させる訳だね。

　カーナーヴィン卿の場合、死んだのは木乃伊に付着していた黒黴を吸ってしまったのが原因だと言われている。けど、そのタイミングが絶妙だった為に、他の人間にも暗示が生まれて呪いがきいたんだ。

　自己暗示というのは、意外な効能をもたらすものだよ。

この島の人達は、北斗という痣状の印を生神から授かるものだと信じているようだけど、これはヒステリー転換という物でね、ある極端な感情や信仰的恍惚状態に捕らわれた時に、つまり自己暗示にかかった状態にある時、体に傷を出現させる心身症的能力なんだ」

騎虎の勢いでまくし立てた後、朱雀はほっと息をついた。

「し、心身症的能力？」

百絵子が怖々と訊ねた。

「人間の秘めた精神力という物は、影響の善し悪しは別として、それだけ強いという事さ。呪詛や奇跡を起こす力は、自らに内在しているんだ」

朱雀が答える。

「待って……。先生は御霊社の生神の事を、本物の憑き物だと言ったけど、正体を知っているの？」

律子が詰め寄った。御剣も身を乗り出す。百絵子は恐怖の予感に固く目を閉じた。

4

一同が、いよいよ問題の核心が明かされる時がきたと、耳を欹てたにもかかわらず、朱雀は肩が凝ったというように首をぐるりと回し、茶を呑みだした。

一同が、じりじりとしている間、話す順序を頭の中でゆっくり整理した朱雀は、やっとのことで語り始めた。

「御霊社の憑き物、これからそれを説明するとしよう――。

憑き物になるような式神には、二種類ある。

一般的に式神の使役術としてよく知られているのは、『召鬼法』という術法だ。ここの太夫達が使役する五式王子などはこの類に入る。

もう一つは巫蠱という術法だ。生神の式は、恐らくこの巫蠱の術だろう」

「どんな風に違うの？」

「『召鬼法』というのは、平たく言うと、鬼を操る術だよ」

「頭に角の生えた？」

律子が両手の人差し指で角を作り、頭の上に差し出すと、朱雀はまるで目が見えているかのように首を振ってそれを否定した。

「鬼というのは、霊的な物全てを指すんだよ。

邪鬼、精霊、神霊の類もあれば、動物霊や人霊、恨みを晴らす事が出来なかった人霊である所の怨鬼だとかね。だから犬を殺して、その霊を使役する狗神や、狐となった人霊を使う人狐などの式も、『召鬼法』の一つだね」

「だけど、霊なんていう物を、どうやって操ったの？」

朱雀は人差し指で、卓をコツコツと叩きながら、

「それが術というやつでね、符、水、剣という三道具が必要となる。

方士は、呪いを使って鬼を招き、鬼が苦手とする符や呪言を使って、これを使役する訳だ。

使役する為には、まず鬼という怪異の正体を見極める事が重要となるんだね。

水鏡は、鬼の正体を映し出す道具として使われ、実際の指示を与える時に剣を使う。

時に、清子は嘯の技を使えるのは、自分と成子だけだと言ったんだね？」

「ええ」

「小松本家の母系には、嘯の技が伝わっていたのか……、これは貴重だ」

「嘯って何なの？」

朱雀が一人納得しているので、律子が説明をせっつくと、

「嘯と言うのは、言語としての意味を持たない純音の音声の事だよ。

舌、歯、唇で呼気を調整しながら高低強弱を自在に発する特殊な発声法でね、技法としては外激、内激、含、蔵、散越、大沈、小沈、疋、叱、五太、五少の十二法があると言われている。中国、晋代には成公綏という嘯の名手がいた」

「何か凄そうな物だけど、それとさっきの式の話は関係あるんですか？」

「大ありだよ」

朱雀が身を乗り出して頬杖をつく。

「今や幻の口技となった嘯は、

『それ嘯は陰なり。呼は陽なり。

陽は魂を主り、陰は魄を主る。

故に必ず嘯呼して以てこれを感ぜしむるなり。

吹指長嘯すれば
山禽数十百隻ありて声に応じて至り、
毛彩怪異、人よく識るなり』

と言われ、式の呪法にはなくてはならない技なんだ」

なんのことか分からず、律子達が瞠目したまま無言になっていると、後木が咳払いして、

「簡単に言うと、鬼や動物などを集め、操る技です」と言う。

朱雀は、うんと頷いた。

「それが、式神のもう一つの術に必要なんだよ」

「さっき、巫蠱とか言っていた方の？」

「そう、巫蠱の蠱とは、虫や小動物の事さ」

「虫と小動物？　何だかあんまり怖くないわ」

ねえ、と律子が同意を求めて百絵子達を振り返った。

「いや、律子君……それこそが、鬼よりも何よりも恐ろしいのだよ」

朱雀の瞳が異様な凄みを帯びて光る。

「巫蠱は、雑多な小動物、虫などを使って人を呪う妖術だ。これによって人を病や死に至らしめる。一方、これを使役している放蠱の家は、財宝を蓄える事が出来ると言われてい

る」

「何だか憑き物の話と似ちょる……」

百絵子が震える声で言った。

「そうだよ、憑き物も、狗や狐やクダのような小動物だよねえ。憑き物の迷信は、巫蠱の流れをくんでいると思える。例えば、巫蠱の中で一番、有名なものに食錦虫というようなのがある」

「食錦虫？」

百絵子が不思議そうに繰り返した。

「ああ。黄金虫の幼虫なのだけどね、これに蜀の国の錦を食べさせて育てるんだ。そうすると虫は猛毒を持つようになる。

この虫の糞を飲食物に混ぜて人に食わせて毒殺し、財を横取りする目的に飼うのだよ、恐ろしい話だよね。

虫が一旦家に住み着いたら最後、絶滅させることは不可能で、人の腹へ入って胃や腸を食い尽くしてしまうと言う。だからね、窮余の策として、箱などに金銀財宝を入れて虫と共に捨てるんだ。

これを知らずに拾う人がいると、虫も又その家に移っていくと言われている」

「黄金虫の幼虫にそんな力があるが！」

百絵子が驚いて叫ぶと、朱雀はあっさりと、

「余り信憑性はないね。単なる虚仮威し、迷信の類だろうね」

と肩を竦めて笑った。

「先生ったら、ほんとに人が悪いわ……」

律子が溜息まじりに言う。

「話にはまだ続きがあるんだよ。確かにこの手の話には、実際のところに尾鰭がついて怪力乱神になった物が多いけれど、信憑性のある物も確かに存在するんだ。

蠱の中でも、特に強力な蠱に『伝屍虫』と呼ばれる物があってね、こちらの方はかなり現実性がある。名の通り、死を伝える虫だ」

「死を伝える虫……例えばどんな物が？」

「そう、鼠、蚤、ダニ、蛾、亀、蛇、百足、海月、蜂などがある」

「蚤や亀なんてどこがどう怖ろしいの？」

律子が首を傾げた。

「蚤や亀等は伝染病を媒介するからだよ。海月、百足、蛇、蛾、蜂は、人を殺すほどの非常な毒性を持つ物がいるだろう？」

「ああっ、そうだわ！」

「あと蟹、海老なども数えられるが、これはそれらにつく特殊な寄生虫が人体を死に至らしめるほどの力を持っているからだ。

蠱という字は皿の上に三匹の虫と書く。これは容器の中に様々な虫を入れる所から来ているんだ。

蠱毒というのを知ってるかい？

一つの瓶の中に、百足、蛇、蝦蟇、家守、蠍を入れて密封して置く。するとそれぞれが共食いをし、相手のもつ毒を吸収する為に、最後に残った毒虫は、強力な毒性を持つ物になる。それを相手の家の敷地に埋めたり、呑ませて相手を殺すんだ。

詰まるところ僕が言いたいのはね、巫蠱の術は常に、毒性の強い生物を人工的に作り上げる作業を伴っているという事さ。

病原体のウイルスを持った鼠などを育て上げ、呪う相手の家に放せば、実際の殺傷力を持った呪詛が完成するんだよ。

クダなどの伝承は、恐らく鼠を使った巫蠱ではないかと僕は思う。クダ使いが死んだ後は、妙な流行り病が付近に広がると言われているからね」

律子はなんだか疲れてきて、薄ぼんやりとした相づちをうった。

「なんて怖ろしい……」

百絵子が当惑の面で呟く。

「朱雀さん、貴方には、大年神の正体が分かっちゅうがや？」

御剣が強い語調で訊ねる。

「勿論、『子の神』なのだから鼠だ」

「鼠？」

誰もが不満気に訊ね返すと、朱雀は足を組み直して、さらに、なぞなぞのようなことを言ってのけた。

「そうだよ。しかも只の鼠じゃない。暖かくて、洞窟が無数に存在する——この島の自然条件になら沢山生息していそうな空を飛ぶ鼠だ。

伝承でも夜光雲から『子の神』が現れたと云ってるのだから、その鼠は空を飛んでたということだろう。しかもぴかぴか光っているわけさ。

そいつが群を成していると、夜光雲になるんだ。不思議な鼠を見たものは、それを霊物だと信じたんだろうね。まさに大黒天様のお使いさ」

けらけらと朱雀が声を上げて笑った。

律子はもう我慢しきれず、

「からかわないで先生。ぴかぴか光って空を飛ぶ鼠なんて、いるわけなくてよ。お願い、勿体ぶらずに教えて！　大年神の正体とは一体、何なの？」

と腰に手をあてる。

「なんてことだ。空を飛ぶ鼠とまで言っても分からないのかい？

空を飛ぶ鼠、それはね、伝屍虫の一つにも数えられている小動物、蝙蝠さ。しかもどうやら特別な種類のね」

朱雀は笑いを止めて、さらぬ体で答えた。

5

「蝙蝠！」

律子と百絵子は同時に叫んだ。

「蝙蝠というのは、まさに福の神なんだよ。僕は上海生まれなんだが、縁起担ぎの中国人は蝙蝠の音読みが、『遍福（へんぷく）』である事から、『遍（あまね）く福をもたらす幸福の虫』と言ってる。これは島の伝承にも一致するよね。

蝙蝠は洞窟や古井戸などに生息するが、この島には洞窟が多い。きっと、島の内部にはこいつがうようよ居る筈（はず）だ。

御霊社の御土というのは、おそらく蝙蝠の糞だ。それも長年洞窟に蓄積して化石化したやつだ。島の洞窟に無尽蔵にあるはずさ。蝙蝠の糞ってのは良質の肥料となるので、熱帯地方では売買されているくらいさ」

律子は洞窟の中で手にした黒い米粒のようなものを思い出して、大きく頷（うなず）いた。

「だけど、先生、蝙蝠がどうやって、人や動物を狂死させたりするの？　それに、光る蝙蝠なんて聞いた事ないわ」

朱雀は沈思するように、静かに瞳を閉じた。

「ある条件があれば、全てが説明できる」

「条件？」

「普通の蝙蝠は蚊や蠅などの昆虫を食べてくれる益獣で、人間に害はないのだけれど、これが血吸となると話は別だ。

恐らく伝屍虫として使われている蝙蝠は血吸蝙蝠に違いない。彼らは伝染病を媒介する死の使いだからね——。

血吸が日本にいたという報告はまだ聞いたことがないから、とても珍しいことだよ。

ところで、精神異常を引き起こすような伝染病と言えば脳炎や狂犬病などが考えられる。特に狂犬病は、血吸蝙蝠の八割がウィルスを持っていると云われているけど、狂犬病の場合はそんなに感染力の強いものじゃない。

鬼界ガ島の歴史に相応しい伝染病なら、恐らく脳炎だろう」

「脳炎！」

律子達は顔を見合わせて叫んだ。

「ああ、血吸蝙蝠は余程のことでないと人間を襲わない。どちらかと言うと家畜が専門だ。しかし、脳炎がある程度の数家畜に発病すると、蚊が二次的に媒介して人間に病気を広めるだろうからね。

脳炎とは細菌が体内に入り、中枢神経系を侵す病気で、体液や血液を通して感染をする。発病を引き起こす細菌の種類は一様ではなく、現在知られているだけでも十数種類あり色々だ。おおよそ初期症状として、頭痛、発熱、吐き気、嘔吐などが起こる。次に意識障害や精神症状が現れるようになる。物が二重に見えたり聴覚障害が起こったりして、最後には昏睡状態に陥る。急性期には顔面に麻痺が現れるね」

「そうやわ……。お父ちゃんは確かにそんな風やった。そしたら、蝙蝠に殺されたがや？」

百絵子は両手で顔を覆い、涙声で訴えた。

「そうだろう。大年神に襲われたら治らない裂傷が出来るのだろう？

血吸蝙蝠はね、門歯と呼ばれる歯で嚙み裂くようにして相手を傷つけ、その血を吸うんだ。一匹につき二十ミリリットル程度しか血を吸わないので、余程の大群で襲われない限り、失血死する事はない。けれど、血吸蝙蝠の唾液には抗凝固蛋白質が含まれているから、嚙まれた傷口が塞がらず、いつまでもじくじく痛んで血が流れ続けると言われている。

おそらく御霊社に捧げる生贄は、蝙蝠が外に出て無闇に家畜や人に害をなさないように餌付けしているのだろう。

神罰とはつまり、飢餓状態にした蝙蝠を、呪う相手の家にこっそり放つ事、まさに巫蠱の術なんだ。血吸蝙蝠が嚙む時には、相手の皮膚を嘗めて柔らかくする技を持っているから、寝ているうちに襲われればあまり痛みも感じない」

「ひ、光っちょるのは何やが？」

御剣が訊ねると、朱雀は余裕の笑みで答えた。

「詮ずるところ、それは生物発光だろう」

「生物発光とは……？」

「生物発光というのは、発熱を伴わない生体から起こる光の放出を言うんだが、僕達がよく知っているのは蛍の光だ。これは、生物の体内にあるルシフェラーゼという酵素とルシフェリンという酵素の化学反応によって生じる光なんだ。

細菌類、藻類、菌類、それから多くの無脊椎動物にはこういう生物発光をする種類があってね、蝙蝠が住む洞窟や、あるいは深海などの太陽光線が射さない場所に繁殖していることが多い。蝙蝠が生物発光をする細菌などに感染したと考えると、どうだい？」

「だから光っているというわけなのね」

律子は興奮のため、大きく胸を上下させた。

「そがいなもんじゃったか……」

御剣は呆然としている。

「充分にあり得ることだ。例えば、海老などの一種にも発光バクテリアに感染し、共存しているものがある。そいつは干し海老にしておいて、水に浸すと本が読めるほどの光を放つらしい。おそらく蝙蝠が吸血をする時に、これらの細菌が人に感染するんだ。すると細菌が体内に繁殖し、人体が生物光を放つという不思議な現象が起こるのだよ。

そう考えると細菌は血液中でよく繁殖する溶血性のものなのだろう。しかも人間に感染した場合は脳炎を引き起こす。ある種の動物には無害でも、他の動物には有害となる細菌があるからね。インフルエンザなども、もとは鳥の持っている細菌で、鳥には無害らしいが、それが人に感染すると御存知の通り死に至らしめることもある」

「そんな蝙蝠の糞を畑の肥料にしていて大丈夫なんでしょうか？」

と百絵子が心配そうに訊ねる。

「感染経路が違っていれば、そう憂う必要はないよ」

「けど、蝙蝠なんて物を、そうも自由自在に操る事が可能なの？」

「野暮なことを云わないでくれよ律子君、サァカスでは、いろんな猛獣を飼い慣らしているじゃないか。

浅草の見世物じゃあ、小鳥だって、二十日鼠だって芸をする昨今だよ。

蝙蝠ってのは、ああ見えても意外と頭がいいんだからね。

それに、嘯の技があるさ――。

動物の聴覚域は、人間と違っていて、超音波や低周波に特別な反応をする種族が随分いる。犬笛などはそういった特殊な超音波を使って犬を呼ぶ訳だよね。

嘯の技を用いれば、超音波や低周波を用いた動物の呼び声や、警蹕を真似る事もできる。だから嘯の名人は、鳥や鼠、猿などの動物を自由自在に招き寄せ、操れたと水滸伝や封神演義にも記載されているぐらいだ。

数百年の間、代々餌付けされて訓練された蝙蝠なら、よく言うことを聞くと思うよ。

成子様は今の世に貴重な本物の巫蠱使いなんだ。僕としては何よりそっちのほうに興味があるね」

律子は深夜に聞いた物音を思い出し、胴震いした。

あれは本当に死の使いが通り過ぎる音だったのだ。

「伝染病を持った血吸蝙蝠（こうもり）……。そんな物が辺りを飛び回ってるなんて、考えただけで鳥肌が立つわ」

「全くそうだ。この島の人達が平気で暮らしているのは、『知らぬが仏』だからだ。

だけど、御霊社だって大変さ。蝙蝠を操るといったって、餌を保証しなければならないし、厭（いや）になったからと止（や）める訳にもいかない。何百年も飼い続ければ凄（すご）い集団（コロニー）を形成しているだろうし、もう立派な憑（つ）き物になる」

「どれぐらいいるのかしら？」

朱雀は浮かない顔で、

「さて、最低だと数百匹、最高だと二万匹くらいじゃないかな」

「二万匹！」

と百絵子が掠（かす）れた悲鳴を上げ、御剣が心配気に百絵子の体を支える。

「大体、変な物を祀（まつ）るから取り憑かれる訳でしょう。初めからそんな事しなければいいのに……」

律子が割り切れない気持ちで呟（つぶや）くと、朱雀は険しい顔をした。

「憑き物信仰というのはね、民間に流布（るふ）した陰陽道（おんみょうどう）の影響だ。だから、富を目当てに狗神（いぬがみ）などを祀った家も勿論（もちろん）あるんだが、無理矢理に祀らされる場合もあるんだ」

「ま、祀られるとはどがいな意味や？」

御剣が訊ねる。

「憑き筋と言われる家には、周囲から『憑き筋』というレッテルを貼られて否応なしに祀っている場合が結構ある。そして一旦、憑き筋と判断されると、村に何かある度に、『お前のところの憑き物が悪さをしたから、ちゃんと祀れ』と催促されちまう。

小松一族はね、疫病が流行ったのを平家の祟りだと責められて、いやいや御霊社を祀ったのかもしれないよ」

「……八分にされ、怨霊を祀らされ、それが小松の島民への怨みを育てたのよね。清子さんが言っていたわ……。

だけど、誰がそんな事を強制するの？」

律子が憤慨した。

「現在は、当然、小松流の太夫たちが憑き筋か否かの判断を下すんじゃないかい？」

朱雀は淡々と言う。

「ええ……。けど、ずっと前から憑き筋って言われてる家はあったと聞いちゅう……」

百絵子は不安気に答えた。

「つまり小松一族が居ても居なくても、この島はそういう場所なのさ。憑き筋の需要があるんだよ。

話を総合するとだね、小松の先祖は、元々陰陽道めいた鬼道を操る一族だったようだ。

それで彼らは『鬼』と言われて八分になったんだろうね。

こういう閉塞型の社会で、八分になるってのは死を意味しているんだが、小松一族はこの島に生息する蝙蝠たちと共生することで、生きる活路を見出したんだ。その一つが糞などの活用だよ」

「昔、この島では作物が育たず、漁業が主体やった言われちゅう。それが御霊社の領地だけは実りが豊かになったきに、大年様はますます福の神として信仰されるようになったそうや。島民の数もそれから増えたって……」

百絵子が震える声で同意した。

「大年様様だね、ある意味では……」

朱雀が口の端を歪めて、虚しげに笑う。

「憑き筋の需要いうのは、どがいな意味です？」

御剣が固唾を呑んで訊ねた。朱雀は億劫そうに伸びをして、

「地方に行くと必ず憑き筋なんて風に噂される家ってのがある。そして『憑き物筋の家』と言われる所には『新来の成り上がり者』が多いんだ」

とつまらなそうに言った。

「そうやわ」

と百絵子は頷いた。

「中村さんの所も、お祖父さんの代からお金持ちになったと聞いちゅうよ」

「そうそう、急速に財産家へと成り上がった者への、周囲の人々の羨望、嫉妬、悪感情などが『憑き物筋の家』を作り出すんだねぇ」

「お、恐ろしい事じゃ……」

御剣が呟いた。

「どういう意味です？」

きょとんとして律子が首を傾げる。

「やれやれ……」

朱雀は溜息をついて、

「簡単に言ってしまえば、人間の脳は臆病で、やたらと安定したがる癖を持っているということなのだよ。

例えばさ、理不尽なことがあると、何かに八つ当たりをしてみたり、自分に間違いがある場合は余所に責任を転嫁したり、理解できないことや分からないことがあると、取りあえず霊とか因縁だとかいう実体のハッキリしないことを理由にしてまで、早いところ答えを見つけて安心しようと無意識に機能する。

その安定渇望たるや理性を凌駕するほど甚大でね、人間の目を曇らせ、行動を振り回すのさ。

この島のように閉鎖的な環境になると、生活に必要な物は、その中に於いて限られた数ないし量しか存在しないだろう。その為に、誰かが裕福になれば、誰かが必ず貧窮する。

例えば、土地の増減などはその典型だよ。

誰かが急速に財を成し、土地を買収して地主に昇格すれば、明らかにその分の土地を誰かが失っている事になる。まして、その誰かが『新来の成り上がり者』であれば、取られた側の憎しみは何をか言わんや、だ。

こういう狭い社会における土地争い、境界争い、物資の奪い合いは、しばしば刃傷沙汰(にんじょうざた)に及ぶほど深刻な問題となるからね。

そして、個人の富の独占は、村の中に不和や不安を発生させ、人々の精神は不安定になる。

そこで、誰かが裕福になりすぎると崩れてしまう精神的、物質的均衡を取り戻さんがため、あるいは日頃の不安を昇華させる為に、所有しすぎた者に対して『憑き物筋の家』というレッテルを貼る。

すると、その家は忌まれ、畏(おそ)れられる存在となり、超自然的存在の名を借りた制裁が行なわれ、共同体は安定を取り戻す。

小松一族の場合は、島民が等しく恐れる落人(おちうど)の祟りへの畏怖(いふ)を、つまり島民に内在する不安定要素を逆手にとって利用したのさ。でも、怨霊に支配されているなんて、またしても不安の材料じゃないか、そこで安定を求める共同体の脳が、何時の間にか怨霊を生神にすり替えるという珍妙なトリックまでやってのけるんだ」

恐るべき早口で朱雀が捲(まく)し立てた。

「何とかもっと理性的な方法で、財の取り合いを無くす事はできないのかしら……」

律子が苦悶した声で訊ねると、朱雀は遠い目をした。

「そうだね……。限定された富を分け合う社会が平和的に維持される為には、人々が自粛してできるだけ平均的で質素な生活を心がける必要があることは事実だよ。

それをどういう方法で戒めるかだが、人間は貪欲に安定を求める厚かましい動物だから、これがなかなか制御が利かないんだねぇ。たとえ、どんなに良好な経済機構や政治機構を作ったとしても、人間の脳をそこにすっぽりと納めることは出来ないだろう。

この島に限らず何処でだって同じことだよ。大きな規模でみれば、人類は地球という島の中で、ここと同じ行為をしているのさ。

脳は安定を求める。その安定は、他者より有利な立場に自分があるという実感によって成立する。ところが、逆に他者に優位に立たれた方の者は安定しなくなる。それで互いが相手より優位に立とうと鼬ごっこを繰り返す。

安定を求める脳の構造こそが、不安定を生み出す原因になる。二律背反だ。

人間は厄介な代物を頭の中に持っているよね。僕達が真に克服すべきは、この臆病な脳の構造なんだ」

御剣は思い出したように手を打って、

「あの久江いう娘の狗神憑きはどがいながです？　あの跳躍力は信じられん程じゃったきに、犬みたいに唸ってもいましたけんど」

と訊ねた。

「憑き物でないとしたら、ヒステリーの一種とも考えられるね。ヒステリー発作に陥ると、か弱い女性でも、もの凄い馬鹿力を出したり、異常な運動能力を示す場合がある。けどね、同じ物を見ても、医者はヒステリーといい、宗教者は憑き物だという。それがなんであるかの判断は観測者によるところが大きい。真実はどこにもない。脳の見せる幻があるだけだ。まぁ、僕は科学を妄信している訳じゃないから、霊現象の全てが嘘だと思わない」

朱雀は苦々しい顔で答えた。

「憑き筋の女言われたら、結婚も出来んようになる言われちゅう。そげに追い詰められて、神経性の発作を起こしたんがや……」

御剣は悲しげに呟いた。

「そうかも知れないね。いずれにせよ、そうやって家が徐々に絶えていくんだから、怖ろしい制裁だねぇ。生き残る為の野蛮な力学が、僕らの行動を支配しているのだねぇ。

小松の家も、異常な圧力や特殊な環境の中で、家を絶やさないためには近親相姦という非常手段をとらねばならなかった。それが守り神の誕生を経て、一族の間で神秘化され、宗教的な儀式となったんだろう。

初めは人の脳が生み出す不安の幻影であっても、長い年月経てば、やがてはちゃんとした実体を持つようになるのさ。憑かれた人間と、その周囲の社会が共同で生みだした生存競争の怨念霊、それが憑き物なんだ。だけど所詮、不安から生み出されたような代物は、最後にはどちらにも祟りをなすんだよ……」

この島に根深く絡みついていた恐るべき憑き物信仰と御霊社の秘密とが、人の心の深淵を抉るような痛みと共に、朱雀によって語られたのである。

虚空に引きずり込まれるような沈黙が暫く部屋に漲った。

「それにしても、五行の殺人なら、あと二人犠牲者が出るかもしれない。木は土を損ない、水は火を損なうが残っている」

静まり返った部屋に再び朱雀の声が響いた。

「先生、まさかあの赤面も殺されると言うんですか？　あの人が犯人なんでしょう？」

「せっかちだね、君は。この段階で犯人はまだ断定できないよ。ただ、こういう殺人をするようなタイプの犯罪者は妙に律儀だから、どこかで辻褄を合わせる可能性が高いね」

朱雀がすげなく答える。

「でも、赤面は事件の鍵を握っている筈よ。何しろ、御霊社の正統な跡継ぎだなんて言われてたんですもの。赤面の正体は小松直虎。百絵子ちゃん知ってるでしょう？」

百絵子は力なく首を振った。

「そんな名前の人は聞いた事ないわ。少なくとも十二家の中におらんのは確かやし」

「それは奇怪しいわよね。司は十二家の中から選ばれると決まってる筈なのに。……先生、どう思います？」

朱雀は、ぐっと眉間に縦皺を寄せた。

「そうだねぇ、そろそろ額田という人の家にでも行ってみようか」

「でも、額田のお婆さんの家は、警察の人が立ち入り禁止にしてるから無理やわ」

朱雀は事も無げに、

「百絵子さん、僕は元検事で、弁護士なんですよ。警察にはよくよく顔が利くんです。この事件を担当している宮本刑事が、今頃、首を長くして現場で待っている筈だ」

「まぁ、そんな事が出来るの、先生？」

律子も驚いた。

「帝大時代の学友で田所ってのが高知県警の署長だからね。君、知らないのかい？　日本の警察署長は全員、僕ぐらいの年齢の帝大法学部出身者なんだ。知り合いなんだよ。彼が連続殺人のことを知らないようだったから、友人として忠告してやったのさ。まぁ、これは僕の伝家の宝刀だがね。

さて、担当の刑事はさぞかしカチカチになって待機してることだろう」

朱雀は立ち上がった。

6

一行は日暮れの道を額田の家へ向かった。

額田の家の玄関先で畏まって待っていた宮本刑事は、朱雀の姿を見るなり、駆け寄って敬礼した。

「朱雀検事どの、今回の捜査に協力下さるとの事、まことに恐悦至極です。私は高知県警捜査一課、宮本健夫刑事であります」

朱雀は片眉を上げて、

「ああ、よろしくね」

と片手間な返事をした。

「堅苦しい挨拶はなしにしよう。現場を調べさせてもらうが、いいかな？」

「はっ、どうぞ」

調べるといっても、朱雀自身が何をする訳でもない。後木が事細かに現場状況を説明している。

律子達は所在なげに、玄関付近で身を寄せ合った。宮本刑事は室内をうろうろと歩き回っている。

黙って後木の報告を聞いていた朱雀の瞳が、ある時きらりと光った。

「大年明神？」

「はい、西の障子に手書きで……」

「へえ、何とも大胆だな」

朱雀は肩を竦めると、律子を呼んだ。

「律子君、殺された額田という人が昭夫君に告げた言葉は何だったかな？」

「『二十七年前の呪い』という言葉と、『夕日が沈む頃に、大年様に訊ねろ』です」

朱雀はにっこりと笑い、皆を障子の前に集合させた。

「諸君、ここに大年明神がある」

すると、宮本は不思議そうな顔をした。

「大年明神？　こりゃあ、大黒天じゃないがですか」

「この島では大黒天が大年明神と呼ばれているんだ。現場周辺の情報は、よく頭に入れておき給え。捜査の基本だよ」

朱雀が棘のある口調で言うと、宮本は赤い顔をして頭を下げた。

「はっ、以降気を付けます」

それを見ていた律子は、この刑事に同情した。こうしたタイプの人間は朱雀の餌食になり易い。

「さて。殺された額田タネは少し気が触れていて、逮捕された昭夫君、黒松巡査、そしてこの御剣君に向かって、死ぬ前日、『夕日が沈む頃に、大年様に訊ねろ』という謎の言葉を残している。

そして、この部屋の西側の障子に、見てくれとばかりにでかでかと大年明神がいる。丁度、夕暮れだ。この明神が何を語るか、皆で聞こうじゃないか」

百絵子は不思議そうに、

「御霊社の大年様の事じゃなかったが？」

「そうとは限らないだろう。わざわざこんな所に手書きで大年神を描いた意図があった筈だよ。そう思わないかい、宮本君？」

朱雀が皮肉たっぷりに言うと、宮本は縮こまった。

障子に描かれた明神が、何を語ると言うのだろう。朱雀の命令で、後木がその障子を閉めた。

西の窓から燃えるような入り日が、みるみる部屋の中に射し込んで来ると、障子に異様な文様が浮かび上がって来た。

「ああっ、こりゃあ気味の悪い模様じゃ！」

宮本の声がひっくり返った。

「何だい？」

朱雀が訊ねる。

「字のようですが、読めません」

後木が答えた。

「宮本君、障子を剝がしてみたまえ。中に隠されている物が透けているのかもしれない」

宮本はさっそく障子を外し、用心深く紙をめくった。障子紙は二重になっていた。そして、その間から、ぱらぱらと文字の書かれた紙が大量に現れたのだった。

「書類が沢山出てきたわ、先生！」

律子が叫んだ。

「ふん、呆気ないくらい簡単な『謎かけ』で拍子抜けするね……」

朱雀は白けた声で呟く。

その数枚を手に取った宮本が呻いた。

「こりゃあ、出産記録じゃ、それに日記のような物がありよります」

「額田タネは清子の弱味をしっかり隠して、昭夫君達に託していたから、笑いながら逝ったんだ。いつか清子が自分のことを殺すのも計算していたのかもしれないね。これがタネの復讐の仕方だったのだよ」

「何がですか？」

朱雀は我が意を得たりという表情で顎を撫でた。

「タネはこの島唯一の産婆だったからね。律子君、これで分かるかも知れないよ」

「直虎という謎の人物の事さ」

「そうだわ、この島の人間なら、額田さんが取り上げているかも！」

「だろうね。それに成子様の記録もあるかも知れないね」

宮本は朱雀と律子の顔を交互に見た。

「だ、誰ですが、その直虎言うのは？」

「御霊社の女神主・小松清子を刺殺した犯人だよ」

朱雀が憮然と答えた。

「ええっ、小松清子が刺殺じゃて！」

「ああ。そしてこの律子君が犯行を目撃している」

「そ、そげな事、早う言うておうせ。げっ、現場は何処ですが？」

朱雀は力無い口振りで、

「迂闊に近寄れないんだよ」

「ど、どういう事や？」

すると、朱雀は思いっきり派手な溜息をついた。

「まったく、田所君には同情するよ……。

君、宮本刑事とか言ったっけ、一体、何を調べているんだい？　さっき島に着いたばかりの僕の方が事件の事をよく知ってるなんて、妙じゃないか。

そんな事じゃあ、この凶悪な連続殺人事件が迷宮入りになって、田所君のキャリアには大きな失点だ。君、責任取り給えよ」

宮本は目を白黒させて、大汗をかいた。

「さあ、今から日記と出産記録書を手分けして全部、照合してみるんだ。律子君、百絵子さん、御剣さん、頼んだよ。

後木は僕と一緒に、宮本刑事からの報告を聞かせてもらおう」

朱雀が有無を言わさぬ強い調子で宣言した。

7

宮本がハンカチで汗を拭き拭き、報告書を読み上げている。朱雀は退屈そうに欠伸をしながら聞いていた。報告を聴き終わると、朱雀はおもむろに宮本に訊ねた。

「それで、川から流れてきた女性の身元は分かったのかい？」

「そ、それが分からんのです。浦戸の船頭も仏を見た覚えがない言うちょりますし、地元でも知る者がいない訳で……。それと両手は先天的な異常じゃちゅう事ですが、足のほうは事故やと、検死医は言うちょります」

「事故ねえ……」

朱雀は照合作業をしていた御剣に声をかけた。

「御剣さん、貴方、黒松さんと一緒にその女性を川から引き上げたそうですね、現場の様子は？」

「ええ……神事の最中やのに、川辺で人が騒ぎ始めたきに、何かと思うたら、人が……」

御剣は作業の手を休めずに返事をした。

「その後、現場に額田さんが現れて、謎の言葉を告げたんですね？」

「黒松さんが野次馬を追い払った後、額田さんが現れたんですき」

「その時、側にいたのは？」

「駐在の黒松さんと昭夫さん、それから葬儀場の久枝彦さんと僕ですが」

朱雀は一寸考え込んで、今度は宮本に質問した。

「青面司の殺害現場にあった大年像は確かに金属製だったんだね？」

「はい。警視どののご命令を受け、直ちに削り取った像の成分を調べました所、ジュラルミンによく似ているということです。

しかし、ジュラルミンはこの島では生産しちょらんそうです。

となると、どこから運び、何処でどう作ったか？　ますます謎なんですな。

計算すると、像の重さは二百八十キロになりますきに、四、五人で運ばなければならず、まず一番近い鋳物屋で作ったとしても、その重さをもってして、途中の橋は渡れんのです」

「ジュラルミンに似てるかぁ……、で、青面の遺体は検死したろうね？」

朱雀が鼻にかかった声で訊ねた。

「はい、先程、葬儀場に行った検死官より報告を受けた所によりますと、死体頭部の陥没具合と、槌の形がぴったり符合しちょります。ですから像が手に持っちょった槌に付着した血痕は、後からなすり付けた物ではなく、被害者の頭を打撲した時に付いたと思われます。……何とも不思議ですがや？」

「御霊社に残された台座には、緑色の金属の粉が少し付いていたわ、先生」

律子が言うと、宮本は慌てて報告書を捲りつつ、

「そ、それは我が署でも確認しちょります」

と告げた。ううむ、と朱雀は唸った。

「手掛かりは、大年神を目撃した菖蒲の証言だけか……。今のところは怪異としか云いようがないな。ところで焼死した白面司だが、護摩壇からどれぐらい離れた距離にいたんだい？」

「目撃証言から計測しますと、約一メートル半程度離れちょりました。護摩壇と被害者との間には、人が三人も居たちゅう事ですきに、これもまた不思議で、しかも、被害者の体は二百度強の熱で燃えちょる事が判明しちょります」

「そうか、よく分かったよ。で、黒面の方は？」

「は？」

「お腹から石が出てきた小松富作さんの事よ」

律子が横から口を出した。

「そ、それは、まだ……」

宮本が報告書を見ながら冷や汗を流した。

「死体が焼けたんじゃ調べ様もないか。じゃあ、富作から出てきた石については、久枝彦という青年の話を聞いてみるとしよう」

その時、百絵子が、

「あった！」

と大声を出した。

一同が百絵子の周りに集まる。

「直虎という名前が出てきゆうが。ほら、これが出生記録やき。父、小松公康、母、芳子、明治四十二年二月九日生、体重三千二百グラム、男子。こっちが、それに関係ありそうな日記や」

二月十八日
芳子さんの肥立ちは悪く、まだ目が離せる状態にはならず。

芳子さんが産んだ子供を、公康様は直虎と名付けられた。奈津子様は、生まれてくる赤ん坊を、病死と偽って始末するようにとお命じになったが、私にはとても罪のない子供を殺すことは出来ん。

芳子さんにそれをうち明けると、子供を連れて逃げるという。

芳子さんは何故か、生まれてきた子供が、池之端一郎さんの子と信じ切っていて、私に一郎さんと連絡をつけてくれと言われる。

妊娠時期を考えると、あり得ない事なのに……、私は迷ってしまう。


律子が日記を読み上げた。

「公康さんは御霊社の先代の禰宜さん、奈津子さんは、その奥さんやった人ですき……。

奈津子さんには男の子が生まれんかったから、芳子さんに嫉妬して、赤ん坊を殺そうとしたんや。それで芳子さんは逃げたんやなあ。芳子さんを追いつめたのは、司達やったと聞いちゅうよ」

百絵子は気の毒そうに言った。

「直虎は先代宮司と芳子さんの間に出来た子供だった。という事は……芳子さんに抱かれて海に飛び込んだけれど、赤ん坊の方は生きていたって事なんだわ！　その赤ん坊が、司達を殺してお母さんの仇を討っているのよ。額田タネの言ってた二十七年前の呪いって、そういう事だったんだわ。

それに赤面は自分のことを地獄から戻ってきた悪霊だと云ってたし……。先生！」

律子が叫んだ。朱雀は小さく頷く。

次に御剣が紙の束を差し出した。

「僕も見つけた。平成子についての記述ちや。

父、小松公康、母、清子……。

日記の方は二つありますがや。一つは『成子様、無事、お生まれになる』。もう一つは、『成子様は常と違う印を顕わされたので、公康様は大いに当惑されて、いつもの事をお止めになった』」

「この公康ちゅう男は、なんぼ程、外で子供を作りよるがや、鬼畜ですなぁ」

宮本が呆れ返った顔で言うと、朱雀は、ふっと鼻先で笑った。

「驚くべき事は、彼が艶福家だったなんて事じゃなく、公康と清子が実の兄妹だって事だよ」

ええっ、と宮本はのけぞらんばかりに驚愕した。

「産婆を味方につけておけば、出生届けなんて適当に作れるからね。小松一族は平家の戸籍をでっち上げて、本家から代々、成子を送り込んでいたんだ」

「戸籍を操作するなんぞ、お上を冒瀆しちょる」

宮本が憤慨する。

律子は御剣の手にある紙を見比べて、首を傾げた。

「一寸待って、何だかこの最後の紙色、前の二枚と大分違うわよ」

「そうですねぇ。日射しで焼け具合が違ったのでしょうか？」

御剣は自信なげに答えた。

「それに、『常と違う印を顕わされたので、公康様はいつもの事をお止めになった』ってどういう意味なのかしら？　さっぱり分からないわ」

さぁ……と御剣も首を傾げる。

「兄妹の間で生まれた子供が生神様やなんて……。げに怖ろしいわ……。こんな事、島の人間に知られたら大変やきに、清子さんは額田のお婆さんを殺したんやわ」

百絵子が震える声で呟いた。

「額田殺しの犯人は池之端昭夫と違うがかや？」

宮本が意外そうに言った。

「清子さんは死ぬ前に、額田さんを殺したと告白したんです。私がこの耳で聞きました」

律子が唇を噛みながら言う。

「じゃ、じゃけんど、指紋も見つかっちょりますし、目撃者が……」

宮本が口ごもっていると、後木が朱雀の耳元で何事か囁いた。

朱雀は事件を解く自信が高まったらしく、毅然と顔を上げた。

「確かに昭夫は事件当日、此処に来ていたようだが、目撃者は黒松のでっち上げだ。今夜、清子の殺害現場を見ればハッキリするはずだ」

「き、清子の殺害現場を？」

「ああ。清子のつけている帯紐が問題だ。僕の秘書が言うには、その帯と額田の首についてた紐痕が同じだと言うんだよ。それも余り見たことのない組み方だから、特殊な物だろうと言っている。そうだね、後木」

後木は低い声で、

「そうです」

と答えた。

それから朱雀は何事かを後木に命じた。後木は頷くと部屋を出て行った。

「ほっ、ほいたらこの一連の事件は、どがいな事に……」

「そんなに簡単に結論など出ないよ。ただ一つ確かなのは、川から流れてきた女性の身元さ」

「えっ、分かったんですか？」

朱雀は平然と、

「成子様だよ」

と言った。

「成子様！」

一同が声を揃えた。

「そうだろう？　浦戸の船頭も知らないという事は、もともと仏は島に居たという事じゃないか。そして島の人達が誰も知らない顔と言えば、成子様に決まっている。勿論、司達はその正体を知っていたが、ずっとその存在を神秘化してきた彼らには、あんな風に人前に晒された仏を、成子様だと認めることが出来なかったんだ。だから生神之宮は空なのさ」

「けんど、あの夏越し祭りの時には、成子様は確かに輿の中におられたがよ……」

百絵子が動揺に揺れる声で呟く。

「夏越しの輿に乗ってたのは私よ」

律子が告げた。

「えっ、律子さんだったの？」

「ええ、あの騒ぎで太夫達が浮き足立ったので、隙を見て逃げ出せたのよ」

律子は自分の言った言葉に、はっと青ざめて、声を上擦らせた。

「じっ、じゃあ……もしかして、本物の成子様が逃げ出せなかった事情というのは……」

朱雀は厳しい表情で、

「そうだね。自らのからだを自覚しているという事もあったろうが、それ以前に足を切られていたんでは、逃げ出せないよね」

「き、切られた！」

律子は反射的に叫んでしまった。

「額田の日記に書かれているじゃないか。『いつもの事』というのは、そういう類の処置なんだろう」

「まさか……」

御剣は気分が悪くなったらしく、うっと声を上げると、外へ飛び出した。庭先で嘔吐している。

百絵子と律子も青ざめ、顔を見合わせている。

「そ、そがいな事が……」

宮本も腑が抜けた様子だ。

朱雀は困り顔で一同を見回した。

「そんなに驚くには値しないさ。この手の事は古来からよく行なわれてきた事なんだ。

縄文時代の遺骨にも、頭蓋骨が酷く変形して、左右の目の位置が全く違うような物があるよ。これらの骨はどうやら巫女の物らしいね。子供の頃から板で頭蓋を圧迫し、常人と違った容貌を作る事で霊力が宿ると思われていたのさ。

どんな顔をしていたのか、想像すると怖ろしいがね。

それに、柳田先生も、江戸時代辺りまで神に捧げられた人の生贄は、逃げ出さない為にも、聖痕としての意味からも片足を切られたのではないかと論じている。仏の切り落とされた足も同じ意味があったのだろう」

一同が驚きに目を見張った時、蒼白い顔をした黒松が、こそこそと玄関先に姿を現した。

「あ、あの……」

宮本が黒松を、じろりと睨み付ける。

「今更、何の用や。呼んじゃおらんぞ」

黒松は、立ち入り禁止になっている犯行現場に百絵子までがいる事態に驚いたようであった。自分の立場の拙さを実感した様子で、頭を低くして、

「は、はい、知っちょりますけんど、また人が死にましたんで、御報告を……」

「何！　また人が死んだち何事や、被害者は！」

黒松がその剣幕にますます小さくなる。

「ひ、一人は小松生助という者ですき。村の村長です、黄面の陵王面を被っちょりました。黄面の司ですき。

「そ、それからもう一人、賽川の河原で司の服を着た若い男が……」

超然と構えている白いスーツ姿の朱雀をちらちらと窺いながら、黒松が報告した。

「このお方は……？」

「元検事、朱雀弁護士どのだ。署長が金蘭の交わりをされている御友人であられる。現役時代は数々の難事件を解決した伝説の名検事であられた。御好意で、今回の事件調査に協力して下さっておる」

仰々しい宮本刑事の言葉に、百絵子は小さく「まあ」と驚いた。

「そっ、それはどうも、黒松です」

朱雀は黒松を一瞥して、あっそう、と冷たく返答した。

宮本が、ごほんと咳をする。

「それで、また殺人かや？」

それが……と黒松は暗い顔をした。

「また……神罰みたいなんですわ」

それを聞いた宮本は一気に顔を火照らせ、地団駄を踏んだ。

「神罰だとう？　アホも休み休みにせんか！　神罰などという事が報告書に書けるかよ！」

朱雀は耳をほじりながら「五月蠅いよ」と、億劫そうに宮本を咎め、黒松に向き直った。

「何でもいいから、説明してくれたまえ、黒松君とやら」

「はい、小松生助の場合は、鎌鼬なんですき」

「鎌鼬？」

「黒面の司がその現場を目の前で見ちょったんですが、被害者が高台にある鐘堂で鐘をついちょりましたら、鎌鼬が吹いてきて、鐘を吊していた縄と、被害者の胴体を、ばっさり真っ二つに切ってしもうたいう事なんですわ。わしも死体を見て来ましたけんど、ほんまに、もう見事に人間が真っ二つに、ばっさりこげな風です。こげな……」

黒松は自分の腹部の前で腕を左右に動かした。

朱雀が見えないよ、とばかりにフンと鼻を鳴らす。

「黄面は上半身と下半身に分かれたみたいよ、先生」

律子が呆然としつつ説明した。

朱雀は怪訝な面持ちで、

「その目撃者という男は？」

「玄関前に待ってもろうちょります」

「それで、もう一つの死体の方は？」

それが……と黒松はもぞもぞと身体を揺すった。

「身元が不明なんですき。司の装束は確かにこの島の物なんじゃけど、それなら誰も知らん筈がないがです。まっこと奇怪しな事で……」

「小松直虎かしら」

律子が閃きを呟いた。

「死因は？」

朱雀が問う。

「溺死です。見つかったのは、小松信好の殺害現場に近い河原で、縛られて川に放り込まれたみたいで……。流されている途中で、岩にぶつかったらしく、顔の右半面がぐちゃぐちゃですがよ。梅雨の増水で、かなり流れの速い所もできてますきに」

司の装束を着た見知らぬ男の死体……。

赤面司、小松直虎だろうか。

犯人だと思っていた赤面が殺された。それなら真犯人は一体誰なのだろう？

解決がつきそうになった物語に、いきなり違う登場人物が出てきたことによって、律子の思考は一気に混乱し始めた。

「じゃあ、目撃者にはこっちに入って貰い給え。君は今から川下でも浚っていてくれたまえ」

朱雀が涼しい顔で言う。

ええっ！　と黒松が面倒そうに顔を顰めると、宮本は、

「仰られた通りにしろ」

と命じた。

8

目撃者である黒面司こと小松吉見を伴って、一同は現場の高台に移動した。

日はすっかり海に沈み、鐘台は闇に閉ざされている。低い唸り声のような海鳴りが響き渡り、黒々とした海に立つ波が、時折、月光を受けて鋭い刃物のようにきらりと輝いている。

宮本が懐中電灯で鐘台を照らすと、異様な物体が突っ立っていた。

人間の下半身である。

足元の暗がりには、地図のような血痕が広がり、その中で男の上半身が横倒れになって、炯々たる眼で一同を睨んでいた。

人間の上半身と下半身が、まるで壊れたマネキン人形のように別々に転がっている。この恐るべき凄惨な光景を前にして、立ち竦まぬ者はなかった。

無論、目の見えない朱雀と、機械人間のような後木を除いてであるが。

「こりゃあ酷い！　たまげた。こがいな殺しは初めてじゃ……」

熱に浮かされた譫言のように朦朧とした声で宮本が呟いた。

黒面司、吉見はカチカチと奥歯を鳴らしている。

朱雀が何事かを後木に耳打ちすると、後木は無言で現場を去った。

「ほんまに、一瞬にして被害者の胴体が真っ二つになった言うがかや？」

宮本がしつこく確認するように吉見に訊ねると、吉見は何度も頷いた。

「ほんまです。急に強い風が吹き付けたかと思うと、縄が切れて大銅鑼が海に真っ逆様に……。その瞬間、生助さんの体が真っ二つになったんぜよ」

「大銅鑼が切れたのが先で、胴体が切れたのが後なんだね？　その間の時間というのは？」

朱雀が事務的に訊ねる。

吉見はその質問に混乱した様子で、視線を周囲に泳がせた。

「分かりません。一瞬です。ほんとうに一瞬です」

「一瞬、一瞬と言われてもわかんないよ。一秒とか、十秒とか、色々あるだろう」

朱雀の声は、刺々しく苛立っていた。

「五秒か七秒か、そんなもんですろう」

吉見は狼狽えながらそう答えたが、正確かどうかは怪しいもので、むしろ、苦し紛れに口を動かしたという感じであった。

「辺りに怪しい人影などは？」

宮本が詰問する。

「誰もおりませんでした。わしと黄面だけちや」

宮本は恐る恐る生助の下半身に近づいて行き、懐中電灯でその切断口を照らした。

「もの凄う鋭利な刃物で切ったような傷口や。しかし、それにしても骨まで、すっぱりと切断されとるとは……」

「そんな物は肉切り包丁でも切れますよ」

朱雀は乱暴な事を言った。

「それより宮本刑事、鐘を吊していた縄は少しでも残っていますか？」

宮本は慌てて頭上の横木を見た。

「いや、何も残っちょりませんな」

「という事は、結び目部分から切れた訳だ」

朱雀は吉見に向き直り、質問する。

「縄は丈夫な物だった？」

「はい、そりゃあ太いもんです。ちっくと勝手に切れるようなもんやない」

「鐘の重さは？」

「百二、三十キロやないでしょうか……」

朱雀は海風で乱れる髪を掻き上げた。

「落ちた銅鑼は引き上げられないかな？」

「この潮の流れでは無理でしょうな」

宮本刑事は渦潮を覗き込んだ。

「芳子さんの死体も浮かばなかった場所だもの」

律子も呟いた。

朱雀は舌打ちをして眉を顰めた。

「とうとう、第四、第五の五行殺人だ……」

「何ですか、そ、その五行殺人いうのは？」

宮本は目を丸くして朱雀に訊ねる。

「太夫たちの面の色は、それぞれ陰陽道の五行に相当している。黒は水、赤は火、黄色は土、青は木、白は金。これらには相剋の理というのがあって、金は木を損ない、火は金を損ない、土は水を損ない、木は土を損ない、水は火を損なうとされる。だから、青面司は金仏に殺され、白面司は火に殺された。遺体から石が出てきた富作は、石という土の塊に損なわれたという事だから、恐らく先代の黒面司だったと思われる。そして、今度の殺人は、木に損なわれた土を示しているんだ」

朱雀は早口で淡々と語った。

「ですが……この殺人に木なんぞ関係しちょりませんぞ」

宮本が首を傾げると、朱雀は面倒そうに、

「五行説では、木は風でもあるんだよ。鎌鼬による殺人。これはまさに、木が土である黄面を損なった事になる。そしてもう一人の被害者は、水に損なわれた火、即ち赤面を示唆している。まさに見えざる式神の手によってなされた五行相剋の殺人劇だ」

「なる程、そがいな事ですか」

宮本は、はたと膝(ひざ)を打ったあと、歯をぎしりと鳴らした。

「それにしても、私は本気で、この連続殺人が人間業とは思えんようになってきちょります。鎌鼬(かまいたち)で人を殺すとは……」

「ここの島民達や君のような者が、神罰としてこの一件を処理する事こそ犯人の狙いだろうね」

と朱雀が苦笑いをする。

「犯人って誰なの、先生？　それに、赤面司がどうして殺されてしまったのかしら？　この事件は、赤面司、小松直虎の復讐(ふくしゅう)だった筈(はず)よ」

律子は慌てて訊ねた。

「そうじゃ、どういう事がや……」

朱雀の唇に微笑の影が揺らめいたが、すぐにそれは霧のようなものになった。

そうして何か気づいたのか、みるみる真っ青な顔になって、声の調子を落とした。

「本当にね、どういう事なのだろうね。

悪霊の持ち駒……五人の司、成子、直虎……正体の分からない亡霊に僕らは振り回されている。とにかく後木が戻って来たら、河原の方に出かけて次の死体現場を確認しよう」

朱雀はすでに思考の深淵(しんえん)に潜っているらしかった。

9

懐中電灯の明かりが、川下の遠近でちらちらと動いている。

殺害現場に到着した一行には、精神的な疲労が重くのしかかっているようだった。

足場の悪い道なので、朱雀の眉間には、不機嫌そうな縦皺が刻まれている。

「暗くてよう見えないわ」

と百絵子が怯え、転ばぬようにと御剣がその手を取った。

その御剣の顔も灰色になり、高熱に潤んだような瞳には小さな痙攣が起こっている。

「真っ暗なせいか、お月様が綺麗に見えますなぁ」

現実逃避気味に宮本が言葉を投げかけた。

「ほんと、まるで鏡みたいに澄んだ月ね」

律子も同意する。

本当に美しい月だ。連続殺人など幻だったのではないかと思わせる。

川から引き上げられた遺体は、筵をかけられ、河原に寝かされていた。

宮本が筵を少し捲ると、紫色の左横顔が月光に浮かび上がった。

その頰は削げ返り、眼窩は落ち窪んでいる。

宮本は身体の下側に隠れた右半分の顔を覗き込んで、うっ、と顔を顰めた。

右半分の損傷は酷いもので、目から頰そして顎にかけて肉が割れ、崩れ果てた内側の身が剝き出しになり、それが無花果の果肉のように見えた。

「これは酷いがぞ……」

宮本は呟きつつ、筵を全部はぎ取った。

被害者は、両腕を後ろ手に縛られ、さらにそこに両足首まで結わえられている為に、海老反りの姿勢になっている。

「これじゃあ、泳げん……」

宮本が溜息混じりに言った。

「こ、これが直虎なのかしら……」

律子が息を止めて朱雀に囁く。

「さあ、何しろ確認の仕様がないからね」

朱雀が冷たく言い放つ。

「しかしですな、朱雀どの、誰もこの男の顔を知らんという事はつまり、その直虎という男に間違いないという事ですが？」

宮本が言う。

「だとすると、誰が彼を殺したの？」

律子の問いに、宮本は唸った。

後木が朱雀に死体の状況を耳打ちしている。

静寂の中、川下の方から誰かが走って来る足音が響き、黒松が現れた。

黒松はぜいぜいと肩で息をしながら、ある物を宮本に差し出した。赤い陵王面である。

「川下の方に、これがありましたき」

「これは本当に御霊社の司の物か？」

「はい、そうや思います」

後木が、ずいっと身を乗り出し、

「赤面司の物に間違いありません。鼻梁の横の色が特徴的に褪せています」

と細かい指摘をする。

「なる程、少し禿げちょるけんど」

宮本が頷く。

「私が夕刻目撃した赤面司が被っていた面と同一の物です」

後木が低い声で断定した。

朱雀は顎をさすりながら、

「宮本刑事、縛られた手足の方はどんな風だい」

と聞いた。

宮本が素早く懐中電灯で男の手首を照らす。

「縄の痕が紫色についちょります。えろう強く縛り上げられたようですな。おっ、これは？」

「何だ？」

「縛り直された痕跡があります」

「足の方は？」

宮本は足首の方に移動した。

「やっぱり足の方にも縛り直された痕があります」

「何故、縛り直したのかなあ……。ひっかかるね。他に打撲の痕は？」

「岩でこすったらしき擦り傷などがあります」

「そう……」

朱雀は腕組みをして長い息を吐いた。

二人の言い合いを聞いていた御剣が、突然身体を震わせて泣き始めた。

「大丈夫？　御剣さん……そりゃあそうよね、こんな死体ばかり見たら厭になるわよね」

律子が慰めると、百絵子も蒼白になって、

「律子さん、うちも気持ち悪い……。うち、もう帰ってもええが？」

と涙を浮かべた。

「先生、いいですよね？」

律子が訊ねると、朱雀は上の空の様子で、「うん、帰ってもらっていいよ」と答えた。

「僕も百絵子さんを送って、宿に帰ります……」

御剣が言い、二人は川辺を後にした。

朱雀はそれから黒松に向かって、

「この島にピアノなどはあるかな?」

と例によって気まぐれからか、訳の分からぬ質問をした。

黒松は、ぼうっとした顔で、

「更志野村の会館にありますき。役所の催しがある時には、国歌、軍歌などを演奏しちゅうがです」

と答えた。


「それにしても御剣君というのは、随分と繊細な人だねぇ」

朱雀が怪訝(けげん)そうに言う。心臓が鉄で出来ているような朱雀にとっては、死体ぐらいで泣き出す人間のことが不思議であるらしい。

「普通の人間はそういうものだわよ、先生。それにしても、司達を殺した犯人は、赤面ではなかったということなのね」

律子の残念そうな呟(つぶや)きに、朱雀はからかうように、

「おや、君は赤面が犯人だと言ってたじゃないか。だとしたら、その死体は赤面ではないということさ」

「だって、先生さっきは赤面が犯人とは早計に断定出来ないと仰(おっしゃ)ったじゃない」

「そうは言ったが、犯人ではないとは言ってないよ」

「しかしですなぁ、これが赤面でないとしたら、誰や言うんです？」

宮本が業を煮やした様子で割り込んできた。

「そうよねえ。他に該当者がいないって事は、顔の知られていない赤面だということでしょう」

律子が朱雀に再度確認する。

朱雀は訝しい顔で、

「そうかなぁ、君達、不思議に思わないのかい？　この赤面が直虎だとしても、島中の者が誰も顔を知らないなんて事、奇怪しいじゃないか」

「どうして？」

「何がです？」

律子と宮本が口々に訊ねる。

朱雀は二人の眩惑を退けるような強い表情をして、苛立たしく杖で地面を打った。

「彼は赤面司として神事を行なう時以外に、素顔で島を出歩いた事が、全く、一度も、ないっていうのかい？　幾ら何でもそれはないだろう。例えば、赤面がこの島の者ではなくて、神事の時にだけ通っていたとしてもだよ、行く道、帰る道くらいは素顔だったろうし、頻繁に来ていたことになるから、全く顔を知られてないなんて怪しいじゃないか。一体、どういうことだい」

「それもそうね……。島中で誰も知らないと言えば成子様？　だけど、成子様は死体で見つかったし……。或いはこの人も清子さんに軟禁されていたのかも……」

律子が神妙に呟いたのに、黒松が遠慮しながら口を挟んだ。

「な、何分、そこまではこの時間ですきに、島中の者全てには確認できちょりませんき」

それを聞いた朱雀は髪を逆立て、烈火のように怒った。

「そこまで確認出来てないだって？　君はさっき、この仏の身元は不明だ、島中の者は誰一人見た事の無い顔だと言ったじゃないか！」

「そっ、そっ、それは本官と、仏を引き上げた者数名がそう思ったのであります」

目が見えない朱雀の最も嫌うのが『適当な報告』だ。きりきりと目尻がつり上がる。

流石の律子も震えが来るほど怖い顔だ。

宮本も恐々として腰が引けている。

「何だと？　いい加減な報告するんじゃないよ。いくら田舎警察だからって、業務はきちんと遂行したまえ。そんな適当な報告は聞きたくないよ。

不確かな情報が入ってくると、却って混乱するだろう！

いいかい、明日、島中の人間一人一人、老人から子供まで遍くこの男の写真なり、似顔絵なりを見て貰うんだ！」

黒松は面食らって、声を上擦らせた。

「し、島中のですか！」

「そうさ、それが警察の仕事ってもんだ。そうだよね、宮本君！」

「はっ、そうであります。おい、黒松早くしろよ」

言われた黒松は、泣きそうな顔で敬礼した。

不機嫌になった朱雀の『いびり癖』が始まったわ、と律子は肩を竦（すく）めた。

第六章　終焉（しゅうえん）

1

池之端家に戻ってきた朱雀は、一本の電話を東京に入れた後、考え事をしたいからと一室に閉じ籠（こ）もった。

百絵子は母親を看病している。

居間に宮本刑事、律子、後木が残されていた。

「数日の間に、死体が七つ。まっこと難解かつ凶悪な事件じゃ。どがいして解決したものか」

宮本がイライラと頭を掻（か）きむしる。

律子は、憂鬱（ゆううつ）な溜息（ためいき）をついた。

「どうしよう。今回ばかりは先生もお手上げかしら？」

「そんな事はあり得ません」

後木は動じずに答えた。

三人の声が聞こえたのか、朱雀ががらりと襖（ふすま）を開いた。

「先生、分かったの？」

朱雀は厭気顔で、髪を掻き上げる。

「少し解けてきたね。あとは細かい詰めの問題だ。今夜寝ながらゆっくり考える事にするよ。それより、何か甘い物はないかな？」

「甘い物？　確か、サノボリの粽があったわ。中に餡が入っててよ」

「うん、それでいいよ」

朱雀は三人の近くに胡座をかいて座った。

律子が粽を剝いて手渡すと、ぱくりと口に頰張る。曖昧なことを言ってたが、顔つきが満足気であるところを見ると、朱雀はすでにこの難解な事件の核心に迫っている様子だ。

律子はその顔を期待の表情で見た。

「解決の見込みはありますかや？」

宮本が訊ねる。

朱雀は勿体ぶった口調で切り出した。

「聖痕という言葉を最初に使ったのはギリシャ人だ。最初は、犯罪者の肉体にそれと分かる印を付けて、周囲に罪を知らしめる為のものだった。聖痕を付けられるのは、奴隷、犯罪者、謀反人などだ。

日本でも昔は、罪人に入れ墨などを彫っただろう、あれと同じさ。

それが中世耶蘇教の時代になると、それとは別に、宗教的神聖さを示す肉体異常に対しても使われるようになったんだ」

「神聖な力を宿させる為に、わざと肉体的な異常を作り出す事もあったのね、先生」

律子が瞳を輝かせた。

宮本はというと、突然始まった奇妙に哲学的な話題に、のぼせたような顔になった。

「し、しかし、今の世にそんな理由で人の足を切るなんぞ、無茶しよるがよ」

朱雀は宮本を無視して話を続けた。

「聖痕を背負った者が、負の評価を受けるか、正の評価を受けるかは、周囲の人間や文化によって異なってくる。例えばさっきの罪人の入れ墨にしたって、ヤクザ者にとっては勲章となる訳だ。

小松一族の場合は、八分による圧力の中で、生存するという目的の為に、近親相姦を容認する、いや積極的に肯定するという価値観を持たざるを得なかったと考えられる。そして何代もの近親婚の末に、あの成子の手に見られるような肉体的異常が、高い確率で現れたのだろう。

こうした異常さが、血吸蝙蝠との共存という精神的圧迫と、そこから救われたいという渇望に晒された結果、敢えてそれを『神から守られている事を示す聖痕』に見立てたんだ。彼らもそう信じたかったんだろうね」

そうね、と律子も粽を一つ取って剝いた。

「それで、小松一族は成子を守り神様として祀り上げるようになったのね。とても信心深く……」

　ふと、後木が立ち上がって、雨戸を閉め始めた。柱時計を見ると十一時になっている。

「な、何故？」

　宮本が落ち着かぬ風情で訊ねた。

「そろそろ物忌刻、例の血吸蝙蝠が飛び回る時間だからさ」

　朱雀が答える。

　宮本は、顔を岩おこしの様に強ばらせた。

「き、清子さんが言ってたわ。御霊社の秘密を知ってしまったら、島民は狂ってしまうだろうって……。本当にその通りだわ、恐ろしい脳病の病原体が島中を飛び回っているなんて事実に、とても人は耐えられないもの……」

　律子が震える声で言った。

　正体を知る以前にはただの不気味な怪物じみた音だったものが、正体を知った今、より一層現実的な恐怖の声となって、頭上を飛び回っている。

　四人は暫く、聞き耳をたてて黙り込んでいた。

　朱雀が、ふっと溜息をつく。

「生神制度の裏には、危険な蝙蝠の管理人を選定する意味もあったと思うよ。伝染病を持った蝙蝠達の管理なんて誰もが厭がっただろうから、聖痕を持っているという事で選定されるのが一番誰しもが納得する方式だったと思える。その意味では、成子という蝙蝠の番人は、小松一族にとって本当に実質的な守り神だったんだ。

そうやって専任の番人を置くことで、小松一族は蝙蝠達を自由に操れるようになり、それが結果的に小松一族の繁栄に繋がった。

以降、彼らも昔のような八分に戻るのは怖かっただろうし、もう後戻りは出来ないから、成子を生み出す為に宗教儀式的な近親相姦を繰り返し続けた。

形が固定すると、信仰はますます神秘化され、強固なものになっていく。そうなると、いつしか血吸蝙蝠達が小松一族を操り出すという逆転劇を演じ始めたんだねぇ。初めは自分達の為だった筈のモノが、モノの為に自分達が操られるようになる。

――そいつが、憑き物の怖さだ。

島民達が噂しているんだが、ここ数日、大年明神による被害が増えているという事だ。きっと、成子や清子がいない為に、血吸蝙蝠達が暴走し始めたに違いない」

「な、成子と清子が？」

宮本が固唾を呑んだ。

「ああ、君には話してなかったっけ。嘯の技術を使って、二人が洞窟と集落との蝙蝠達の出入りを操作していたんだ。そして、洞窟の中に住み、ずっと彼らの番をして飼い慣らしていたのが成子だったたんだ。どちらか一方欠けても不都合だったろうに、二人とも居ないわけだからね。

恐らく、成子や清子以外の小松一族は嘯の事など忘れてしまっているだろう。必要の無い技術は退化するものだ。下手に覚えていたりすれば、自分がそのお役を引き受ける羽目に成りかねないからね。それぞれが忘れて行くようにしただろう。惜しい事さ」

「成子様を殺したのは誰かしら？　そんな事をすれば、蝙蝠が暴れて島は滅茶苦茶になるのに」

律子が首を傾げた。

「犯人が自暴自棄な気持ちになってるってことだろう、成子の方は、死体の状況から見て、自分から入水したとも思えるけれど」

「でも、足を切られて閉じ込められていたんだから、誰かが外に出した訳でしょう？」

「そうだね。でも殺害する為にわざわざ外に出すというのも考えにくい事だね。殺すなら、さっさと生神之宮で殺せばいいんだから」

「成子様も清子さんもいなくなって、この島はどうなってしまうのかしら？」

「げに、困った事になりよりましたな」

律子と宮本は顔を見合わせた。

「決まってるよ。多少の犠牲を払いながらも、蝙蝠を駆除していく他ないだろうさ。それが本来の正しいあり方だし、憑き物を落とす時に、犠牲が出るのは昔からの常識だよ。そうでなけりゃ、憑き物を祀る欲深い人間が巷に溢れ返ってしまうだろうからね」

朱雀はあっさりと言う。

確かにそうには違いないけど……と律子は思い、また入水した成子の心情を思うと、何ともやりきれない気分になって溜息を漏らした。

「あんな暗い洞窟に生涯閉じ込められて蝙蝠の番人をさせられてたなんて、代々の成子達が気の毒だわ。本当に、とんでもない大年明神様だわね。神様の風上にも置けないわ」

律子が憤慨すると、朱雀はくすりと笑った。

「でもね、君、そもそも日本の神ってのは、殆どが祟り神なんだよ」

「えぇっ、そうなんですか？」

「そうさ、怨みを持ったまま死んだ貴人に対して、『ああ、どうか私達に祟らないで下さい』ってお願いして、神として祀り上げ、ご機嫌を取る。それが日本の神様の公式さ。日本の神そのものが、憑き物としての性質を持っているんだ」

宮本はすっと立ち上がると、「背筋が寒うなってきましたき、ちっくと便所へ」と中座した。

「神様が憑き物だなんて厭だわ。私、それならいっそ耶蘇教にでも入ろうかしら……」

「耶蘇教だって、一時は信者の心を支配して、異端者を悪魔呼ばわりさせる憑き物だったじゃないか。どんな宗教でも、イデオロギーでも、憑き物になってしまう危険を含んでいるんだ。国体論なんか、もはや殆ど憑き物状態だ……」

そう言うと、朱雀はむっつりとして口を尖らせ、拗ねた子供のような顔をした。

「じゃあ、何を信じて生きていけばいいの？」

「お釈迦様はいい事を言ってるよ。同じ質問をした弟子に『何も信じるな』と言うんだ。

自分の教え、つまり仏教ですら無闇に信じるなとね。

律子君、何かに己の心を呑み込まれてしまってはいけないんだよ。結論は急がなくていいんだ、何でもよく見て、よく考えて、分からなければ、分からないと思ったままでいい。本当にそれの正体が見極められた時にだけ、結論を出せばいいのさ。すぐに答えを出そうとすることによって、見逃してしまうことが一杯あるんだから」

「でも、知らない内に何かに呑み込まれてしまってることもあるでしょう？　この島の人達だって自覚がないはずよ」

「ああ、確かにそういうこともある。だからね、その何かを客観的に見られる目を持ってるかどうか、いつも自問自答していなければならない。

世の中に百パーセント正しいことなんてありやしない。だが、呑み込まれてしまうと、その何かの全てを脳が肯定してしまう。そうして、自分がそれに適応していないと不安を感じるようになる。だから、適応しようと躍起になる。

ところが人間の脳というものは、もともとそれ自体が臆病で不安定なものだ。その脳が提供してきた答えで安心を得ようとしても、すぐまた不安定になるのが道理なんだ。

安心とは麻薬だよ。安心を求め続けるのは、麻薬をうち続けるのと同じだ。中毒から抜け出せなくなるのだよ。病理学的には、強迫神経症というやつだね。これが憑かれているという状態なんだ。

だから、安心など求めなければいい。不安定なまま安心すること。それが、釈迦の云う中立ということ、己があるということだ」

「ふうん、やっぱり、お釈迦様の事は好きなのね、先生。お父様の影響かしら？」

「まさか、父の影響などではないよ」

そう言うと、朱雀は急に話題を変えた。

「夏越しの祭りって、盛大だったかい？」

「凄かったわよ。神楽が舞われて、花火が打ち上げられて……」

朱雀は飛び上がらんばかりに色めき立って、嬉しそうに目を細めた。

「へぇ、花火か。あれは僕も大好きさ。音を聞いているだけでも、すかっとして気分がいいからね」

「神楽の方も不思議な感じだったわ。すぐに騒ぎが起きて中断しちゃったけど」

「確かにこの島には研究に値する風俗が数多く残っているね。神罰に制約力があったお陰で、そうした物が長年生き残って来たんだから皮肉だよ」

「ねえ、それより昭夫さんは大丈夫かしら。罪を晴らすことが出来て？」

「君の証言だけじゃ、半々という所だろうね」

律子は暗い目になった。

「ええ。もし赤面司が生きていて、証言が取れればいいけど、望みは薄いわね。仮にあの死体が偽物だったとしても、本物がわざわざ口を割るなんて事はしないだろうし……。それにしてもあの黒松って巡査、とんでもない奴だわ。警察のくせに」

朱雀は馬鹿馬鹿しそうに欠伸(あくび)した。

「なんだい、まだ警察を買いかぶってるのかい。警察なんて、ギャングより質(たち)が悪い、国家権力という蓑笠(みのがさ)を着た最ッ低の暴力集団さ。警察が守っているのはね、真理だとか正義だとか、庶民の暮らしなどじゃあない。国の治安と命令なんだ。『親方の言う事聞かないと、ブン殴るぞ』ってやつさ。本質的には国民に対する脅迫機関なんだ。そこの所を誤解してる者が多いんだよね。例えば、ここに正しい事を言う人間がいたとしても、それが国の意見に反抗すれば逮捕もする。当然の事なんだから、それに腹を立てちゃ駄目だ。だいたいね、警察組織の人間なんてのは、もともと権力に弱い性質なんだ。ちょっと署長の口利きがあっただけで、あの宮本って刑事も僕におべっか使ってぺこぺこしていただろう」

宮本がいないのをいい事に言いたい放題だ。

「でも先生だって、元検事だったでしょう？」

「うん、だから田所に口利きさせるだなんて汚い手口も覚えちゃって困るんだよね。田所ってのはね、学生時代よくカンニングさせてやった出来の悪い奴なんだよ。だから僕には頭が上がらないのさ。『こんな連続殺人事件が迷宮入りになったら今後の出世に関わる』って、びくびくして、僕の助け船に飛び付いてきたよ」

朱雀は、げらげらと腹を捩(よじ)って笑った。

と、宮本が便所から帰って来る物音がした。

朱雀はいきなり小難しげな顔になった。

「とにかく、今回の事件は、黒面の遺体からの石の出現、白面の人体発火、黄面の鎌鼬と、姿形の無い犯人によって為されたものだ。まさに式神の見えざる手による神罰かもしれない。三つの事件には、それぞれ目撃者がいるが、誰も犯人の姿を見ていないという点で実に厄介だ。つまり殺害方法が分かったとしても、犯人を特定できない可能性がある。ましてや、直虎なんて、何処の誰とも、それこそ戸籍もないような人間を、どうやって、あの死体だと確認するか……」

「戸籍がないの？」

律子の問いに、後木が頷いた。

「はい。先生に言われて役所を無理矢理開けさせたんですが、戸籍はありませんでした。芳子が身投げしたのは出生届けが出される前のようです」

「まあ、後木さんったら、突然何処へ行ったのかと思ったら、そんな事をしていたのね」

「仕事中に勝手に出歩いたりはしません」

後木は生真面目に答えた。

二個目の粽を食べ終わった朱雀は、ふてくされた様子でゴロリと床に寝そべった。

「あーあ。戸籍だけでもあれば、弁護士の権利を行使して閲覧すれば、住居が分かる。そこで聞き込めば顔形ぐらい分かったのだがね」

「そうなると、お手上げなのね……」

律子が眉を寄せる。

「いや、そうでもない。菖蒲の証言があるさ」

朱雀がニヤリと笑った。

「あんな小娘の証言が何になるがや？『大年様を見た』なんぞ言うちょるのに」

宮本が懐疑的に言うと、朱雀の瞳が、みるみる輝きを放った。

「そうだよ、後ろに鏡を背負い、袋と槌を手に持った大年明神さ。これが唯一、犯人が犯行時に姿を現した例外だ」

「姿を現したと言ったって、先生、それがよりにもよって、『大年明神』なのよ？」

律子が粽を頬張りながら目を見開いた。

「僕は菖蒲の見たという大年明神を心の中に思い浮かべてみた。そうして、一つね、分かったことがあるんだ。確か、菖蒲が大年明神を見たという夜は満月だった筈だ。違うかい？」

「そうです」

後木が答えた。

「満月ならどうだというの、先生？」

朱雀はむっくり起きあがって、机に肘を突いた。

「律子君、月が鏡のように澄んでるって、さっき河原で言ったよね。君は実にいい事を稀(まれ)に言うね。つまり、菖蒲が見たという大年明神が背負っていたピカピカ光る鏡の事さ。それは満月なんじゃないかと思うんだ」

はっ、として三人は顔を見合わせた。

「犯人は、満月を背にして立っていたんだ。これだけ周到に犯行を計画した犯人が、何故、菖蒲の時だけは不用意に姿を現したのか、それはね、丁度、月が背後にあった為、暗い河原では、自分の影法師しか見えないだろうと判断したからだと思う」

「おお、そうですなぁ。さすが署長の御友人ちや」

宮本が大袈裟(おおげさ)に誉めた。

律子は、自分もその模様を頭に思い描いてみて、「成る程」と朱雀の想像力に感心したが、

「でも影法師しか見えなかったのなら、結局、犯人の正体を知る手掛かりにはならないでしょう？」

と疑問をぶつけた。

「いや、犯人が月影を背負って立っていた人間であることさえ示唆されていれば、それで十分だ。いいかい、犯人は袋と槌を持って立っていた。何故、袋と槌を持っていたと思う？」

朱雀は試すように質問した。

「そっ、それは大年明神に見せかけるために……」

宮本が言うと、朱雀はしんねりと首を振った。

「見せかける？　慎重な犯人がわざわざ目撃者を作ろうとしただろうか。恐らく犯人は、信好があそこに菖蒲を呼び出していたなんて事、知らなかったと思うよ。知ってれば別の日を選んだろう。

犯人は信好が毎晩河原で呪詛をしていた事を知っていた。だから、人気の無い深夜の河原を犯行現場に選んだのだと思う。恐らく、そこに菖蒲がいることなど計算に無かった筈だ。つまり大年明神に仮装する必要などはないんだ」

「じゃあ、何故、犯人は袋と槌なんかを持っていたというの？」

律子が訊ねる。

「勿論、犯行に必要な道具だからさ」

朱雀は力強く断言した。

「袋と槌が犯行に必要？　槌は分かるわ。信好さんの頭を殴ったのですもの。でも袋は？まさかあの金仏を袋に入れて運べるはずはないし……」

朱雀がニヤニヤと笑い、得意気に髪を掻き上げる。

「ところが運べるんだ」

「ええっ！　だって二百八十キロもあるのよ」

律子と宮本は仰天した。

「その方法を僕もさっきまで考えていて、やっと結論が出たよ。理論的には可能だが、実際に上手くいくかどうか明日、検証してみようと思う。

『大年様が信好を撲殺した』という最も非現実的と思える菖蒲の証言が、僕にとっては、この事件を解決する一番のヒントだったんだ……。

明日の検証の準備の為に、宮本君に用意してもらいたい物はこれだ」

朱雀はそう言うと、ポケットから何かを書き付けた紙を取り出した。

宮本は目を丸くして内容を読んでいたが、

「こ、これを用意したら、金仏の謎が解けると仰いますが？」

と意外そうに訊ねた。

「ああ、そうさ」

朱雀が自信たっぷりに頷く。

カツ――ン　カツ――ン

拍子木の音が夜風に乗って運ばれて来た。

「さあ、結果は見てのお楽しみだ。それより、宮本君、そろそろ君、支度しないとね」

宮本は鳩が豆鉄砲を食ったような顔で、

「へっ、何の支度で……」

「勿論、清子の死体を見に行って貰うのさ。だって、君の仕事だろう？」

ごく平然と朱雀が言い放った。

「けっ、けんど、蝙蝠のいる洞窟ですろうに？」

青くなって首を振る宮本に、朱雀は眉を顰めた。

「今は外に出ている頃だろうから、又とない機会じゃないか。捜査の基本は現場急行だ。そうでなくても、もうかなり時間が経過してるんだからね。この機会を逃すんじゃないよ。ほら、何をぐずぐずしてるんだい？」

「かっ嚙まれたら、どがいしたらええがです？」

悲痛な声で宮本が訊ねた。

「なるべく厚着して、コートを着て、帽子や襟巻きや、手袋をつけて、嚙まれないようにすればいいじゃないか。動いている物体をそうそう襲いはしないよ。今の所は、餌も充分に貰ってるんだから、もし嚙まれたとしたら、そりゃあ余程運のない時さ」

犬猫を追い払うように部屋から追い出された可哀想な宮本は、すごすごと御霊社に行く羽目になった。

先生は一体、どうやってあの金仏を

袋なんかで運ぶ気なのだろう……

律子は眠そうに目を擦っている朱雀の横顔をじっと眺めていたが、自分にはやっぱり見当がつきそうにないわ、と諦めた。

「ふふっ、今頃、このくそ暑いのに、僕の言った通りイヌイットみたいな格好で洞窟に行ってるんだろうねえ後木」

朱雀が楽しそうに言う。

後木が「そうですね。随分と蒸れるでしょう」と真面目な声で答えている。

夜の音がしみじみと部屋を浸して行く。

律子は御霊社に忍び込んだ夜、夜空に幻のように美しく輝いて見えた夜光雲の事を思い出した。正体を知った今では、二度とあの時のような感動で雲を眺める事はあるまい。

何だかそれが悲しかった。

2

翌日、昼食を終えた朱雀、後木、律子の元に、宮本刑事が呼び出された。

一同が向かったのは更志野村の会館である。だだっ広い講堂には、舞台もあり、立派なグランドピアノが置かれている。

朱雀は徐に舞台に上がり、ピアノの鍵盤を二、三叩いて位置を確認すると、やにわに、ピアノを弾き始めた。

曲目は、『幻想即興曲』である。浪漫的で壮麗な音律が、講堂に響きわたった。

装飾的な音符を奏でる朱雀の指が、驚くほど速く鍵盤の上を駆け抜けている。

突如、始まった華麗な演奏に、律子と宮本は、呆気にとられて朱雀を眺めていた。

朱雀は憑かれたように演奏を続け、時々、ちっと舌を打って厭な顔をする。

暫くは終わりそうにないので、律子は仕方なく目を閉じ耳を傾けた。

その旋律は最初、木の葉が落ちてくる秋の風景を幻視させ、やがて紺碧の海底に漂っているような身体感覚をもたらした。

美しい音色が、一同の頭の中一杯に広がり、脳髄の底をかき回すかのように躍動する。

最後に、朱雀は鍵盤の端から端を指で撫でて、演奏を終わらせた。

「うーん、音楽はいいね、一時でも人の心の垢を洗い流してくれる。こんな立派なピアノがあるのなら、どんどん音楽会などを開かなければ宝の持ち腐れだ」

朱雀がまだ恍惚とした表情で発言すると、宮本は狐に摘まれたような顔でぱちぱちと手を叩いた。

「先生がピアノを弾けるなんて知らなかった!」

律子が感動に弾んだ声で騒ぐと、朱雀は何気ない顔で、

「なに、たしなみ程度さ。気にいった曲を二、三曲だけ勉強したんだ。ピアニストのように何でも弾けるというわけじゃない。今、弾いたのは僕が弾けるなかで、一番音域の広い

曲だったのでね……」

と不可解なことを言った。

「先生、まさか演奏を聞かせるためにだけ私達を此処に連れてきたんじゃなくてよね？」

律子が訝しげに訊ねる。朱雀が、ふふん、と口の端で笑う。

「どうだろうねぇ。そうかも知れない」

「まぁ、ふざけてないで、そろそろ閑話休題にして下さい」

朱雀は肩を竦め、

「まったく律子君は気が短いね。柏木君のように、ぼうっとしているのも問題があるが、せっかちすぎるのも良くないよ」

と言い、上がってこいと一同に合図した。

「じゃあ今から、殺人事件のトリックを一つずつ解くからね、よく聞いておき給え」

朱雀は長い指をパキパキと鳴らした。

「まず一番、分かりやすいのは、御霊社の禰宜、白面司こと小松元方を人体発火させた方法だよ」

「あの謎が解けるがですか？」

身を乗り出した宮本に、

「そうだ、清子の死体の方は確認したのかい？」

ニヤリと笑って朱雀が聞いた。

「かっ、確認致しました。取り敢えず、問題の帯紐を死体より外し取って来ちょります」

宮本は冷や汗を拭いながら、袋に入れた帯紐を示して見せた。

「それは結構だ。宮本君はいい刑事だったと田所君に報告しておくよ。早速それを額田の首にある絞殺痕と照合してくれたまえね」

「はいっ」

宮本は元気良く敬礼した。

どうやら宮本刑事は、清子の死体を洞窟に置きっ放しにしてきたようだ。これじゃあ朱雀が田所警視に何を報告するのか分かったものではない。

律子はやれやれ、と天井を見上げた。

「さて、人体発火の方法だったね。

いいかい、物が突然、高温で燃え上がるなどという現象を考えてみたまえ、どだいその原因は化学反応としか考えられないじゃないか。

しかし、この狭い、物の乏しい島で、どうやってそんな材料を手に入れたのかが、一つの問題点だった。つまり、推理に現実性があるかということだ。ところが、これが意外と簡単に見つかったんだ。人体発火のタネは、殺鼠剤だよ」

「殺鼠剤ですがや！」

宮本が叫んだ。

「この島の殺鼠剤の材料は白燐(はくりん)なんだ。白燐はわずか〇・一グラムで致死量となる猛毒だからね、しばしば殺鼠剤として使われる。これは、島で日用品を商っている中村商店にも今朝確かめてみた」

「燐っていうと、燐寸(マッチ)の材料ですね？」

律子が訊(き)いた。

「燐寸の材料になっているのは赤燐(せきりん)の方だがね。ご存じのように、赤燐というのは、ちょっとした摩擦でも火が点じる程に反応性が高いよね。

ところが、白燐というのはさらに反応性が高く、空気中だと五十度近くで発火する。勿(もち)論(ろん)、護摩壇の火花などが一寸(ちょっと)でも接触すれば、突如として燃え上がる訳だ」

「成る程、犯人はそれを使った訳ですな」

宮本が唸(うな)った。

「多分、犯人の取った方法はこうだ。

白燐はベンゼンなどでよく溶ける性質を持っている。だからベンゼンに溶かし、白燐を液状にする。そこに司の衣装を浸したんだろう。

ご存じの通り、ベンゼンは揮発性が強い物質だ。ベンゼンと白燐の混合液に浸した衣装を乾かすと、ベンゼンだけが蒸発して、衣装に白燐が残留することになる。

だが、暫くは臭いが酷(ひど)くて異常に気づかれやすいだろうから、小松禰宜の衣装に直接細工をしたとは考えられない。つまるところ、犯人は同じ装束を所持している司の中の一人に絞られる。

すなわち、自分の衣装に細工をしておいてベンゼン臭が消えた後、頃を見計らって禰宜のものと取り替えたというわけだ」

「でも先生、司の装束は黄色いのに、そこに白い粉が付いてたら、すぐに分かってしまうわ」

律子が不安げに朱雀を窺った。

「いや、ところがね。白燐は空気中に晒しておくと、すぐに酸化を始めて、黄色くなるんだ。だから黄色い装束に同化してしまう。燐が燃え上がる時の反応は強烈でね、一瞬、金色の閃光がおこって瞬時に燃え上がる。爆発といってもいいような燃え方だ。目撃証言の通りだよね。しかも温度は五百度以上にもなるという」

「いやぁ、お見事です！」

宮本は大袈裟に拍手をした。

「話はまだ終わってないから、いちいち拍手しなくていいよ」

朱雀は面倒臭げに顔を顰めた。

「ねえ先生、例の鎌鼬も化学反応ってやつなの？」

律子が興味深そうに訊く。

「いや、化学反応で人体を真っ二つというのは無理だろうね……。だが、鎌鼬に関しては、僕は以前に一度、扱った事があるんだ」

「他にも、鎌鼬事件があったと仰るんがや！」

宮本はすっかり興奮して鼻息を荒げている。

「うん、もう八年ほど前だが、太刀魚釣りをしていた男が、断崖で腹をざっくり切られて死んだ事件があったんだ」

「断崖で？　今回の事件と似ているわ」

律子達が顔を見合わせた。

「それを遠目で見ていた釣り人の証言によるとね、近くに怪しい人影もないのに、突然、男の腹がすっぱりと、こう切れたというんだ」

朱雀は、刃物を握った手で、腹を切るような仕草をした。

それを見ていた宮本は、いかにも痛そうに顔を顰めた。

「で、その犯人いうのは……？」

律子が生唾を呑むと、

「魚だった」

あっさりと朱雀が言った。

「さっささ魚！」

宮本が目を白黒させる。

「じゃあ、今度の鎌鼬の犯人も魚なの？　いくら海の側の絶壁だからって……」

律子が不満げに言う。

第一、魚がどうやって鎌鼬を起こして人を殺傷するというのだろう……。

「いや、今回は流石に魚が犯人じゃないよ。今度の犯人はね、大銅鑼だ……」

しごく真剣に言った朱雀の台詞に、律子達は訝しげに眉を寄せた。

「大銅鑼が、小松生助を真っ二つにして海に逃げたとでも言うですがや？」

呆然と宮本が訊ねた。

「まさにその通りさ」

朱雀は嬉しそうに笑った。

「まさか……」

二人が口を揃えて言う。

「諸君は釣りなどした事があるかい？　僕は何度かあるが、あれはかなり眠気に襲われる代物だね。そりゃあそうさ、風光明媚な場所でだね、海やら川やらといった広い水溜まりの中にちっぽけな針と糸を垂らして魚が食い付くのを待つんだからねえ。

何処かに竿を固定しておいて、うたた寝するなんて事は実際みんなやってるんだ。

先の太刀魚釣りの男もそうだった。男は横手の岩場に竿を固定して、うとうと眠っていたんだ。ふっと目が覚めた時、魚が針にかかって浮きが動いている事に気が付いた。それで、ふらつく足取りで竿に駆け寄ってしまったんだ。

その瞬間、太刀魚が思いっきり糸を引いた。すると、勢いよくリールから引っ張り出された釣り糸が、丁度男の腹を掠めたんだ。それで腹が、ぱっくりと切れた」

「そんな危険な事が起こり得るの？」

律子が驚いた。

「現にあったんだよ。実際、釣り糸で手を切る位の事故はしょっちゅう起こるんだ。ほら、本をめくってて指を切ってしまうような事があるだろう？　薄い紙でも、摩擦や、動く勢いによって、鋭利な刃物と同様の働きをする事がある。まして釣り糸は、細くて頑丈だ。

太刀魚というのは力の強い魚でね、五十キロ近い力で糸を引っ張ることが出来る。力学的には、大きな力が、小さな面積に加えられるほど破壊力が強くなる。五十キロの力が釣り糸の面積に加えられたら、腹をザクリだ」

「じゃあ、生助さんの鎌鼬もその原理で……」

「うん」と朱雀は大きく頷いた。

「恐らく犯人は、普段から魚釣りをしていて、このトリックを思いついたのではないかな。使われた糸は骨までをも切った事実から見て、おそらくピアノ線だろう」

朱雀は、『ごらん』とでも言うように、鍵盤を叩いてみせた。

それは高音部分のラの鍵盤だったが、朱雀の推理に相槌を打つように音を奏でなかった。

「島中で、ここにしかピアノはないと聞いたので、確かめたんだよ。

ピアノ線は金属の芯に細い銅製ワイヤを巻いて補強した物で、二百キロ近いものをぶら下げられるほど強度が高い。それに非常に極細だから、殆ど目につかないよね。まして、陵王面の眼窩には硝子が埋め込まれているから、余計に見えにくかっただろう。

犯人は、まず大銅鑼を数回叩けばその振動で縄が切れるように、あらかじめ大銅鑼を吊している荒縄に切れ込みを入れた。それも目立たない箇所、つまり、鐘を吊っている柱の上部にある結び目の箇所だ。だからこそ、荒縄が切れた時、柱に縄の切れ端すら残らなかったんだ。

次に、ピアノ線を仕掛ける。長いピアノ線の端に小さな輪っかを作り、もう一方の端をその輪っかに通して大きな輪を作る。大きな輪は大銅鑼を叩く立ち位置の地面に置いておく。

さらに、ピアノ線の先端は柱の上を通して、銅鑼に結びつけておくんだ。

するとだね、鐘を叩く事で、縄が切れ、鐘が落下する。鐘に結びつけられたピアノ線は引っ張られ、仕掛けの大きな輪は縮まりながら黄面の立っている足元から上方へ浮き上がる。そして鋭利な回転刃物となって、黄面を襲う訳だ。

鐘の重さは百二、三十キロ、それに、秒速九・一八メートルという重力速度を考えれば、もの凄い勢いと力で、胴体がすっぱり切れてたとしても何ら奇怪しくはないんだよ」

余りに容易に朱雀がトリックを解いたので、誰もが自分のことを阿呆のように感じてしまった。しかし当人は浮かない顔をしている。

「だが、大銅鑼は証拠のピアノ線を持ったまま、渦潮の底に消えてしまった……。

だからこのトリックは、推理の域を出ることができないのだがね。

さっきの白燐(はくりん)の手口にしてもそうだ。装束は一瞬にして灰になってしまっただろうし、火を消し止める為に、白面の身体に水がざばざばとかけられたから、燐の成分は灰と共に土中に染み込んでしまっただろう。

そして、もし土中から燐が発見されたとしても、よく使われている殺鼠剤の材料が検出したというだけのことだ。

くそっ、まったく用意周到だよ。実に頭のいい犯人だ。こんな島に埋もれているには惜しいぐらいの人材だね」

朱雀が、呆(あき)れたというように大きく息を吐く。

宮本達は犯人の狡猾(こうかつ)な手口に脂汗を流した。

「で、では、富作から発見された石と、金仏に関してはどがいですがや？」

朱雀は、不可思議な薄ら笑いを浮かべた。

「人間の体に拳大(こぶし)の石を入れるトリックの解明は、後回しにさせてくれ。先に、金仏のトリックを解きたいと思うんだ。

宮本君、例の物はいつ頃用意出来るんだい？」

「はっ、夕方には届きます」

宮本が反射的に敬礼をした。

「夕方なら丁度いい……。

今夕、僕はまず、御霊社の洞窟の大年様を動かしてみようと思う。それから、川辺で大年像を金仏に変えて見せよう」

魔術師めいた朱雀の宣言に、一同はごくり、と唾を呑んだ。

「さて、まだ昼過ぎだね。宮本君は夕方まで暇だろうから、黒松巡査を手伝ったらどうだい？」

朱雀が軽い調子で言う。

「黒松をですが？」

厭そうに言った宮本に、

「だって、事件を早く解決したいだろう？」

朱雀はふん、と鼻で笑って答えた。

3

朱雀は、後木や律子と共に池之端に戻り、座布団を二枚並べて敷いて、それに寝そべった。

すっかり夏の白い日射しが、部屋に射し込んでいる。

律子は窓から身を乗り出して外の様子を眺めた。

道端の道祖神の前で手を合わせ、祈っている老女の背に、蝉の声が降り注いでいた。その皺深い横顔はとても神秘的だ。

庭の花に水をやっている百絵子の姿も見える。

平和な光景だった。

律子は随分長くこの島に居るような気がしたが、指折り数えてみると、わずか十日間に過ぎない事に気付いて少し驚いた。

「洞窟の大年様はどうやって動かすの、先生？」

「僕が何かをするんじゃなくて、あれは勝手に動くんだよ」

朱雀はよく分からぬことを言ったが、律子は追求しなかった。不思議な気持ちで、悪霊の影が落ちた島の景色を眺めながら呟いた。

「不思議だわ……。私には、ここの生活は随分と理不尽で、不自由なもののように感じるのに、ここにいる人達は誰もそんな風に思わないのかしら」

朱雀は瞑っていた片目を開けた。

「何言ってるんだい。人間は家畜のように、どんな環境にでも順応してしまう無節操な生物だよ。教育さえあればね」

「教育……？」

「そう、教え込まれた事を常識だとか、真実だとか思ってしまうのさ。教育によって価値観が全く違ってしまう。こんな生き物は人間だけだよ。そこが人間の賢さでも愚かしさでもあるのだがね」

「御霊社の事や、成子様の事が暴露されたら、少しは島も変わるかしら？」

「違う価値観を教育されない限りなかなか変わらないと思うよ。迷信深さも……」

朱雀は渋顔で答えた。

丁度その時、庭先に居た百絵子の元に、久枝彦が血相を変えてやって来た。

「昭夫さんが逮捕されたち、まっことながや？」

「うん、昨夕……。額田の家からお兄ちゃんが出て来た言うて、小松洋平が嘘の証言したんよ」

百絵子が目に涙を浮かべた。

「和子さんは？」

「お母ちゃん、それ聞いて倒れたんで。池之端派の男達のせいやき。父ちゃんも兄ちゃんも、皆の為思うて小松に逆ろうたきに、こんな事に……。優しうしてくれたんは、余所の人だせやのに、うちらが困ってても何も助けてくれん。優しうしてくれたんは、余所の人だけぜ」

久枝彦は顔を曇らせた。

「こん島の人間は大抵、日和見で都合のいい方にあっちこっち転ぶ、事勿れ主義がよ……。このままじゃ、何時までたっても、いっこう良うならん」

百絵子はその言葉に、はっとした。

そうや、この島の人はまるで
童話に出て来る蝙蝠（こうもり）みたいや……
鳥にも動物にもおべっか使（つこ）うて
最後はどっちからも見捨てられるんや

「この島はほんまに憑（つ）かれてるんやわ……」

百絵子が不安げに呟く。

「百絵子ちゃん、気をしっかりな。こげな島どうなっても僕はもうええと思うちゃ。こんな島は神に見捨てられたんぜ。司達が死んだんがその証拠やち、皆言いゆう。百絵子ちゃん達は島を出て、やり直したらええが」

「そんな事できるが？」

「必ずできるがよ。とにかく、小松洋平に証言を取り消して貰（もろ）うて昭夫さんを助けないかん」

久枝彦が真剣に言った。

「有り難う……。うち、時々久枝彦さんの事、お兄さんみたいに思うきにね」

「いや、昭夫さんには子供の頃よう遊んで貰うたきに、放っておけんだけぜ」

「久枝彦さんまで無茶せんといてちゃ……」

そう呟いて、百絵子は暫く黙っていたが、

「そうや、今日の夕方は暇？」

と訊ねた。

「どうして？」

「最近、焼き場のお仕事も忙しかったろう？　律子さんのお兄さんが、夕方、御霊社で大年様を動かす言うちょるき、久枝彦さんも良かったら来て」

百絵子の言葉に、久枝彦は頷いた。

4

夕刻――。

御霊社の洞窟に、朱雀達と池之端派の男達が待機していた。百絵子と久枝彦、御剣は肩を寄せ合って入り口付近に立っている。

「どうやったが、小松洋平？」

百絵子が久枝彦に囁いた。

「まだ白を切っちょる。けんど、小松は崩壊状態やき、きっとその内白状しよる思う」

久枝彦が暗い声で答えた。

「御剣さん、身体は大丈夫ながや？」

百絵子が御剣に訊ねた。

「ええ……」

御剣は何処か上の空の様子で答えた。

その時、疲れ果てた顔をした宮本刑事と黒松巡査がやって来た。

「お、遅うなりまして……」

息を切らして二人が朱雀に敬礼した。

「揃ったね、じゃあそろそろ始めようか」

朱雀は後木に命じて、一体の大年像を神鏡の前に移動させた。

「いいですか、皆さん。今からこの像が動きます。動くのを見た人は、手を上げて下さい」

朱雀が高く響く声で一同に命じた。

一同は、固唾を呑んで像が動く瞬間を待った。

やがて、入り日が洞窟内に射し込んで来る。

夕陽を受けて、神鏡がどぎついばかりに輝いた時、宮本は像がゆらゆらと揺れるのを見て、挙手した。

続いて池之端派の男が数名手を上げた。百絵子と黒松も手を上げた。

「後木、何人手を上げた？」

朱雀が訊ねる。

「七名です」

後木が答えた。

「た、確かに像が動きよりましたき。どうなっちょるんですろう？」

宮本はぽかんとした顔で呟いた。

「ああ、今日は日射しが強いので、動くとは思ってたんだ。宮本君、どんな風に動いたね？」

「左右に揺れよりました」

「他の人は？」

「私は、前に寄ってきたわ」

百絵子が言った。

「さて、このようにどう動いて見えたかが二人においても違う。多分、手を上げたタイミングも皆さん違うはずだ。要するに、誰かが動いたのを見た時、他の誰かはそれを見ていないんです」

朱雀は杖で地面を一打ちした。

「それはどうしてなの？」

百絵子が不思議そうに訊ねる。

「つまり錯覚だからさ。これはね、瞳孔反応による錯覚だよ。

夕暮れ時、すなわち像の後ろの神鏡が光を反射する時に限って、像が動くのが目撃されているよね。

暗い洞窟の中で、一ヵ所だけ明るい光が射していると、瞳孔は、暗さと明るさの落差に順応できず、開いたり閉じたり、光の量を調整しようと忙しく動く。その時に網膜に映る像の輪郭にブレが生じて、左右に揺れたり、大きくなって迫ってきたように見える現象が起こるんだ」

「なんだ、そういう事だったがちや。ワッハッハッハッ」

怖ろしい呪詛から逃れた生還者のような、宮本の馬鹿笑いが洞窟に木霊した。

「別に面白かないよ、宮本君。その癇に障る馬鹿笑いは止めてくれ。話は途中なんだから」

朱雀に窘められ、宮本は青くなって笑いを止めた。

「青面殺しには心理的なトリックも応用されている。犯人はね、皆の頭に刷り込まれた『大年像が動く』という観念を上手く利用したわけなんだ。だからこそ、皆さんは実に自然に、大年像が歩いて行って金仏になるという奇妙な物語を納得した訳だね。

だが、当然、像は動いて河原近くの森に行った訳じゃない。誰かが運んで行ったんだ。じゃあ、それが可能かどうかを実験してみよう。

黒松君、この像を河原まで運んでくれたまえ」

「えっ、わしが一人で担ぐがですか？」

「勿論さ。一人で出来るかどうか試さないとね」

朱雀が意地悪げに笑った。

律子は蹌踉めきながら必死で像を背負った小柄な黒松を見ていると、馬場刑事がなぜ朱雀をあんなに苦手がっているかよく分かって、つい噴き出してしまった。

喘ぎながら像を担いで歩く黒松の後に、一行はぞろぞろと続いた。

5

一同は河原に到着した。

「その辺の茂みに大年像を置き給え」

朱雀の命令で、黒松が像を下ろす。

「作兵衛さんが見たのは、このように目立たないよう茂みに隠された像だった訳だ。さて、では河原に下りましょう」

河原に下りた人々は、口々に、あっと声を上げた。

袋と槌を持った黒い人影が、月を背に立っていたからだ。

「ご覧の通り、菖蒲の見た大年神が河原にいます。菖蒲はおそらく死んだ信好にのしかかられていたでしょうから、仰向けに倒れていた筈です。

時刻は少し早いですが、菖蒲が大年神を目撃した様子を再現してみましょう。

さて、律子君、仰向けに倒れてみて」

律子は人目を気にしながら、河原の石の上に寝そべった。

妙な気分だ。ぽっかり浮かんだ月を見上げる。

「犯人は菖蒲にのしかかっていた信好に近づき、金属製の槌で頭を打つ」

朱雀が言うと、袋と槌を持った黒い人影が律子に近付き、槌をゆっくり振り上げる。

「さあ、律子君、どういう風に見えるね？」

律子は、しっかりと目を見張って確認し、答えた。

「鏡を背負った大年神が立っているわ！」

朱雀は満足そうに頷いて言葉を続けた。

「で、菖蒲は驚いて林に逃げ込んだ。その後の、犯人の行動をこれからお見せしましょう。後木、教えた通りにやってみてくれ」

袋と槌を地面に置き、大年像を隠した茂みの方に向かった人物の横顔を月光が照らした。サングラスを外した後木だった。

後木は陶器製の像を軽々と抱えて河原まで持って来ると、岩場で足を支え、頭を川中に浸けるという姿勢で像を設置した。

「僕はまず、大年像がなぜこんな不細工な置かれ方をしているのか考えてみた。普通なら、真っ直ぐに立てて置くはずだ。しかし、像はこの状態でしか置きようがなかったんだよ。さて、犯人はここで、陶器製の大年像から槌を切り離す」

後木が工業用の金剛石を構え、器用に像から槌を切り離した。像の手の上下に空洞があく。

「次に、信好を撲殺した金属槌を、今出来た空洞に填め込む」

後木は言われた通りにやってみせた。

それから、河原に置いてあった袋を取りに行き、像の側の岩の上まで運んだ。その作業を数度行なうと、岩の上に九つの袋が積み重ねられた。

後木は岩の上に座り、袋の中身を像の中へ流し入れ始めた。

さらさら、と砂の流れるような音が周囲に響く。

「像が逆さまに置かれていた理由は、このように台座の後ろの穴からブツを中に入れる必要があったからです。

皆さんご存知のように、御霊社の大年像は空洞です。その中に錆びた銅とアルミニュウム粉、マグネシュウム粉、マンガンを混ぜた物を詰めているのです。

宮本君、この四つの物質で何が出来るね？」

突然の朱雀の質問に、宮本はあたふたとして、

「私、化学は苦手でして……」

「では教えて上げよう。銅、アルミニュウム、マグネシュウム、マンガン、これはジュラルミンの材料だ」

「おおっ、そがいですか」

「二百八十キロの金仏と言えど、こうして粉末にして小分けして運べば、造作もありませ

ん」

朱雀が解説した。

「し、しかし、像を作るのはどうするがです？　粉末のままでは拙いですろう……」

宮本が狼狽えながら問うた。

「勿論、今から鋳造するんだよ。

いいかい、あの像は同じものを七体も作る必要上、鋳型でもって作成された。前身後身を別々で鋳型にし、それに均等に伸ばした粘土板をはめ込み、あとで接合するという方法だ。故に、像の中の空洞は、繊細な部分までは写し得ないが、ほぼ本体と同じ物を作る鋳型に出来るんだ」

「なんと、像そのものを鋳型にしたとは！」

一同が驚愕する。

「さて、そろそろジュラルミンの鋳造を始めるか」

朱雀はさらにとんでもないことを、事も無げに言った。

「しかし、こがいな場所で、鋳造なんぞできますがや？　鋳造には大層な高温が必要ですき」

宮本は辺りをきょろきょろ見回しながら尋ねた。

「そうだね、銅の融点は、一〇八五度だよ」

朱雀が事もなげに言う。

「一〇八五度！」

宮本が叫ぶ。

「さっきから五月蠅いね、君は。まあ、黙って見給え」

朱雀がそう言った時、シュッと燐寸が擦られ、像の中に差し込まれた導火線に点火された。

シュ――ッ

毒蛇の威嚇音のような音が暗闇の中に響き、紫色の火花がパチパチと弾けた。

後木が横手に体を除ける。

すると突然、像の足元から目映い金色光の放射が巻き起こり、サーチライトのような一条の光が夜空に流れた。後木の顔が目映い光の中に浮かび上がる。

一同は、わあっ、とどよめいて、像の方へ駆け寄ろうとした。

「危ないから、あまり近寄らないように！　間違っても触るんじゃない！」

朱雀の鋭い声が一同の背に飛んだ。

「い……今のは何が起こったの？」

律子が呆然と呟いた。

「像の空洞に、酸化銅、アルミニュウム、マグネシュウム、マンガンを詰め込んだ後、少し窪(くぼ)みを作って過酸化バリウムとアルミニュウムの粉末を十対一の割合で混ぜた物を中心に入れ、そこに導火線を差し込んで火をつけたんだよ。

アルミニュウムは他の金属化合物を還元して元の金属にもどす作用がある。たとえば、テルミットと呼ばれる酸化鉄粉末とアルミニュウム粉末の混合物を加熱すると、アルミニュウムが酸化され、酸化鉄は鉄に還元される。このときに発生する高温により鉄が融解するので、この反応は鉄溶接法に利用されている。

これと同じ反応が酸化鉄の代わりに、酸化銅で起こったのさ。

同じく、純粋な金属マグネシュウムは、燃焼時の発光を利用して、撮影用フラッシュにつかわれていたものだが、酸素との結合のしやすさから、還元剤としてよく金属鋳造に使用されるんだ。

アルミニュウムは酸化される時、金色の強い光を、マグネシュウムは銀色の強い光を放つ。二つが混じって、大型のフラッシュが焚(た)かれたのと同じことになる。菖蒲の見た金色の光の正体はこれだ」

巧緻な理論の前に、宮本は鸚鵡(おうむ)のように、おおっ、おおっ、と繰り返していた。そうして、すっかり畏敬(いけい)の眼差(まなざ)しで朱雀を見つめた。

「さらに、アルミニュウムとマグネシュウムが銅錆(さび)、つまり酸化銅の酸素と化合する時の反応熱で中は千二百度近い温度となり、金属の粉末はどろどろに溶けてしまう」

暫(しばら)く時間を置いて、朱雀は像に水をかけるよう、皆に命じた。

水は像にかけられた途端、熱い蒸気となって白く舞い踊った。暫くそれを続けたところで、朱雀は次の作業を命じた。

「さて、これでそろそろ冷えたハズだ。次に、茂みに隠れて震えていた菖蒲は大年様の槌の音を聞いたと言っていた。

後木、やってくれたまえ」

後木は金剛石で像から台座を切り離した後、河原の石を摑むと、像めがけて打ち下ろした。金属的な打音が響きわたり、像がひび割れ剝がれていくと、中から銀色の光沢が現れる。

一同から溜息が漏れた。

朱雀は身じろぎ一つせず静かに立っている。

月影がその体に落ちて、幽暗な影が彼の美貌を神秘的に際だたせていた。

美しいガンダーラ仏のようだ。暗い伽藍の中に立つ超越者の顔である。

朱雀は麗々しく凄みのある声で、

「菖蒲はこの音を聞いたんです。

さてもう、その金像は重くて動かないからこのままだ。

手の穴にはめ込んだ槌は、今の熱で溶接されてしまっている。だから被害者の打撲痕と槌はぴったりと符合するのです。

僕がこのトリックに思い当たったのは、菖蒲の証言、そして像の不自然な設置のされかた。律子君が確認した緑色の金属粉、おそらく酸化銅――からだった……」

やがて、殺害現場にあった大年像と全く同じ姿勢の同じ金仏が月明かりの中に出現すると、大きなどよめきが起こった。

「あとは砕いた陶器のかけらを始末すれば、お終いです」

朱雀がにっこり笑った。

「いや、素晴らしい、素晴らしい。あの菖蒲の証言から、ここまで犯行の手口を再現されるとは、さすがです、さすがです」

宮本は、すっかり浮かれた様子だ。

「小娘だという先入観から、菖蒲の証言を真面目に取り合わなかったのがいけないのさ。先入観に溺れると真実を見失う。人の話は何時だって真面目に聞くものだよ」

と朱雀が答える。

律子もつくづく感心していたが、ふと、疑問が湧いてきた。

「先生、確かにこれで犯行のトリックはすっかり解明できたけれど、だからといって犯人の正体は謎のままだわ」

宮本もそれを聞いて、「あっ」と叫んだ。

「そ、そうですがよ。結局、犯人は分からずじまいですがや？」

「いや、僕はそうとも思わないな」

朱雀は余裕ありげに答えた。

「この犯行の特殊な手口が充分に犯人の正体を示唆しているじゃないか。いいかい、この犯人の究理の知識は並ではないだろう？　例えば宮本君、君が犯人だとしてこんなトリックを思い付けるかい？」

宮本は真っ赤になって首を振った。

「そりゃあ、無理ですろう。究理の知識なんぞ、わしは持ってませんきに」

「そうだわ。こんなこと発想出来るのは、余程、頭のいい人ね。それも高学歴の……究理を専門に学んだような。誰かしら？」

律子が目を瞬いた。

「いや、そうじゃないよ、律子君。百絵子ちゃんに訊くけど、お兄さんの学歴は？」

百絵子が答えた。

「兄は中学卒です」

「ほらね、島の旧家の昭夫さんですら中卒だ。恐らくそれ以上の者は居ないだろう。だいたいこの島の生活に学歴なんて必要ない。聞けば、子供たちは殆ど学校に行ってないようだしね」

それを聞いていた黒松は、パンと手を打った。

「分かったぞ！」

そう叫んで飛び上がると、黒松はやにわに御剣の腕を捕まえた。

「なっな、何をするんですか！」

御剣は泡を食って足掻いた。

「おまんに違いない。紀行作家ということは相当、色んな知識もあるはずじゃし、頭もええはずや。こんな芸当を考えつくのは、おまんや！　それにおまんは余所者で、誰もその顔を知らんがよ。小松直虎とは、おまんのことじゃろう」

「ばっ、馬鹿な、私はそんな事していませんよ」

「まさか、御剣さんはそんな人やないき」

久枝彦も驚いた顔で、黒松を制する。

百絵子は大声で、

「待って、なら小松吉見さんが一番怪しいわ。あの人だけは大学を出て医者をしちゅうし、それに信好さんが死んだら得をする。村長さんが死ぬ現場にも居合わせちょった！　偽の死亡報告書を書いたのも吉見さんやお？」

「うむ、それも一理ある」

宮本が頷いた。

「何を言うがや。よっ、吉見さんがそがいなことするわけないろう」

黒松はあわてた。

「君、離したまえ。犯人は御剣さんじゃないよ。吉見さんでもない。犯人は先代宮司の息子、直虎だ」

朱雀が眉間に縦皺を寄せながら言う。

「けんど、この男がその直虎やないですか。大体、この島で身元不審なのはこの男だけですろう。直虎やとしてもおかしくないがやきに」

「だとしたらあの赤面の死体は誰だと言うの？」

律子の言葉に、一同は再び混乱に陥ってざわめいた。

「よく考えようよ。もっと犯人に相応しい人間がいるんじゃないかな？　殺人に使われたトリックは、本で知識を得ようとしても、この島には本屋すらないから、どだい難しい。しかし、高い学歴など必要はない。

むしろ、こうした一つ一つの犯行に使われた材料は、犯人にとって身近な物なのだと考えたほうがいいだろう。だから、奇想天外な発想が易々と出てきたのだと僕は思う。

魚釣りをよくする人物で、燐や銅粉やアルミニュウム、マグネシュウムなどの知識が豊富であればいいのだ……。

幸い、こうした金属粉末は、なかなか普通のルートでは手に入らないものだ。ましてこの島には、化学工場だってない。

それが大量にやすやすと手に入るということは、犯人が常日頃からこうした物を仕入れていたからだろう」

「銅粉やアルミニュウムやマグネシュウムが何時も身近にある人？　そんな人がいるの？」

律子の問いに、朱雀は深く頷いた。

「いるよ、律子君。君は祭りの時に花火を見たと言ったね？

　こうした材料がいつも身近にあって、その性質を知り尽くしている人物。それはね、花火の職人だ」

　白い背広がひらひらと風にはためく。

　朱雀は長い睫を伏せ、冷たい声で続けた。

「花火の基本成分は、硝酸カリウム（硝石）などの酸化剤と、酸素と化合して熱や光を発する木炭、硫黄などの可燃性物質だ。

　硝石、硫黄、木炭の混合物は黒色火薬と呼ばれ、軍事目的にも使用されている。硝酸カリウム又は塩素酸カリウム或いは過塩素酸カリウムが、ほとんどの花火で火薬の主要成分になっている。

　しかしそれだけじゃない。花火の色を出すためには、さまざまな金属や金属化合物の薬剤を調合しなければならないんだ。銀を発色するマグネシュウム、赤を発色する炭酸ストロンチウム、黄色を発色するシュウ酸ナトリウムの他に、青を発色する酸化銅、緑を発色する硝酸バリウム、金色を発色するアルミニュウムなどがよく使われる。

　すなわち、犯人が花火職人ならば、この犯行のトリック材料を手に入れることも、手口を考えることも、いとも容易い訳なんだよ。

　祭りの時に、花火を作っている人物は？」

　朱雀は杖で岩を打って、叩きつけるような声で詰問した。

「黒松巡査、この島の花火職人は誰なんだい！」

黒松は体を縮み上がらせた。

「黒松、早く言え！」

宮本もせっつく。

黒松が信じられないという顔で、その人物を見た。百絵子も、男達も、視線でその人物を示していた。

6

「久枝彦さん……？　どうして貴方が」

律子は呆然として呟いた。

久枝彦は黙っている。

「久枝彦さんつか？　ほんまに、おまんなんか？」

黒松が詰問すると、久枝彦は首を振った。

「僕やない。誤解ですろう」

「ほんまがや？」

「ほんまです。なして、僕がそんなことする理由がありますがや？」

久枝彦は顔を上げた。

「そっ、そうやなぁ。第一、久枝彦さんは氏素性のハッキリした人や。直虎という人とは違う」

黒松は自信なげに朱雀をチラリと見た。

朱雀は肩で大きく溜息を吐いた。

「状況証拠だけですからね、本人に惚けられてしまったら確かに立証は難しいですね。でも、貴方が証言してくれないと、昭夫さんの無実が晴れないのですよ。困った事ですね」

百絵子が久枝彦に縋り付く。

「久枝彦さん、本当やの？　もし犯人やったら自白して、お願いや。お兄ちゃんが無実やって警察に証明して！　お願いやきに！」

百絵子の言葉に黒松がおろおろする。

「黒松、どがいした、のうが悪いがか」

宮本が、ぎょろりと黒松を睨みつけた。

久枝彦の石のようだった表情は、みるみる緩んでいき、ほっと諦めたような微笑が浮かんだ。

「仕方ない、絶対にばれんやろうと思うたけんど、昭夫さんが警察に捕まったんはしくじった。

そん人が言いゆうように、僕が犯人や。額田を殺したのは、清子や。その清子は僕が殺した。黒松は、証人をでっちあげとるんや」

なんやと！　と男達から声が上がり、黒松は池之端派の男達に取り囲まれた。

「おいこら、警察の目前で暴力沙汰はゆるさんぜよ！」

宮本が男達に檄を飛ばした。

「君が小松直虎君だね？　富作の遺体から洞窟の御神体が出てきたというのは、五行殺人を印象づけるための君の狂言だね？」

朱雀の問いに久枝彦が頷く。

「じゃけんど、久枝彦さんは、柳森さんの息子さんじゃ……」

まだ黒松が信じられないかのように反論すると、久枝彦はぴしゃりと言った。

「僕は小松直虎や。母、芳子は赤ん坊を抱いちょる振りをして、人形を布にくるんで海に飛び込んだ。僕は額田の婆さんによって、密かに、子供を欲しがってた柳森の両親に預けられたんや」

「何故、司達や成子を殺害した？」

宮本の問いに、久枝彦は毅然と胸を張った。

「僕のこの呪わしい運命に対する復讐や！　両親の復讐や！」

「両親？　母の芳子のことは分かるけんど、おまんの父親は小松公康じゃろう」

宮本が言う。

「確かに、この身に流れる血は小松の血や……。

けんど、僕にとって父親は、亡き池之端一郎さんじゃった。

一郎さんは、額田から僕の事を聞き、母が僕を自分の子供じゃち信じちょったことを知り、柳森の両親が早世した後、僕の後見人になってくれたんで。

月に一度は、訪ねて来て、色んな話をしたり、遊んだりしてくれた。僕にとって父親は池之端一郎、母は芳子、小松は僕の両親の憎い敵や！

生い立ちのことは額田の婆さんや、一郎さんに聞いてずっと前から知っちょった。

それで、一郎さんと小松の雲行きが怪しゅうなってきた頃から、僕は御霊社に接触を図るようになったがよ。

ただ、これだけは言うちょく。

僕は成子様を殺したりはしとらん。何故(なぜ)なら、あの人は憎い小松公康の血で繋(つな)がっちょるとはいえ、僕の姉さんやからにゃあ。僕と同じ、小松の家の為に犠牲になった可哀想な姉で。機会を見計らって島から逃がすつもりじゃった。あれは覚悟の入水(じゅすい)や！」

「よし、分かった。小松直虎、連続殺人容疑で逮捕する」

宮本がにじり寄る。と、久枝彦は、突然、着ていた上着を脱ぎ捨てた。

わぁっ、と人々から悲鳴が上がった。

久枝彦の腹にはダイナマイトが巻き付けられていたのである。

宮本は拳銃(けんじゅう)を構えた。

「もしやこがいなこともあるかと思うて、用意してきたんや。少しでも近寄ったら火を付けるがよ。

これは玩具やない。さっき朱雀さんも言うちょったじゃお。花火の火薬は、軍事にも使用されちょるんぜよ！」

宮本と久枝彦は硬直状態で睨み合った。

久枝彦にしても背を向けた瞬間、撃たれる危険がある。

宮本の方は発砲する前にダイナマイトに火をつけられたら……と恐れていた。

他の人間がわらわらと草むらの中に隠れる中、二人は互いに身じろぎもせず対峙していた。

その時である。

ヒョ――オ

不思議な風の音が微かに響いた。

ヒョ――オ
ヒョ――オ

「拙い！　嘯だ。嘯が蝙蝠を呼んでいる。蝙蝠がやって来るぞ！」

朱雀が顔色を変えて大声で叫んだ。

後木が上着を脱いで、朱雀に覆い被せる。

不安な気持ちで誰もが空を見上げた時、御霊社の上空に、みるみる蒼白い光の大群が現れた。ぞっとするほど巨大な、オーロラのような光のカーテン。一体、どれほどの数の蝙蝠なのか。

それがゆっくりと、うねりながら移動してくる。

「見ろ！　こっちに向かってくるぞ」

誰かが叫んだ。

「逃げて！　逃げて！　あれに噛まれると、脳炎になって死んでしまうのよ！」

律子が絶叫した。

わあっ、と恐怖の悲鳴を上げて、誰も彼もが逃げ出す。

「何してるの、貴方も早く逃げて！」

律子が宮本刑事に向かって叫ぶ。

「しっ、しかしこいつが……」

宮本は脂汗をかきながら躊躇っている。

「それどころじゃないだろう、死にたいのかい！

死にたきゃそれでいいが、僕は逃げるよ！」

朱雀が言うと、後木は軽々と朱雀を抱き上げて立ち上がった。

宮本も逮捕を諦め、駆け寄ってくる。

久枝彦は身を翻し、茂みの中に消えてしまった。

朱雀達の側に、律子と御剣、そして百絵子が走り寄ってきた。

「他の人、どこに逃げたんやろう？」

百絵子は不安げだ。

「そんな事に構ってられないよ。問題は、僕らが何処に逃げるかだ」

朱雀が言うと、律子と御剣が声を揃えて、

「近くに久枝彦さんの家が」

と言った。

「よし、そこに行こう」

「犯人も来よりませんかな？」

宮本は目をぎらぎらとさせている。

「あの男はそんなへまはしないだろうね」

朱雀が答えた。

蝙蝠の羽音が背後に迫って来た。

7

雨戸を閉めて久枝彦の家に立て籠もった六人は、外を行き交う不吉な羽音に耳を澄ませながら、小さな円陣を作っていた。

久枝彦の家はよく整頓されていて、作りかけの鬘が一つ置かれていた。

律子は机の上に置かれている写生帳を手に取った。花火の絵が描かれている。その脇には必要な材料の覚え書きがあった。

「何時になったら通り過ぎるんやろう……。お母ちゃん、ちゃんと雨戸閉めてるやろうか？」

百絵子が凍えた声で呟く。

「大丈夫よ、お手伝いさんもいるし」

律子が慰めた。

宮本は悔しげな顔で、

「ここまできて犯人を見逃すやなんち……」

と地団駄を踏んだ。

「島だから心配はないよ。他に、逃げようがないからね」

朱雀は暗い目で言った。

「明日は、海上を封鎖して、山狩りをしてやります」

宮本が勢い込んで拳を握りしめる。

「だけど久枝彦さんが犯人だなんて、信じられなくてよ先生。あの人が……」

島に来た時に出迎えた久枝彦の笑顔を思い出して、律子が絶句する。

「うちもや。なんか悪い夢を見てるみたいちゃ……。久枝彦さんがあんな怖ろしいことをしたなんて。ほんまにいつも穏やかで優しい人やきに」

「可哀想に。彼は、追いつめられてしまったんだね。きっと真面目な青年なのだろう。御霊社の真実を見て、自分がなんとかしなければと思う気持ちが高じて、暴走してしまったんだ」

「皆に真相を暴露してやればよかったのよ。諸悪の根元は、御霊社よ、そうでしょう？」

朱雀は両膝を抱えて、

「こうも巧妙に何百年の間に組み立てられた機構っていうのは、一人の人間の発言で簡単に変えられるものじゃない。第一、現実は一つの正しい声が、大勢の間違った意見の前に屈せざるをえないことの方が多いじゃないか。

例えば、百絵子さんなら、ここの島民が、彼の意見を素直に聞いて思い切った改革に乗り出したと思うかい？」

百絵子は悲痛な声で、

「……思わん。誰も彼も自分の身が大事な人ばっかりや。お兄ちゃんのこと見たって分かる」

朱雀は、ふんと鼻先で虚しく笑った。

「自分の身を大切に思うこと自体は、誰にも責められるものじゃないけれど、本当の悪は、独裁者なのか？　独裁者に反抗しない人間達なのか……。

なんらかの利益をもたらしてくれるものであれば、人は悪と知っていても靡くからねぇ。問題を容認している一人一人に責任があるよね。

律子君、本当は悪の黒幕なんぞは世の中にいないのだよ。

ただね、個々の人間の様々な不安――それがことごとく融け合い、醗酵して、有害な瓦斯のようなものになっていくんだ。そして、それが人を狂わせるんだ。だから、僕ら一人一人が黒幕なのさ。昨今の政治の荒廃や、二月に起こった軍事クーデターにしたってそうだ。

狂った集団の渦中で罪を犯さざるを得なかった人間のことを、如何に裁けばいいのか、そして犠牲になった人間をどう救えばいい……。大体、どこに真実や正義などあるのだろうか？

だから僕は、こういう類の犯人探しは……気が進まないんだ」

震災の帝都に響いたコリア達の悲鳴、そして日々、吉原に売られてくる東国の少女達、朱雀の見えない瞳には、ありありとその光景が映っていた。

「ええ、そうですね」

律子は、朱雀を島に呼び出したことを無性に後悔して唇を噛んだ。

宮本は何を言ってるのかという顔をしている。

「そうだ……あの時、誰が蝙蝠を呼んだのかしら？」

律子がぽつりと言う。

他の者もそれを奇怪に思っていたので、身を乗り出した。

「嘯（しょう）の使い手は成子しかいないじゃないか」

朱雀が溜息（ためいき）まじりに言った。

「ですがの、成子は死んだはずですが？」

宮本が言うと、一同も口々に同意した。

「そうかな……？」

朱雀の瞳に妖（あや）しい光が過（よ）ぎった。

「御霊社の主（あるじ）、平成子が一人しかいなかったとは限らないでしょう」

「じゃあ、先生はまだ他に成子がいたと？」

律子は言いながら、額田の家の障子から出てきた日記の事を思い出して、はっと手を打った。

「そうだわ。御剣さんの見つけた成子に関する日記、二枚あったのよね。しかも紙の色がかなり違っていたわ」

「ごらん、早々に結論を出すと、それが先入観となって見えなくなることが多いんだ。だから僕は焦るなと言うんだよ。これで分かったかい？　紙の色が違った理由は、片方は新しく、片方が古かったからだろう」

「成子は二人いて、まだ生きている一人が、あの時、近くで事の成り行きを見守っていたのね。……成子は久枝彦さんを逃がそうとしたんだわ」

律子が神妙に頷いた。

「そうだろうね……。死んだ成子は年齢的にも、次の跡継ぎを作っててもいい筈だしね」

朱雀は落ち着き払っている。

「跡継ぎって言うと、また近親相姦を？」

「そうだろう。相手は小松公康に決まってるさ」

律子は眉を顰めて、

「親子じゃないの……」

と呟いた。

「先代の宮司さん言うたら、十八年も前に亡くなっちょるがよ……？」

百絵子が懐疑的に言うと、

「つまり子供がいれば、十八歳以上にはなっているという事だね」

朱雀はあっさり答えた。

「ついに直虎の正体が分かったと思ったら、又、謎の人物の登場ね……。それに、久枝彦さんが直虎なら、もう一つ疑問が発生するわよね、先生」

「なんだね？」

「赤面司の代わりに殺されていた男よ、一体あれは誰なの？」

律子が訝しげに問うた。宮本も朱雀を見つめた。

「うん、その事なんだよ、僕も考えていたのは。一寸、厭な想像なんだがね。宮本刑事、あの男の事は聞き込んだよね？」

「はい、そりゃもう、島中の隅々、老若男女に聞き込みましたけんど、誰も知らんかったがです」

「誰も知らない死体が一つ、死体は直虎でさえなかった。他に島民が顔を知らない人間と言えば？」

「顔を知られていない人間と言えば、もう一人の成子だわ。……でも、成子は生きていて、久枝彦さんを逃がしたんだから、死体は成子じゃない」

宮本はぐしゃぐしゃと頭を掻きむしり、混乱の極みに陥ったような情けない声を上げた。

「ああもう、さっぱり分かりませんのう」

朱雀は意を決するように深呼吸して突然、

「ねえ、御剣君」

と甲高い声で御剣を呼んだ。

青い顔でぼんやりと俯いていた御剣は、弾かれたように顔を上げた。

「君などは大層個性的な容貌をしているようだけど、もし髭を剃り、眼鏡を外し、黒子を隠したら、誰も君だとは気付かないんじゃないかな？」

朱雀の声に、御剣はみるみる血の気を失い、紙の如く蒼白になって、唇を震わせた。

「まさか、あの死体の右顔面が潰れていたのは……」

律子が虚ろに呟いて朱雀を見る。

朱雀は、力無く説明した。

「特徴的な黒子を分からないようにする為だと思うよ。あの死体こそ、土佐からこの島にやってきた紀行作家、御剣清太郎本人なんだ。

この御剣君の言動を聞いてると、どこか女性的で、まるで女親と二人きりで育ってきたような風に感じられるんだがね」

「じゃったら、この男は……」

宮本と百絵子が御剣に驚愕の目を向ける。

御剣は項垂れ、ぽろぽろと大粒の涙を零した。

「君の本当の名前を教えてくれないか？　成子ではないよね。母上にも君にも名前があった筈だ」

朱雀が穏やかに尋ねた。

「母は、私を……紀之と呼んでいましたきに、平紀之です。……御剣さんの事は知らんかったがです」

紀之は声を詰まらせながら答えた。

「ちょっと待て、おまんが平紀之やいう証拠は？」

宮本の問いに、紀之はやけくそのように足を投げ出し、靴下を取った。

律子と百絵子は、思わず目を背けた。紀之の足の指が、異様に変形していたからだ。

「普通、手に現れる筈の印が、足に現れましたきに、私は切られずに済んだんやと思います」

「聖痕(スティグマ)を切ってしまったんでは、神通力を失ってしまうと判断したんだろうね。『成子様は常と違う印を顕(あら)わされたので、公康様は大いに当惑されて、いつもの事をお止めになった』という訳だ。

さあ、紀之君、話してくれないか、全ては久枝彦君の手引きですか？」

朱雀が丁寧に質問した。

「赤面司が、久枝彦さんだという事も知らんかったがです。ただ、赤面司自身から、私の兄であるとは教えてもらっちょりました……」

紀之は静かに俯(うつむ)き、眼鏡を外した。それからつけ髭を取った。顔をこすり、黒子をふき取った。

現れたのは、色白で愛くるしい青年の顔だった。

「変装じゃったのか！」

宮本の声が裏返った。

「非常に個性的な特徴のある人というのはね、他人はその個性のほうに注意を奪われて、意外と顔の細部までは印象に残らないものなんだよ。

背格好が同じで、顔立ちも目立って違う部分がなければ、髭と眼鏡と黒子だけで、人は、彼を御剣さんだと思い込んでしまう。

これも、視覚に頼る人間が陥りがちな一種の錯覚だね。

久枝彦君は、島にやってくる旅行者をいつも吟味していて、紀之君が変装しても無理のない男――つまり、御剣君に白羽の矢を立てたのでしょう。いや、この島らしく言うと赤羽の矢かな……」

朱雀が皮肉っぽく口の端で笑った。

律子が詰め寄った。

「いつ本物の御剣さんと入れ替わったの？」

「神訪いの夜です……。赤面司が牢の合い鍵を持って、私達を逃がしに来たがです。最初は夢かと思いました。あそこから出られるなんて、夢のようやったんです」

「先生、何時から分かっていたの？」

「川から上がった赤面の死体の様子を聞いた時だ。さらに、縛り直した痕があるのが不審だったから確信したね。御剣は神訪いの夜から昨夜まで、手足を縛られてどこかに監禁されていたんだろう。そして川に顔をつけて溺死させ、服を着替えさせられた。だから縛り直した痕があったのさ」

8

本当の顔を人々に晒した平紀之は、事の経緯を、とつとつと語り始めた。

「生まれた時から、牢獄暮らしや……。何故私は、あの日の射さん……寒い洞窟の中で、生を授からなあかんかったのですろう……」

律子は紀之の幼げな横顔を見て、胸が痛くなった。

「赤面司と会ったのはいつの頃だね？」

朱雀が訊く。

「三年前ですき。兄さんは、合い鍵を作って、よく清子さんにも内緒で、僕らに会いに来てくれました。色んな本なども差し入れてくれたんです……。私達はそれで外の世界のことを色々と知りました」

「どうやって合い鍵を作ったのかしら？」

律子が朱雀に尋ねる。

「おそらく金仏を作ったのと、同じ方法だろう。清子は本家の跡取りである直虎に心を許していたから、隙を見ていくらでも作れたと思うよ。

例えば粘土を用意しておいて、それで鍵の型を取るぐらいのことは数秒の作業だ」

「ただ、私は外に出たかったんや。母と一緒に人並みの自由な暮らしをしてみたかったたんや。それが、こんなことになってしまうなんちや。

兄にそれを訴えると、兄は、必ず時をみて二人を自由にしちゃる、と言うてくれました。兄だけが、身内らしい情愛で私らに接してくれた、たった一人の人間なんです……」

朱雀はゆっくりと目を閉じた。

「時をみて……か。その『時』というのが、御剣清太郎がこの島にやってきた時だったんだね。

君達を逃がしても、必ず司達が海上を封鎖して、島中をくまなく探すだろうと考えた久枝彦君は、君を別人に仕立て上げることを思いついたんだ。

御剣君のような人間の存在を利用すれば、君を安全に逃がし、しかも、正体不明の赤面司が死んだようにもみせかけられる。一石二鳥だ」

紀之は「ううっ」と悲痛な声を上げ、顔を覆った。

「洞窟の牢屋を逃げだした後、兄は私に変装をさせ、早うこの島を出ろと言いました。それから兄は、用意していた隠れ家に母を匿ったがです。

けんど、母はあの体ですき、私達の足手纏いになる事を恐れていました。

それで、きっと自殺を……。

私は、御剣という人が実在の人だったなんて知りませんでした。知っていて、こがいな事なら、兄を止めました……。

けんど、母の事や大年様の事がやはり気になってしもうて、島の様子を見ているうちに、いくら世間知らずの私でも、何やとんでもない事態になりゆう事は分かりました。けど……刑事さん、これだけは聞いて欲しい。兄は本当はええ人なんです」

百絵子もその言葉に頷いた。

「うちのお父ちゃんを、父親と思うて、仇を討つ為に罪を犯したんなら、久枝彦さんは、うちにとっても本当のお兄ちゃんなんで」

「同情はするがのう、罪は罪じゃきに、償わないかん。何を言うても人を何人も殺したんで。そ、それより蝙蝠どもをなんとかしてくれや」

宮本は渋り顔で言った。

「すいません……」

紀之は涙を拭いて立ち上がり、雨戸を開けた。

窓の外には、巨大な蛍火のような発光蝙蝠が、無数に飛び交っていた。

確かにそれは、不思議な、鳥肌が立つような光景で、霊物という言葉が相応しい。

　チッチッチィッチッ

　チィッチッチッチッ

鼠に似た蝙蝠達の歌声が聞こえた。

紀之は頬を膨らませ、口笛を吹くような動作をした。胸が激しく上下しているが、空気が漏れるような音しか一同には聴こえない。

しかし、その効果は覿面で、蛍火は一斉に空高く舞い上がり、一塊りの夜光雲になると、ゆっくりと山手の方へ移動し始めたのだ。

「魔法みたいね……」

律子がうっとりと呟いた。

「わしにはなんも聞こえんかったが？」

宮本が訝しい声で訊ねた。

「退避させる時は、呼ぶ時より高い音なんですき」

紀之が答える。

「つまり超音波だから耳に聴こえない訳だね。いや、全く神業だ。『封氏聞見記』などには、峨眉山の道士陳某が京師に来遊した時、雷鼓霹靂の音を嘯の技で出したと言われてるけど、大空から雷の音が響いて、空気が震動したもので、見ていた者で驚かないものはなかったと言うぐらいだから、こちらは余程、音量が大きくて苛烈な発声だったようだ。大変な鍛錬が必要な技だから、今となっては廃れて幻の口技になったのだからね」

朱雀が何処か浮かれた調子で言った。

「凄かったわ、紀之さん。素晴らしい技よ」

律子が感動すると、朱雀も頷いた。

「それはそうだろう。嘯は一種の神通力でもある。『後漢書』の巻一一二の方術伝には、嘯によって風を呼んだ話などがあるぐらいだ。もともと巫祝か術士しか使えない立派な呪法だからね」

「そがいな事が本当にできるがかや？」

宮本が眉に唾をつける。

「さあ、中国の文献にはそう記されてるけどね。超音波や低周波には、物理的な力が認められているからね。なんらかの作用は確かにあったと思うよ」

「私はこれ以外の事はしたことがないきに、そう言われても困ります……」

「何を言うの、これだけでも凄いわ。サァカスのスタァにだってなれるわよ！」

律子はその背中を軽く叩いて励ました。

「さあ、紀之君、久枝彦君を逃がしたい気持ちはわかるが、彼も自暴自棄になっているようだし、このままだと何をするか分からない。僕らは探しに行くが、協力してくれるかな？」

朱雀が立ち上がった。紀之も続く。

「何処へ行くが？」

宮本も腰を浮かせた。

「彼が逃げて行きそうな所と言えば……、やはり御霊社の洞窟ではないのかな。危険だから、律子君と百絵子さんはここで待ってるんだ」

そう言い残すと、朱雀達は御霊社へ向かった。

9

久枝彦は地下への通路を、狂王のように誇らしく歩いて行った。
鍾乳洞（しょうにゅうどう）の冷えた霊気に包まれながら……。

　そしていつしか前方に巨大な魔神の影が出現すると、久枝彦はまるで巨大な重力場に捕まってしまったかの如くに静かに動きを止めた。

　魔神……それは、自然が生み出した奇怪な造形物であった。水に溶かされた石灰岩の滴りが、気の遠くなる年月をかけて降り積もり重なって、どういう因果であろうか、邪悪な翼を広げた大年明神そのものの姿を形作っていたのである。

　久枝彦は自分の願望の全てが満たされ尽くしたのを噛（か）み締めつつ、崩れるように魔神像へ寄り掛かった。

　そして無意識の内に、腹に巻いたダイナマイトを撫（な）でさすった。

　ふと、その腕に視線を落とした時、彼は鮮やかな血の滴りを其処（そこ）に確認し、見覚えのあるその傷口をまさぐった。

軽い衝撃が久枝彦を襲った。

あの忌まわしい大年神の群れの中を、かい潜って行く内に、嚙まれてしまったようだ。

……死が怖ろしい訳ではなかった。

ただ、末期に及んで、いよいよ大年神の禍いが彼自身に降りかかって来た事が、胸の奥深くに抱えていた不安の記号に合致した。それが彼にとっての衝撃であった。

大年明神の御在所が、物騒がしくなって来るのが分かる。海に臨んで開いている断崖の穴から、群が巣に戻って来たのだろう。

そうして永遠とも一瞬とも知れない時が流れ、切燈台の油が、ジジッ、ジッジジッと音をたて、炎が伸びたり、縮んだりし始めた。

それに伴い、洞窟の壁に長く伸びた魔神の影が、ゆらゆらと羽ばたき、口元に嘲弄の笑いを湛える。

久枝彦はそれをじっと横目で睨み付けた。

その像に宿る、うち勝ちがたい暗い力が彼を圧迫し、ねばねばした蜘蛛の糸に搦め捕られているような感覚がわき上がってくる。

彼は今、充分に理解していた。

ずっと意識の奥底に蟠っていた不気味な危惧と戦慄が、薄氷を踏み抜いた瞬間に、意識のうちに現れてきたのだ。

己自身が、どうにもならない運命の糸が絡まって生じた結び目であったという事を……。いずれにしても、この魔神は一族の接待に飽き、離れ行こうとしていたのだ。今、終焉を飾るに相応しい惨事を見届け、満足しているに違いない。

僕は「久枝彦」と「直虎」の間を行き来していた人間であったつもりが、いつしか本当に魔神の傀儡と化していたのだ

彼は絶望の瞳で魔神像を見上げた。

それは全く、自分達が恐れているあの大年の姿そのままを克明に巨大化させたものであって、目や厭らしい牙や、耳に薄く浮かんだ血管さえもが見てとれるのである。

一体、自然の遊技がここまでの物を生み出せるものなのか？

……いや、出来まい。

この像には明らかに、憑き物の及ぼす霊的な作用が影を落としている。

小松の畏怖と怨念が降り積もって、恐怖の形をした立像を作り上げてしまったのだ。

この島に人は住むべきではなかったのだ
　だが、一度狂った運命の歯車を
　どうして元に戻せるだろうか……
　最後に自分の取るべき道は何処にあるのだろう

　久枝彦は自分の生涯を振り返り、深々と溜息(ためいき)を吐いた。

　怖ろしい一族の秘密と肌を添わせて生きていかねばならないとしたら、ましてや叔母(おば)の清子と契って呪われた生神の親にならねばならないとしたら、どだい狂人になるか、人殺しになるかのどちらかを取らねばならず、本能的に正しい道を取ったつもりであるが、今となっては、魔神の双六(すごろく)上で弄(もてあそ)ばれている駒のような気分である。

　いや、その魔神とは己自身の心の闇なのだ。


　切燈台の炎が消えた。


　心の闇そのままの暗い洞窟に足音が響いてきた。

　運命の足音だ。

　久枝彦は驚かなかった。

　ただ、これ以上、いかなる運命に遭遇するのかと暗闇に目を凝らしていた。

手燭の明かりが近づくと、その中に白い影が朦朧と浮かび上がった。

「やはり此処に居ましたね、久枝彦君」

朱雀の声である。

久枝彦は虚しく笑った。

「お笑い草や。何処に逃げようと迷ってる内に、一番来とうない此処に来ちょりました」

後木が何事か朱雀に耳打ちする。

「君のその後ろにある物が、御霊社に宿る憑き物なのですね？」

朱雀は瞳を伏せ、厳かな声で言った。

久枝彦は、クックックッ、と物狂おしい笑みを唇から漏らした。

「そうです……。これが小松一族に代々祟り、取り憑いてきた大年明神そのものですがや。どがいです、怖ろしい物ですやお？

僕はこの呪われた御霊社を、生神の機構を、狂った一族を、この世から消し去りたかった……。

姉や弟が牢獄に閉じ込められちょるのを知った時から、僕はどうしても小松一族を許せんようになってしもうた。ずっとこの機会を窺いよったんです」

僕は自分の血が憎い！

一族が憎い！　運命が憎い！

島の奴らが憎い！

先生、僕がやったことは間違っちょったがや！

久枝彦は心に蟠（わだかま）った汚物を吐き出すように叫んだ。

「久枝彦君、殺人そのものが罪だなんて白々しいこと、僕は言わないよ。何しろ、世の中のあちこちで公然と人が殺されている時代なのだから……。

君の殺人の動機だって、理解できなくはない。しかし、君に何の害もなしていない御剣清太郎さんの命を奪う事はなかったんじゃないかな？

君は憑き物を憎む気持ちが強すぎた余りに、かえって取り憑かれてしまっていたんだ」

朱雀が冷静に告げると、久枝彦は、

ああーっ、

と悲痛な声を張り上げ、地面に蹲（うずくま）った。

「あの人には悪い事をした。何度も気持ちがくじけそうになった。けんど、どんなに考えても、ああしか方法が浮かばんかったんや！　他にどうしたらよかったがや！　僕は、せめて弟や姉を逃がしてやりたかった。僕や母と同じ小松の犠牲者やきに――」

「兄さん！」

その時、紀之の声が周囲に木霊（こだま）し、紀之と宮本刑事が闇から現れた。

紀之は久枝彦に駆け寄り、その肩を抱いた。そうして初めて兄の顔を、しげしげと見た。

「やっぱり貴方が兄さんじゃったがや。やっとこうして顔を見ることが出来た……」

久枝彦は紀之を振り切って顔を背けた。

「顔を見せとうはなかった……。顔を知ってたら、あの死んだ赤面が僕やないと分かる。そうしたら、おまんは僕のした事で苦しむやろう。じゃきに、顔を見せとうはなかった。罪を背負うのは、僕一人でええ事や」

「僕はあの時、川辺で赤面の死体を見た時、兄さんが殺されたかと思うて、死ぬほど辛かったんぜ。生きててくれて嬉しい!」

紀之が抱きつこうとするのを、久枝彦は押しとどめ、すっくと立ち上がった。

「やっぱり、僕も小松の一族や……。振り返ったら、自らの邪心に取り憑かれてたように思う。何時の間にか無我夢中になって、気づいた時には、こがいな怖ろしい事を平気でしちょった……」

嚙み締めるように久枝彦が呟いた。

「兄さん、絶望せんといて。もし裁判になったら、朱雀さんが弁護して下さるそうで!僕らは一緒にこの暗い洞窟から出るんや、そうじゃろう!」

紀之は声を張り上げた。

弁護をしても死刑は免れない。それを知っているから、朱雀は無言だった。

「柳森久枝彦、いっいや、小松直虎、もう逃げられん。大人しく逮捕されるんだ!」

宮本が手錠を構えた。

「近寄るな！」

久枝彦は叫びながら燐寸に火をつけた。

「こっ、この期に及んで、まだ抵抗する気か！」

宮本が怯んだ。

久枝彦はじりじりと後ずさりながら、自分の腕に付いた嚙み傷を見せた。

「もう嚙まれちょる。どうせ死ぬ運命や」

「病院に行けばワクチンがあるかも知れない」

朱雀の言葉に、久枝彦は虚しく首を振った。

「もうええんじゃ。気休めですろう。第一、僕が生きてては、殺した人らに申し訳がないきに……。

ただ、心残りなのは弟の事や。世間知らずやきに、僕が暫くはついててやらないかんと思うちょった。

弟は何も知らんかったんじゃきに、罪にはならんじゃろう、先生？」

「大丈夫だよ」

朱雀が力強く答えた。

「良かった……。紀之、おまんは早うこの島を出るんや。島を出て、普通に生きて行くんや」

紀之は目に一杯涙を溜めて、何度も首を横に振った。言いたい事がありすぎて言葉が出ない。

「先生、どうか弟を頼みます……」

久枝彦が深々と朱雀に礼をした。

「紀之君の事は僕に任せたまえ。それより、君はどうする気だね？」

久枝彦はほうっ、と安心の笑顔を見せた。

「今になってようやくすべき事が分かったんです。復讐心に駆られて僕の目は曇っちょった。

僕は小松一族の最後の司として、この島に宿った憑き物を掃除しなければ……。そうしなければ、この島では人間が人間らしく生きて行けんのです」

そう言うと久枝彦は、大年の在所の方へ足を向けた。

「兄さん、危ない。そっちは蝙蝠の巣ですよ！」

紀之が叫んだ。

「そやきに行くんじゃ」

久枝彦は動じないばかりか、会心の笑みを浮かべた。

朱雀は辛そうに瞳を閉じた。

「久枝彦君、死ぬ気なんだね。それしか選択はないのかい？」

「先生、僕にはもう残された道は無いがです。弟を連れて早う避難しとおせ。何、おまんさんらが、安全な所へ行く迄の間ぐらいは持ち堪えちょるきに」

　久枝彦は決意を胸に秘め、隧道の中に向かっていった。

「どがいしましょう、先生」

　宮本が焦燥した顔で朱雀に訊ねる。

「どうもこうも、久枝彦君の言う通り避難した方が良さそうだね。彼はマイトを爆破する気だ」

「ちゅう事は蝙蝠と心中ですか！」

　宮本は度を失って叫んだ。

「兄さん、待って！」

　兄の後を追おうとした紀之に、後木が素早く当て身をくらわせ気絶させる。

「宮本君、紀之君を背負って避難してくれたまえ。せめて彼だけでも助けたい……。五行の『火』とは、浄化の火……。彼が言うように、きっとこれが運命なのだろう。余りにも酷な……」

　朱雀はそう言って一息つくと、小さな声で呟いた。

　ああっ、厭になるぐらい僕は無力だ……。
　久枝彦君、そして死んでいった人達、
　君達が今度こそは、平和な慈悲深い土地と時代に、
　健やかな命として生まれ変われることを、

心から願っているよ——。

朱雀は暫く閉じていた瞳を瞬き、

「大年神は本物の憑き物だったよ。僕は今朝、東京の知人に調べて貰っていた紀行作家の御剣清太郎の身元報告を聞いて、驚くべき事実を知ってしまった。御剣清太郎、彼は御霊社の先代禰宜、公康さんが外で作ったもう一人の庶子だったんだ。母親は島を追われて、土佐で彼を産んだらしい」

と、やりきれない顔をした。

「と……いうことは」

宮本は貧血を起こしたように蹌踉めいた。

「つまり、久枝彦さんが紀之君と背格好や容姿が似ていることで白羽の矢を立てた御剣清太郎は、皮肉なことに二人の兄だったんだよ。それも久枝彦さんとは半年も離れていない兄だったんだ」

「なっ、何ちゅうことじゃ……。幾ら何でも」

「本当に、何てことなんだろうね。憑き物ってのは怖ろしいよ……。人が他人を犠牲にしてでも幸福になりたいと願い、

その一方で、他人の幸福を不安の材料とし、
妬ましく思う者がいるかぎり、
憑き物の悲劇は繰り返される——。
他人事ではないよ。
この島だけが例外じゃないんだ、僕らの周りは、
新しい衣を纏った新種の『憑き物』で一杯だ。
気をつけて、憑かれないようにしなければね。
そして……いつかは……」

10

神経を研ぎ澄ませ、大年神の気配を感じながら歩んで行く。
闇がべっとりと水飴のように絡みついて来る。
まるでこの島の内部に蓄えられた暗く悲惨な怨念の集合体のように……。
硝子を小刻みに引っ掻くような音が、周囲に響き始めた。
頭上を見上げると、蒼白い無数の光が、まるで夜空の星のように光っている。

妙だな……

初めてこれが美しく見える……

暫く立ち尽くしていると、大年神がざわめき始めた。

流星が始まる。

天から降ってきて、頬に、腹に、腕に張りつく呪わしい運命——。

しかし、痛みは感じなかった。それよりも、体に流れる忌まわしい血の一滴までをも吸い取って貰いたい。

そう、この島の木のざわめきにも、川のせせらぎにも、蟬の声にも、人々の囁き(ささや)にも、彼は憎悪と呪詛(じゅそ)を聞き続けてきた。

それが彼を殺人に駆り立てた。

そして今、それが彼を埋葬するのだ。

久枝彦は頃合いを見計らって燐寸(マッチ)を擦り、その火を導火線に点じた。

白い光線が、久枝彦の角張った頰を暗闇の中に浮かび上がらせる。

——全ては終わる

——本当にそうか？

自分の行為は、憑き物の災いに取り憑かれた人々の目を開き、この災いから人々を救うことが出来たのだろうか？

それは分からない。

だが……、失望するよりは、分からない方が良いかもしれない。

彼は死の番人のように物静かに時を、解放の轟きが響き渡るのを、

――待った。

参考文献

『五行循環』　人文書院　吉野裕子
『呪術・占いのすべて』　日本文芸社　瓜生中　渋谷申博
『図説日本呪術全書』　原書房　豊島泰国
『中国の呪法』　平河出版社　澤田瑞穂
『百鬼夜行の見える都市』　筑摩書房　田中貴子
『修験道の精神宇宙』　青弓社　内藤正敏
『憑霊信仰論』　講談社学術文庫　小松和彦
『日本古代呪術』　大和書房　吉野裕子
『酒呑童子の首』　せりか書房　小松和彦
『遠野物語・山の人生』　岩波文庫　柳田国男
『神々のトリック』　悠飛社　大槻義彦
『眼の不思議世界』　人文書院　小町谷朝生

この物語はフィクションであり、実在する人物・地名・組織とは関係ありません。また本書中に一部、今日では不適切とされる語句や表現がありますが、物語内の歴史的時代背景を鑑みそのままとしました。

（編集部）

本書は二〇〇〇年三月にトクマ・ノベルズとして刊行され、
二〇〇五年四月に徳間文庫より刊行された作品です。

大年神が彷徨う島　探偵・朱雀十五の事件簿5
藤木　稟

角川ホラー文庫　18831

平成26年10月25日　初版発行
令和7年5月10日　4版発行

発行者――山下直久
発　行――株式会社KADOKAWA
〒102-8177　東京都千代田区富士見2-13-3
電話 0570-002-301(ナビダイヤル)
印刷所――株式会社KADOKAWA
製本所――株式会社KADOKAWA
装幀者――田島照久

●お問い合わせ
https://www.kadokawa.co.jp/ (「お問い合わせ」へお進みください)
※内容によっては、お答えできない場合があります。
※サポートは日本国内のみとさせていただきます。
※Japanese text only

ISBN978-4-04-101971-9　C0193

角川文庫発刊に際して

角川源義

第二次世界大戦の敗北は、軍事力の敗北であった以上に、私たちの若い文化力の敗退であった。私たちの文化が戦争に対して如何に無力であり、単なるあだ花に過ぎなかったかを、私たちは身を以て体験し痛感した。西洋近代文化の摂取にとって、明治以後八十年の歳月は決して短かすぎたとは言えない。にもかかわらず、近代文化の伝統を確立し、自由な批判と柔軟な良識に富む文化層として自らを形成することに私たちは失敗して来た。そしてこれは、各層への文化の普及滲透を任務とする出版人の責任でもあった。

一九四五年以来、私たちは再び振出しに戻り、第一歩から踏み出すことを余儀なくされた。これは大きな不幸ではあるが、反面、これまでの混沌・未熟・歪曲の中にあった我が国の文化に秩序と確たる基礎を齎らすためには絶好の機会でもある。角川書店は、このような祖国の文化的危機にあたり、微力をも顧みず再建の礎石たるべき抱負と決意とをもって出発したが、ここに創立以来の念願を果すべく角川文庫を発刊する。これまで刊行されたあらゆる全集叢書文庫類の長所と短所とを検討し、古今東西の不朽の典籍を、良心的編集のもとに、廉価に、そして書架にふさわしい美本として、多くのひとびとに提供しようとする。しかし私たちは徒らに百科全書的な知識のジレッタントを作ることを目的とせず、あくまで祖国の文化に秩序と再建への道を示し、この文庫を角川書店の栄ある事業として、今後永久に継続発展せしめ、学芸と教養との殿堂として大成せんことを期したい。多くの読書子の愛情ある忠言と支持とによって、この希望と抱負とを完遂せしめられんことを願う。

一九四九年五月三日

黄泉津比良坂、血祭りの館

探偵・朱雀十五の事件簿3

藤木 稟

「バチカン奇跡調査官」の作者が贈る、怪作ミステリ

到底人など通いそうにない十津川の山頂に、絢爛豪華な洋館が聳えていた。そこに暮らすのは素封家・天主家の一族と召使い達。決して鳴らない鐘と、決して動かない大岩の謎。それが動けば「地獄の蓋が開く」といわれる『千曳岩』が今動き、一族を巡る猟奇殺人が次々に……。祟りを鎮めるため、呼ばれた僧侶の慈恵親子と加美探偵は、館の秘密を解き明かせるか!?　探偵・朱雀十五の少年時代の活躍を描く、シリーズ第3弾。

角川ホラー文庫

ISBN 978-4-04-100974-1

黄泉津比良坂(よもつひらさか)、暗夜行路(あんやのみちゆき)

探偵・朱雀十五の事件簿4

藤木稟

新たなる悲劇の幕が開き、悪夢が甦る

ぐおぉ──ん、ぐおぉ──ん。
寂寥たる闇を震わせて、決して鳴らないはずの『不鳴鐘(ならずのかね)』が鳴り、血塗られた呪いと惨劇が再び天主家に襲いかかる。新宗主・時定と、14年前の事件の生残者らの運命は？執事の十和助に乞われた朱雀十五は、暗号に満ちた迷宮で、意外な行動に出た。やまない猟奇と怪異の渦中で、朱雀の怜悧な頭脳は、館の秘密と驚愕の真実を抉り出す。ノンストップ・ホラーミステリ、朱雀シリーズ第4弾。

角川ホラー文庫

ISBN 978-4-04-101019-8

バチカン奇跡調査官

黒の学院

藤木 稟

天才神父コンビの事件簿、開幕！

天才科学者の平賀と、古文書・暗号解読のエキスパート、ロベルト。２人は良き相棒にして、バチカン所属の『奇跡調査官』——世界中の奇跡の真偽を調査し判別する、秘密調査官だ。修道院と、併設する良家の子息ばかりを集めた寄宿学校でおきた『奇跡』の調査のため、現地に飛んだ２人。聖痕を浮かべる生徒や涙を流すマリア像など不思議な現象が２人を襲うが、さらに奇怪な連続殺人が発生し——⁉

角川ホラー文庫

ISBN 978-4-04-449802-3

バチカン奇跡調査官
闇の黄金
藤木 禀

首切り道化師の村で謎の殺人が!?

イタリアの小村の教会から申告された『奇跡』の調査に赴いた美貌の天才科学者・平賀と、古文書・暗号解読のエキスパート、ロベルト。彼らがそこで遭遇したのは、教会に角笛が鳴り響き虹色の光に包まれる不可思議な『奇跡』。だが、教会の司祭は何かを隠すような不自然な態度で、2人は不審に思う。やがてこの教会で死体が発見されて――!? 『首切り道化師』の伝説が残るこの村に秘められた謎とは!? 天才神父コンビの事件簿、第3弾！

角川ホラー文庫

ISBN 978-4-04-449804-7

ISBN 978-4-04-100034-2